KB166312

을 유 세 계 문 학 전 집 · 4 9

저주받은 안뜰 외

Prokleta avlija, Čaša, Trup, U vodenici, Olujaci, Šala u Samsarinom hanu
by
IVO ANDRIĆ

저주받은 안뜰 외

Prokleta avlija

이보 안드리치 지음 · 김지향 옮김

❖ 을유문화사

옮긴이 김지향

한국외국어대학교 유고어과를 졸업하고 베오그라드 국립대학교에서 문학 석사와 박사 학위를 받았다. 현재 한국외국어대학교 세르비아·크로아티아어과 교수로 재직 중이다. 지은 책으로 『이보 안드리치』, 『세계의 시문학』(공저), 『세계 연극의 이해』(공저), 『세계 문학의 기원』(공저), 『세계의 소설가 Ⅰ, Ⅱ』(공저)가 있고, 옮긴 책으로는 『이보 안드리치 단편집』, 『쇼팔로비치 유랑 극단』, 『바람의 안쪽』, 『드리나 강의 다리』, 『세계 민담 전집 – 폴란드, 유고 편』(공역), 『손자 마르코에게 들려주는 이야기』 등이 있다. 『이청준 단편선』, 『오정희 단편선』, 『천상병 시선집』 등 우리 문학을 세르비아에 소개하는 작업도 했다.

을유세계문학전집 49

저주받은 안뜰 외

발행일 · 2012년 2월 15일 초판 1쇄
지은이 · 이보 안드리치 | 옮긴이 · 김지향
펴낸이 · 정무영 | 펴낸곳 · (주)을유문화사
창립일 · 1945년 12월 1일 | 주소 · 서울특별시 종로구 수송동 46-1
전화 · 734-3515, 733-8152~3 | FAX · 732-9154 | 홈페이지 · www.eulyoo.co.kr
ISBN 978-89-324-0379-3 04890 978-89-324-0330-4(세트)

차례

저주받은 안뜰

때는 겨울이라 눈이 내려 집 앞 문까지 완전히 덮어 버리면서 세상 만물에 모두 같은 색깔과 같은 형상을 부여하고 있었다. 작은 묘 역시 그런 백색의 세계 안에서 모습을 잃었지만 묘표(墓標)의 가장 높은 십자가들은 두껍게 쌓이는 눈 속에 머리를 내밀었다. 온통 눈 천지 속에서도 좁은 오솔길의 흔적만 유일하게 보일 뿐이었다. 그것은 어제 페타르 수사(修士)를 매장할 때 생겨난 길이었다. 그 길 끝쯤에서 오솔길의 얇은 선은 울퉁불퉁한 원으로 넓어지는 한편, 그 주위의 눈은 축축한 점토와 섞여 붉은빛을 띠고 있어 멀리서 보면 흰 바탕의 땅을 피로 물들인 갓 생긴 상처처럼 보였다. 순백의 설원이 끝도 없이 펼쳐지며 잿빛의 황량한 하늘과 이어져 본래의 모습을 완전히 잃고 말았다.

이 모든 것이 페타르 수사의 방 창문에서 보이는 광경이었다. 외부 세계의 순백(純白)은 방 안을 지배하는 우울한 그림자와 뒤섞여 있었고 정적은 그의 수많은 시계들의 고요한 소리와 꽤나 호홉을 잘 맞추고 있었는데 여전히 작동되는 시계들이 있는가 하면, 태엽을 감지 않은 것들은 이미 멈춰 있었다. 그 정적을 유일하게 깨는 것은 옆의 빈방에서 페타르 수사가 남긴 유품들을 정리하면서 다투고 있는 두 수사의 말소리뿐이었다.

연로한 미요 요시치 수사는 뭔가 알아들을 수 없는 소리로 구시렁대고 있었다. 그것은 돌아가신 페타르 수사와 벌이는 언쟁의 연속이었다. 생전에 '유명한 시계 수리공, 무기 수리공, 기계 수리공'으로 불렸던 페타르 수사는 수도원의 돈을 아낌없이 쓰면서 온갖 연장들을 열심히 사들였는데, 사들인 연장들을 그 어떤 것보다도 애지중지했다. 젊은 라스티슬라브 수사가 추운 방에서 덜덜 떨며 목록을 작성할 게 아니라 불을 피우자고 제안하자 요시치 수사는 젊은 수사를 크게 꾸짖었다.

"젊은 사람이 이 정도도 못 견디다니! 자네들 젊은이들은 모두 그 모양이야. 할렘의 여인네들처럼 추위에 벌벌 떨기나 하고. 따뜻한 방이 필요하다고! 이만한 추위에 불을 피운다는 게 말이 된다고 생각하나!"

이쯤 해서 늙은 수사는 고인의 몸에 뿌린 흙이 채 덮이지도 않았는데 수선을 떠는 것이 꺼림칙했는지 잠시 말을 멈추었다. 하지만 이내 곧 젊은 수사를 나무랐다.

"내가 늘 말하지만 자네는 라스티슬라브가 아니라 라스피슬라브*야! 자네는 이름값도 못하고 있어! 수사들의 이름이 마르코 수사, 미요 수사, 이보 수사였을 때가 좋은 시절이었는데 요즘은 어디 소설에나 나오는 라스티슬라브 수사니 보이슬라브 수사, 브라니미르 수사라는 이름들을 쓰니, 나 원 참."

젊은 수사는 이미 그 얘기를 백번도 더 들은 데다 언제까지 더 듣고 있어야 할지 몰라 손을 가로저었다. 그리고 작업은 계속되었다.

바로 이틀 전까지만 해도 지금 이곳에서 그들과 함께 있던 고인의 유품을 정리하던 사람들은 어떤 특이한 형상을 지니고 있었다. 그들은 자신들의 필요를 위해 자신들의 길로 가는 승리자의 삶을 보여 주는 대표적인 모습이었다. 하지만 그들은 훌륭한 승리자들은 아니었다. 유일한 공이라면 고인보다 더 오래 살고 있다는 것이 고작이었다. 이 때문에 그들을 보면 간혹 도적의 모습이 보였지만, 이 도적들은 무죄의 몸이 보증되어 있을 뿐만 아니라 새삼 보물의 소유주가 나타날 까닭이 없었으므로 현장에서 체포당할 염려가 없다는 것도 잘 알고 있는 터였다. 물론, 이 두 사람이 딱 그런 경우는 아니었지만 왠지 어느 면에선가 이런 것을 연상케 하는 것도 사실이었다.

"계속 쓰게." 연로한 수사의 거친 소리가 들린다. "적게, 대형 펜치 한 개. 크레셰보*제(製), 수량 한 개."

이렇게 순서대로 모든 도구들을 빠짐없이 정리하고 마지막 문장까지 마치면 무딘 소리와 함께 페타르 수사가 생전에 사용했던 작은 오크 나무 위로 던지는 것이다.

이들의 모습을 보고 듣고 있노라면 사람은 어느새 자신도 모르게 삶에서 죽음으로, 지금 이렇게 타인의 것을 살피고 세면서 정리하고 있는 사람들로부터 모든 것을 잃고 존재하지 않고 있는 까닭에 이미 아무것도 필요로 하고 있지 않은 사람으로 옮아가게 된다.

바로 3일 전까지만 해도 쿠션도 담요도 없어져 앙상한 나무판자를 드러내고 있는 저 커다란 침대 위에 페타르 수사가 눕거나 때로는 일어나 앉아서 이야기를 들려주었다. 그리고 지금 눈에 덮인 그 무덤을 바라보면서 청년은 페타르 수사의 그런 이야기들을 떠올리고 있었다. 그는 세 번이고 네 번이고 그가 얼마나 입담이 좋았는지를 말하고 싶었다. 하지만 그 얘기는 할 수가 없었다.

그가 숨을 거두기 몇 주 동안은 이스탄불에서 머물렀을 때의 이야기를 자주 들려주었다. 그것은 아주 오래전의 얘기였다. 힘들고 복잡한 일을 처리하기 위해 수사들은 당시 수도원 회계 담당으로 수도원장을 지낸 타디야 오스토이치(과거에는 온갖 영력이 붙어 다니는 사람이었다!) 수사를 이스탄불로 보냈다. 오스토이치 수사는 느긋한 성품에 위엄을 갖춘 인물로서, 자신의 온화함과 위엄을 소중히 여기는 사람이었다. 그는 터키어를 천천히 위엄 있게 할 수 있었지만 읽기나 쓰기는 할 수 없었다. 그래서 터키어를 능숙하게 하는 페타르 수사가 동행했던 것이다.

1년이 채 안 되는 기간을 이스탄불에서 머무르며 이미 가져간 돈을 모두 쓰고 빚까지 진 상태였지만 이렇다 할 성과를 거두지도 못했다. 일의 발단은 모두, 아무 잘못도 없는 페타르 수사에게 불운이 닥치면서부터였다. 터키 정부가 죄인과 무고한 사람을 제대로 구별하지 못하던 시기에 일어난 일이었다.

그들이 이스탄불에 도착한 지 얼마 되지 않아 이스탄불에 있는 오스트리아 교황 대사 대리에게 보낸 서한을 경찰이 입수하면서 사단이 벌어졌다. 그 서한은 알바니아에서의 교회 상황, 즉 성직자들과 신도들에게 가하는 박해를 적은 보고서였다. 서한을 지니고 있던 자는 도망치는 데 성공했다. 그 무렵 타국에서 이스탄불로 들어온 다른 수사가 없던 터라 경찰은 나름대로 그럴듯한 논리를 대며 페타르 수사를 체포했다. 그리고 페타르 수사는 두 달 동안 '심리 중'이라는 명목 아래 구금 상태에 있었지만 그를 심문하는 사람은 아무도 없었다.

페타르 수사는 그 어느 얘기보다도 이스탄불의 구치소에서 보낸 두 달간의 이야기를 많이 했는데, 그때마다 열기를 띠었다. 그러나 페타르 수사의 이야기는 중태에 빠진 환자가 그 육체적인 고통과 다가오는 죽음의 예감 속에 상대에게 그것을 숨기면서 말하는 것이었으므로 쉬엄쉬엄 끊어 가며 이야기하는 것이 상례였다. 게다가 그런 이야기 토막들은 정확히 끊겼던 곳에서 시작되는 법이 없었다. 이야기를 계속하다가 앞에서 말한 것을 되풀이하는가 하면 갑자기 앞으로 뛰어넘기도 해서 도무지 시간의 흐름을 종잡을 수가 없었다. 그는 시간이란 것이 별 의미가 없다고 여기는 사람처럼 이야기를 늘어놓았고, 그로 인해 타인의 생활에 있어서도 시간이나 시간의 규칙적인 흐름에는 그 어떤 의미도 부여하지 않은 사람처럼 이야기했다. 이 때문에 그의 이야기는 중단되었다가 이어지고 또다시 시작되고, 지난 얘기를 당겨 이야기하기도 하고 과거의 얘기로 되돌아가기도 하다가 어느새 이야기의 말미쯤인 듯한 대목에서 설명하고 확장하고 하다 보면 결국 장소나 시간,

그 사건의 실상은 영원히 무시되고 마는 것이다.

당연히 그런 이야기 방식 때문에 비어 있는 부분이나 설명되지 않은 부분들이 남아 있지만 젊은이로서는 이야기를 중단시키거나 원점으로 돌아가거나 질문을 하기가 여간 어려운 게 아니었다. 가장 좋은 방법은 어찌 되었든 말하는 사람이 편안히 이야기할 수 있도록 내버려 두는 것이다.

1

그곳은 레반트*인과 다양한 국적을 가진 선원들이 '데포시토(창고)'라 부르는 수인(囚人)과 보초들의 작은 마을이었다. 그 마을과 어느 정도 관계를 맺고 있는 사람들 사이에서는 '저주받은 안뜰'이라는 이름으로 더 유명한 곳이었다. 이곳에 오는 사람, 이곳을 지나는 사람은 매일 이 거대한, 인구가 많은 도시에서 체포당하거나 연행되어 온 범죄자이거나 혐의를 받고 있는 사람들인데, 이곳에서는 죄목도 그야말로 각양각색이었고 의심은 한도 끝도 없었다. 왜냐하면 이스탄불 경찰은 범인을 추격하느라 이스탄불 곳곳을 샅샅이 뒤지고 다니느니 '저주받은 안뜰'에서 무죄로 판명된 자를 석방하는 쪽이 쉽다는 수사 원칙을 금과옥조로 삼고 있기 때문이었다. 이곳에서는 체포자를 분류하는 일이 대규모로, 그리고 천천히 진행되었다. 어떤 부류는 재판을 위해 심문을 받고 또 다른 부류는 단기형을 치르게 되는데, 만약 정말 죄가 없다고 판명이 나면 석방되기도 하고 또 다른 부류는 먼 유배지로 기약 없이 떠나기도 한다. 한편 이곳은 경찰이 필요하다면 언제라도 허위 목격자, '바람잡이' 등을 동원할 수 있는 집결지이기도 하다. 그렇게 '안뜰'은 잡다한 무리를 끊임없이 체로 걸러야 하는데 늘 만원이었고 사람들의 출입이 계속 이어졌다.

이곳에는 가판대에서 포도나 무화과를 훔친 소년을 비롯해, 세계적인 사기꾼들과 아주 위험한 강도에 이르기까지 작고 굵직한 범죄자들이 있는데, 무고한 자, 억울하게 누명을 쓴 자, 저능아들과 인생의 낙오자들까지 각양각색인 데다 이스탄불뿐만 아니라 전국에서 끌려온 자들이었다. 그래도 체포된 이들 대다수는 이스탄불 출신으로 더 이상 바닥일 수 없는 부류의 인간들이었다. 주거 침입 강도, 소매치기, 도박사, 큰 사기꾼들과 강도들, 먹고살기 위해 절도와 사기를 하는 가난뱅이들, 주정꾼들, 음식 값을 갚을 줄 모르는 무전취식자들이나 식당에서 난동을 부리는 자들과 기물 파괴자들, 삶에서 얻을 수 없는 것을 마약에서 구하며 해시시를 즐기고 독을 먹고 마시는 불쌍한 자들, 마약을 얻기 위해 그 어떤 것들도 마다하지 않고 심지어 자신의 생명까지도 바치는 무모한 자들이었다. 이미 재기의 기회를 놓치고 몸을 망쳐 버린 늙은 이들과 죄악 때문에 도덕을 가볍게 여기는 젊은이들, 온갖 본능과 습관에 도착, 왜곡되어 그것들을 은폐하거나 속이려고도 하지 않고 오히려 그것들을 세상에 과시하고, 또 아무리 은폐하려 해도 진한 악덕이 일기수일투족에 드러나기 때문에 숨기려야 숨길 수 없는 변질자들도 있었다.

그중에는 수차례 살인을 저지른 자들과 이미 몇 번이나 탈옥을 시도했던 자들도 있었는데, 그들은 재판과 판결을 받기 전에 이미 족쇄를 차고 있었다. 그들은 사뭇 도발적으로 족쇄를 덜거덕거리면서 쇠붙이를 저주하고 족쇄 고안자에게 저주의 말을 퍼부었다.

　이곳에는 터키 제국 서부 지역에서 유죄 선고를 받은 자들이 있는데, 그들 모두는 이곳에서 운명을 결정짓게 된다. 혹은 이스탄불의 든든한 비호나 연줄로 석방되어 집으로 돌아가거나 소아시아 혹은 아프리카의 유형지로 떠나는 자들로 분류된다. 그들은 소위 '지나가는 자들'로 대개 나이가 지긋하고 고향에서는 여러 종파나 자치 단체의 대표자들로 덕망 높은 인사들이었으나 그 지방에서 일어난 폭동, 분쟁에 말려들었다가 적대자의 비방으로 정치범 내지는 모반자의 누명을 쓴 사람들이었다. 그들은 들어올 때부터 옷가지들과 소지품이 가득한 상자를 가져온 까닭에 같은 감방에서 기거해야 하는 이스탄불의 범죄자들로부터 소지품을 지키느라 애를 먹었고, 될 수 있는 한 수용자들로부터 멀리 떨어져 앉아 있으려고 했다.

　15동 남짓의 단층 혹은 2층짜리 건물들은 수년에 걸쳐 지어지고 증축되었는데, 높은 담으로 이어져 있었고 들쑥날쑥한 형태의 길고 가파른 뜰을 품고 있었다. 경비원들이 있는 곳과 사무실이 있는 건물 앞부분만 돌이 깔려 있었다. 그 외 나머지 장소는 발자국으로 굳어진 회색 지면으로 아침부터 밤까지 수많은 사람들에 의해 쉴 새 없이 짓밟히기 때문에 거기에는 잡초 하나 구경할 수 없었다. 안뜰 한가운데에 서 있는 두서너 그루의 빈혈에 걸린 듯한 나무들은 언제나 계절의 변화에 등을 돌린 채 순교자의 삶을 강요당하고 있었다. 이처럼 기복 있는 넓은 안뜰은 낮 동안에는 온갖 인종과 민족이 모이는 정기적인 시장처럼 보였다. 그러나 밤이 되면 죄수의 무리가 열다섯 명, 스무 명, 서른 명 단위로 해서 감방으로 압송된다. 시끄럽고 무질서한 생활은 감방 안까지 옮아간다. 이 때문에 이곳에서 평화로운 밤이란 매우 드물었다.

간수를 두려워하지 않고 어느 누구도 개의치 않는 파렴치한 이스탄불 출신의 패거리들은 외설적인 노래를 부르고 가까운 다른 감방에 있는 어린 수감자들을 향해 유혹의 말을 던진다. 눈에 띄지 않는 사람들이 자리를 놓고 싸움을 벌인다. 도난당한 자가 도움을 요청하는 고함을 질러 댄다. 어떤 자는 꿈속에서 이를 갈며 몸을 일으켜 세우는가 하면 어떤 자는 코를 골아 댄다. 거대한 감옥은 마치 어둠의 정글처럼 소리만 살아 있는 곳이 된다. 어떤 때는 난데없이 환성이 터지기도 하고 한숨 소리가 들리기도 하고 또 어떤 때는 레치타티보처럼 시구에서 따온 두세 음절의 늘어진 단어가 들리기도 하고 온갖 욕망을 가득 담은 슬프고 애절한 노래가 들리는가 하면 또 어떤 때는 목구멍에서 나오는 알아들을 수 없는 무거운 소리가 들리기도 한다.

소음은 외부로부터도 들린다. 왜냐하면 이중으로 된 낡은 대문이 개인이나 집단으로 사람들을 받아들이고 내보낼 때마다 삐걱거리며 굉음을 내기 때문이다. 밤사이 수형자(受刑者)는 다른 감옥으로 이송되거나 유배지로 압송된다. 또 부둣가에서 흔히 벌어지는 폭력 사태 끝에 입에서 피를 내뿜고 피투성이가 되어 분노와 알코올의 흥분이 미처 깨기도 전에 연행되어 오는 깡패들도 심심찮게 이곳을 찾아든다. 그들은 이곳에 끌려와서도 좀처럼 흥분을 가라앉히지 못하고 다른 감방을 향해 위협을 하거나 욕설을 퍼붓기 일쑤였다.

날이 밝으면 건강하고 청결한 사람에게는 조금 수월했다. 단지 아주 조금 수월할 뿐이었다. 그들은 일제히 숨 막히는 감방에서 넓은 안뜰로 풀려나 그곳에서 일광욕을 하며 이를 잡거나 상처를 손보거나 야비한 농담을 주고받거나 독살스러운 입씨름을 계속한다. 그 와중에 조용한 집단과 시끄러운 집단이 형성된다. 그 모든 집단들에는 각각 중심이 있었는데, 그것은 도박꾼의 무리이거나 수다쟁이의 무리이거나 아니면 조용히 노래를 부르거나 온갖 우스운 노랫말들을 흥얼대는 남자이거나 아무 생각 없이 이야기를 지어내거나 무리의 사람들에게 농담을 거침없이 해 대는 사람들이 중심이 되었다.

페타르 수사는 그중 한 명에게 다가가 약간 떨어진 곳에서 구경을 하거나 귀를 기울였다. ("일반인처럼 옷을 입은 게 천만다행이지. 내가 누군지 무엇을 하는 사람인지 아무도 모르니까 말이야!")

이곳 감옥 부근에서는 매일 아침 아직 햇빛이 비치지 않는 곳에서 자임이라는 남자를 둘러싸고 사람들이 모여든다. 그는 작은 체격에 등이 구부정하고, 성격이 소심했지만 나지막한 목소리로 자신감과 정열을 가지고 자신이 겪은 이야기를 언제나 당당하게 들려주었다. 이야기의 주제는 늘 같았지만 이야기에 항상 꼬리가 붙기 때문에 한 사람이 그의 말대로 모든 일을 겪어 보았다면 적어도 150년은 살았어야 할 판이었다.

해가 얼굴을 내민 지 얼마 되지 않았지만 이미 대화는 무르익고 있었다.

"당신이야말로 제대로 세상맛을 봤군요, 자임 아가."*

"하지만 내가 얻은 건 아무것도 없어. 난 이토록 고생을 많이 했는데도 오히려 나쁜 놈들이 활개를 펴고 떵떵거리며 살아가는 세상이니까. 그래도 난 가는 곳마다 환영을 받고 나름대로 대우도 받았다고. 하기야 나도 상대를 성실하게 대하는 그런 후회 없는 생활을 살았다고 할 수 있지!"

그렇게 말하고는 메모한 쪽지를 읽는 것처럼 앞을 바라보며 이야기를 중단했던 부분에서부터 계속하듯이 다시 말을 이어 갔다.

"아다파자리에서는 돈벌이도 해서 장가를 들었지. 착하고 현명한 여자를 아내로 얻었어. 사람들은 모두 나를 무척 존경했고, 내 염색 가게는 마을에서 최고였지."

"그런데 왜 그곳에서 머무르지 않았죠?"

"크. 왜냐고? 왜냐하면 악마가 나더러 또 다른 여자를 아내로 맞게 했기 때문이지. 그날부터 모든 게 거꾸로 흘러갔어. 처음엔 이 여자가 날 썩 좋아했지. 진짜 그건 사실이었어. 그런데 이 여자의 성질머리라고는! 본처와의 싸움이 그칠 날이 없는 데다 집안이 생지옥으로 변했고 어느 때는 거리로 뛰쳐나가 소란을 피워 댔지. 그야말로 한 손에는 지푸라기, 또 다른 손에는 불을 들고 있는 셈이었어. 가는 곳마다 싸움을 벌이고 원한을 샀지. 사람들이 흔히 하는 말로, 머리에 있는 두 눈을 뽑을 지경이라는 말이 있지. 본처의 오빠들이 나를 쫓기 시작했고 사람들도 모두 나를 미워했어. 명예도 잃고 손님도 잃고 그렇게 가다가는 모가지까지 잃을 지경이라 야밤에 가게와 도구를 헐값에 처분하고 다시 방랑의 길에 들어선 거지."

"아이고, 형제여! 재앙이었군요!" 누군가 안됐다는 듯 말했다.

자임이 그 재앙의 크기는 자신만 알 수 있다는 듯 슬픈 표정으로 머리를 저었다.

"아니, 그렇다면 그 악녀를 쫓아내지 왜 바보처럼 당신이 도망을 쳤소? 게다가 그토록 착한 아내를 곁에 두고!" 무리 중에서 제법 체격이 큰 남자가 나지막한 소리로 말했다.

"쫓아내고 또 쫓아냈지! 하지만 쉬운 일이 아니었어. 그 여자가 어떤 여자인지 당신은 모르니까 그런 소리를 하지. 그 여자로부터 벗어난다는 건 불가능한 일이었으니까."

"말도 안 되는 소리! 나 같으면 다리 사이에 해를 끼고 배 위에 달을 끼고 있다 해도 쫓아 버렸겠다!"

이렇게 말을 하고 체격이 큰 남자는 화를 내며 자리를 떠났다.

"또 여자, 여자 얘기뿐이지! 촛불을 끄면 여자는 다 같아!"

작은 체구의 남자는 이야기를 계속 끌고 가서 트라브존까지 간 얘기에 이르렀고, 그곳에서 돈 많은 과부와 결혼을 하게 되었단다.

"이 여자는 나를 애지중지해 주었지. 4년이라는 세월이 어떻게 흘러갔는지도 몰랐으니까! 하지만 나의 불행은 이 여자가 병을 얻어 죽으면서 시작되었어. 그 여자의 죽음이 너무 슬퍼서 그곳에 더 이상 머무르지 못하고 다시 길을 나섰지. 가는 곳마다 일을 했는데 나의 뛰어난 재주 때문에 모두 나를 신망하고 좋아했지. 그러다가 테살로니키*까지 이른 거요. 그곳에서도 장가를 들었지…….”

“또!”

“난 네 가지 기술이 있고, 열한 번 장가를 들었다오.”

“와, 와아! 그래서 어떻게 됐소?” 무리의 사람들이 물었다.

“그래서라니? 아내의 친척 되는 유대인이 내 재산을 모두 빼앗았지. 그 돈의 절반만 있어도 부자라고 할 수 있지. 그것만 있어도 중상모략에서 풀려나 쉽게 자유를 찾으련만.”

그가 말하는 ‘중상모략’은, 그가 위조지폐를 만들었다는 것이었다. 게다가 가장 최악인 것은 그런 혐의가 이번이 처음도 아니라는 점이었다. 그에게 그것은 병과 같은 것이었다. 이런 혐의에서 풀리거나 형기를 마치고 나면 이내 다시 그런 일이나 위조하는 사람과 손을 잡게 되는데 어찌나 칠칠치 못했는지 이내 잡히고 만다는 것이었다. 그런 와중에도 ‘그만의 네 가지 뛰어난 기술’과 행복한 결혼 생활에 대한 꿈을 꾸거나 거짓을 꾸며 대는 일은 멈추지를 않았다. 그리고 만약 모든 것이 밝혀진다면 무거운 죗값을 치르게 될 것에 대해 두려워하면서도 그의 이야기에 비웃을 준비가 되어 있는 한가한 자들을 향해 하루 종일 온갖 거짓말과 거짓 반, 진실 반인 이야기로 자신을 기만하고 있는 것이다. 자신을 둘러싼 사람들이 흩어지면 이 남자는 마치 얼이 빠져나간 껍질처럼 안뜰을 헤매다가 또 다른 집단 속에 끼어든다. 다른 사람들이 환성을 지를 만한 우스운 이야기에도 그만은 장례식에 참석한 조문객처럼 비통한 표정을 짓고 있었다. 그런 식으로 오랫동안 참을성 있게 사람들의 이야기에 귀를 기울이며 자기가 나설 차례를 기다린다. 그리고 때가 왔다고 판단되면 기계적으로 이야기에 끼어들었다. 예를 들어 누군가 이집트라는 나라 얘기를 꺼내면 그는 완벽한 이야기로 말을 가로막는 것이었다.

"나에게는 이름이 미시르카라는 아내가 있었지. 나보다 연상이었지만 내 친어머니보다 나를 더 아껴 주었다고 해도 틀린 말은 아니야. 2년 동안 그야말로 행복하게 보냈지. 마을 사람들의 존경도 한 몸에 받고. 하지만 누가 알았겠소? 어느 날 갑자기……."

그렇게 다시 지어낸 나라 얘기와 결혼의 불행을 얘기하는 동안 어떤 이들은 이죽거리며 듣는가 하면 다른 이들은 아예 처음부터 손을 내젓고는 가엾은 자임을 동정하며 자리를 떴다.

"저자의 열여덟 번째 아내군."

"잘 있게나! 얘기가 끝나면 알려 주게."

그러나 완벽한 아내와 평화로운 인생을 꿈꾸었던 구제 불능의 위조지폐범 자임의 이야기는 옆 무리의 시끌벅적한 소리에 금세 묻히고 말았다. 옆 무리는 안뜰 밖의 세상 사람들이 결코 들어 보지도 못했을 온갖 욕설로 가득 차 있었다.

저주받은 안뜰의 위치만큼은 마치 수인의 고통과 고뇌를 최대한 계산해 넣은 듯 기이했다. (페타르 수사도 안뜰을 묘사하려고 할 때마다 늘 이런 고민에 부딪혔다.) 안뜰에서는 도시도, 부두도,

안뜰 아래 해안의 버려진 무기 창고도 아무것도 보이지 않았다. 그저 광활하고 무자비하리만큼 아름다운 하늘과 저만치 보이지 않는 바다 반대편 녹색의 소아시아 해변 일부만 보일 뿐이었고 낯선 회교 사원의 맨 꼭대기나 담 뒤의 커다란 삼나무 가지만 눈에 띄었다. 모든 것이 불분명했고 무명(無名)이었고 낯설었다. 그렇게 해서 타지 출신의 남자는 마치 악마의 섬에 온 듯한, 지금까지의 생활에 의미를 지니고 있던 모든 것이 제거되고 그것들을 다시 볼 희망마저 잃고 만 듯한 기분에 사로잡히고 마는 것이다. 이스탄불 출신의 수인들은 다른 고통 말고도 자기들의 도시를 눈앞에 두고도 보거나 귀로 들을 수 없는 그런 형벌을 덤으로 얻게 되는 것이다. 이스탄불에 있는 것은 맞지만 도보로 백 일이라도 걸릴 것 같은 먼 거리에 있는 착각이 드는데, 이러한 거리에 대한 착각이 마치 현실처럼 느껴져서 그들을 괴롭혔다. 이런 이유 때문에 안뜰은 인간을 순간적으로 무의식중에 사로잡아 자기에게 예속시키고 자기 안으로 매몰시키고 마는 것이다. 지난 일들은 잊고 앞으로 일어날 일에 대해서는 덜 생각하게 함으로써 그렇게 과거와 미래는 하나의 현재, 저주받은 안뜰의 이상하고 끔찍한 삶으로 용해되는 것이다.

흐린 하늘에 미지근하고 시원찮은 남풍이 불어 바다의 부패물과 도시의 오물이 뒤섞인 악취가 보이지 않는 부둣가 쪽에서 날아오면 감방과 안뜰에서의 하루하루는 정말 견디기 어려워진다. 이 견딜 수 없는 악취는 부두 쪽에서뿐만 아니라 모든 건물, 모든 물체에서 흘러나온다. 그것은 마치 '저주받은 안뜰'에 억압된 대지가 서서히 부패하고 역겨운 악취를 내뿜어 댐으로써 입에 들어가는 모든 것이 쓰고, 살아 있는 것이 싫을 정도로 인간을 해치고 있는 것처럼 보인다. 바람은 난폭해지고 눈에 보이지 않는 병처럼 모든 사람을 엄습한다. 그러면 온순한 사람들마저 흥분하여 아무 이유도 없이 사람들에게 시비를 건다. 수인들은 자기 자신을 주체하지 못하고 동료들이나 간수에게 공연히 시비를 걸지만, 그런 날에는 간수도 돌연 긴장이 풀리면서 위험한 충격이나 무모한 행동으로 사람을 몰고 간다. 그 결과 이유 없는 싸움이 벌어지고, 거칠고 이상한 폭력이 저주받은 안뜰 자체를 감싸는 것이다. 그렇게 미쳐 날뛰며 아무에게나 시비를 거는 사람들이 있는가 하면 나이 지긋하고 내성적인 사람들은 몇 시간이고 구석진 곳에서 쪼그려 앉아 눈에 보이지 않는 적을 향해 나지막한 소리로 혹은 오만상을 찌푸리며 손을 움직이거나 머리를 흔들어 대며 설득시키고 있는 것이다. 그들은 귀신들처럼 보였다.

모두가 흥분에 빠진 몇 시간 동안 광기는 역병이나 타오르는 불길처럼 감방에서 감방으로, 사람에게서 사람으로 전염되고 심지어는 인간에게서 동물이나 무생물까지로 옮겨 간다. 개나 고양이도 침착성을 잃고 만다. 커다란 쥐가 벽에서 벽으로 끊임없이 뛰어다닌다. 사람들은 문을 괜히 요란스레 닫고 숟가락으로 양철 식기를 두들겨 댄다. 물건이 손에서 떨어지고 때로 병적인 허탈에서 모든 사람들이 조용해지는 순간이 온다. 그때 저주받은 안뜰에서는 모든 것들이 목청껏 절규의 목소리를 내고 그 성난 외침이 절정에 달했을 때 이곳의 모든 것들은 분쇄되고 무너지고 어떤 알 수 없는 방식으로 영원히 종료하고 말 것이라는 병든 희망 안에 갇혀 있는 듯했다.

그런 몇 시간 동안 저주받은 안뜰은 거인의 손아귀에 든 커다란 장난감처럼 덜커덕거리고 인간도 덜커덕거리고 부르르 몸을 떨며 벽에 부딪히고 서로 충돌하는 것이다.

구치소장과 그의 부하들은 이 역겹고 위험한 남풍의 영향을 익히 알고 있는 터라 최선을 다해 충돌을 피하려고 애썼다. 왜냐하면 그들 자신도 극도로 긴장한 상태에서 감옥을 지키고 경계를 강화하고 그저 남풍이 그치기만을 기다리고 있을 뿐이기 때문이었다. 오랜 경험으로 미루어 보아 '질서를 회복' 하기 위한 모든 시도는 위험한 것이며 불가능한 것이라는 걸 그들은 잘 알고 있었다. 왜냐하면 그런 사태를 저지하려는 사람도 없으려니와, 설령 누군가 있다고 해도 복종할 사람들이 없기 때문이었다. 그러나 건강한 북풍이 남풍을 물리치고 날이 맑아 해가 모습을 드러내고 공기가 맑아지면 수인들은 몇몇 무리로 나뉘어 안뜰로 몰려나와 마치 병이 나은 사람, 혹은 난파당했다가 구조된 사람처럼 햇볕을 쬐고 농담을 하며 즐거운 듯이 웃음을 터뜨린다. 그리고 저 광기 어린 2, 3일 동안 일어났던 일은 말끔히 골짜기로 던져 버린다. 생각을 끄집어내려 해도 무엇 하나 떠오르지 않는 것이다.

이 기괴하고 끔찍한 시설의 책임자는 카라조즈*라고 불리는 라티프 아가였다. 꽤 오래전에 얻은 이 별명은 하나밖에 없는 진짜 이름이 되어 버렸고, 이 이름으로 그는 이곳뿐 아니라 저주받은 안뜰의 담 밖에까지 알려져 있었다. 그는 자신의 외모로나 자신이 지니고 있는 모든 특징들로 안뜰을 상징했다.

그의 아버지는 사관 학교 교관으로 조용한 성격에 책과 사색을 즐겼는데, 늦은 나이에 결혼해서 외아들을 얻은 것이었다. 아이는 쾌활하고 명석했으며 책을 좋아했는데, 특히 음악과 각종 놀이에 더 관심이 많았다. 열네 살까지 무척 공부를 잘해서 아버지와 같은 길을 걸을 것으로 기대했지만 그때부터 그의 쾌활함은 광기로 변했고 그의 명석함은 거꾸로 가기 시작했다. 소년은 빠르게 변했는데 신체적으로도 그랬다. 너무 빠르게 비대해지는 바람에 자연스럽지 못하게 살찐 모습이 되었다. 총명한 갈색 눈은 상한 노른자처럼 변했다. 그는 학교를 그만두고 술집 악사들과 마술사, 도박사, 주정뱅이, 마약 중독자 들과 어울리기 시작했다. 손놀림이 뛰어난 것도 아니었고 도박이나 술에 어떤 열정을 가지고 있는 것도 아니었지만 그런 세계에 그저 관심이 있을 뿐이었고 그의 주위에 있는 평온하고 일상적인 운명과 길들여진 습관, 반복되는 일상에 그저 반기를 들고 싶었을 뿐이었다.

혈기만 있을 뿐 여전히 미숙한 청년은 이내 동료들의 미심쩍은 일과 무법 행동에 가담하여 법을 어기기에 이르렀다. 그것도 한 번이 아니었다. 그의 아버지는 자신의 명성과 고위 관리들과의 인맥으로 몇 차례나 감옥에서 그를 빼내 주었는데, 특히 죽마고우이기도 한 경찰청장과의 인맥을 주로 이용했다.

"내 아들이 남의 집을 침입하고 상인을 습격하고 소녀를 납치했다는 것이 말이 되나?" 절망에 찬 아버지가 물었다. 노련한 경찰총장은 조용히, 하지만 솔직하게 말했다. "물건을 훔쳤다고 하는

데 그가 훔친 건 아니지. 상인을 습격했다고 하는데 그가 습격한 것도 아니야. 또 소녀를 납치했다고 하는데 그가 납치한 것은 아니야. 그런데 이런 일이 벌어지는 곳마다 어딘가 가까이에 늘 자네 아들이 있다는 거지. 만약 이대로 방치했다가는 본인도 분명 가담하게 될 거야. 어떤 식으로든 해결책을 찾아야만 해.” 경찰총장은 유일한 방법이면서도 최선이라고 하는 ‘해결책’을 제안했다. 나쁜 길에 빠지려고 하는 젊은이에게 경찰 일을 가르치는 것이었다. 그렇게 해서 한때 도박사와 술꾼들과 어울리던 청년은 근면하고 우수한 이스탄불의 경찰이 되었다.

물론 하루아침에 그렇게 된 것은 아니었다. 처음 몇 년 동안은 망설이며 자신의 자리를 찾아다니기도 했지만 뜻밖에도 자신의 오랜 친구들을 적으로 여기는 곳에서 자리를 잡게 되었다. 그는 부랑자, 주정꾼, 소매치기, 밀수단, 그 밖에 이스탄불 암흑가의 깡패를 다룰 때 유감없이 무자비함을 발휘했다. 그는 열정과 말로는 설명할 수 없는 증오로, 그러면서도 그만이 알 수 있는 기술과 지식을 십분 활용해서 일에 임했다. 그의 오래된 인연은 활동 범위를 넓히는 데 도움이 되었는데, 왜냐하면 똘마니들이 거물들을 팔아먹기 때문이었다. 사람에 대한 정보는 점점 쌓여 갔고 정보망은 강화되고 확장되었다. 그는 남다른 공적과 성실함으로 10여 년 후에는 이 거대한 ‘은신처’의 부소장을 맡게 되었다. 게다가 연로한 소장이 뇌일혈로 사망하자 그가 소장을 대신할 수 있는 유일한 사람이 되었다. 그리고 저주받은 안뜰에서 그의 통치가 시작되었다. 그렇게 시작된 것이 어언 20년이라는 세월이 흐른 것이다.

전임 소장은 완고한 경험을 쌓은 노인이어서 엄격하고 고전적인 관리 방식을 택했다. 그에게 중요한 것은 죄악과 무법의 세계가 질서와 법의 세계에서 되도록 명확히 구별되어야 한다는 것이었다. 개개의 인간과 그가 지은 죄는 관심사가 아니었다. 그는 '저주받은 안뜰' 전체를 일종의 격리 병원으로 간주하고 수용자들을 위험한 중증 환자로 취급해서 그들을 형벌과 공포 혹은 신체적, 도덕적 격리 등 여러 가지 수단을 통해 소위 건전하고 성실한 사회로부터 되도록 멀리 격리해야 한다고 생각했다. 그 밖의 것은 모두 수인의 자유에 맡겼다. 수인들이 자기 영역을 벗어나는 것은 허용하지 않았지만 불필요하게 그들을 건드리는 일도 없었다. 그런 접촉은 현명하고 좋은 결과를 낳을 수 없다고 생각했기 때문이었다.

신임 소장은 태도와 방식 모든 면에서 종전과는 전혀 다른 방식을 택했다.

취임 첫해, 아버지가 세상을 뜨자 라티프는 신작로에 있던 크고 아름다운 아버지의 집을 판 돈으로 저주받은 안뜰 위쪽의 버려진 부지를 매입했다. 사이프러스 나무로 울창한 그곳은 황량한 섬이나 낡은 묘지와 흡사했다. 고귀한 나무들로 울창한 숲과 온갖 담들과 높은 벽들의 구조로, 저주받은 안뜰과는 경계를 이루고 있었다. 풍부한 물줄기 옆 오래된 나무들 사이에 그는 집을 지었다. 이 때문에 반대편 비탈을 굽어보는 집은 남풍은 물론이거니와, 무기 창고나 부두에서 풍겨 오는 악취로부터 보호를 받았다. 이 저택은 저주받은 안뜰과 꽤 떨어진 것 같으면서도 아주 가까운 묘한 이

점을 지니고 있었다. 외형과 한적함과 청결함에서 저택은 1천여 킬로미터나 떨어진 아주 딴 세상이면서도 인접한 안뜰과 보이지 않는 끈으로 묶여 있었다. 카라조즈는 그만이 알고 있는 지름길로 하루 중 언제라도 자신의 집에서 이곳으로 올 수 있었다. (이 때문에 그가 언제 이곳에 없고 또 언제 있는지 알 수 없었으며 어디로 왔는지도 알 수가 없었다.) 구치소장은 이 점을 자주 이용했다. 그는 수인과 간수들을 감시하는 데 눈을 번득였다. 거의 모든 수인들에 관해서 일일이 그들의 전력과 현재의 죄상을 알고 있었으므로 그가 "안뜰이 어떻게 숨을 쉬고 있는지 알고 있단 말야"라고 말하는 데는 정당한 이유가 있었다. 그리고 어느 누구에 관해서 자세한 것을 모를 때도 그자의 부랑성 내지는 범죄자 근성을 이해하고 있기 때문에 어떤 순간에도 그자 앞에 나타나 그의 범죄나 다른 누구의 범죄에 대해서 이야기를 **계속할 수** 있었다. 마찬가지로 간수 개개인도 잘 알고 있었으며 그 개성과 성격의 장점과 단점, 외면과 내면을 이해하고 있었다.

적어도 그는 그렇게 말했을 뿐 아니라 언제나 그것을 자랑으로 여겼다. 이렇듯 그는 젊은 날에 영원히 결별한 무법과 범죄의 세계와 일생 동안 가장 밀접한 관계를 맺게 되었다. 동시에 그는, 그 위치와 울창한 정원과, 그리고 어느 누구도 통과할 수 없는 철책과 문에 의해 이 세계를 초월하고 이 세계에서 격리되어 있는 것이다.

처음부터 카라조즈는 '내부에서의 일을 착수' 했다. 그런 범상치 않은 일 처리 방식 때문에 그는 어떤 의미에서 훨씬 더 나쁘고 심각하며 위험했지만 때때로 전임 소장보다 더 인간적이고 나은 면도 있었다. 이처럼 상반되는 것의 끝도 없고 잡을 수도 없는 얽힘으로 안뜰과 그 속에 완만하고 혼탁한 강물처럼 흐르는 인간 전체에 대한 그의 이상한 관계가 이루어지고 있는 것이었다. 저주받은 안뜰에서 가장 나이 많고 가장 교활한 인사들도 그런 카라조즈의 유희의 끈을 잡을 수는 없었다. 그의 유희는 자신이 만들어 낸 독특한 것으로 가끔 경찰 직무에 위반되고 일반 사회의 관행이나 관습을 거역하는, 아주 대담하고 예상도 할 수 없는 전환과 책략으로 가득 찬 것이었다. 첫해에 이미 그는 자신의 별명인 카라조즈라는 이름을 얻었다. 그리고 실제로 안뜰 자체와 안뜰로 인해 경험한 모든 일과 그 안에서 일어난 일은 커다란 무대였으며 카라조즈 일생의 지속적인 연기 자체였다.

어려서부터 비만한 데다 정글 같은 털에 검푸른 피부인 그는 어릴 적에도 나이가 들어 보였다. 하지만 그의 외모는 사람들을 속이기에 충분했다. 1백 오카*나 되는 체중에도 불구하고 암사자처럼 재빠르고 민첩했으며 그의 육중한 육체는 그런 순간에도 황소의 힘을 발휘했다. 졸린 듯한 얼굴 뒤, 마치 죽은 사람처럼 감은 두 눈 뒤에는 언제나 눈을 뜨고 있는 주의력과 악마와 같은 불안하고 예민한 사고력이 숨어 있었다. 어두운 올리브색 얼굴에서 웃음을 본 사람은 아무도 없었으며 카라조즈의 몸 전체가 내부의 무거운 웃음으로 흔들릴 때조차도 그것을 본 사람은 아무도 없었다. 그 얼굴은 굳어지거나 이완될 수도 있었고 극도의 증오와 위협에서 깊은 동정과 이해에 이르기까지 다양하게 돌변할 수도 있었다.

그의 얼굴에서 눈의 놀림은 카라조즈 최고의 기술이었다. 왼쪽 눈은 거의 감고 있었지만 그 겹친 눈썹 틈새로 쏘는 듯한 날카로운 시선이 번득였다. 반면 오른쪽 눈은 부리부리하게 크게 부릅뜨고 있었다. 그 눈은 단지 자기 자신만을 위해 살아 있을 뿐이었으며 마치 서치라이트처럼 굴러가고 있었다. 그것은 눈알에서 믿을 수 없을 만큼 순식간에 튕겨 나왔다가 똑같이 빠른 속도로 그 속에 숨어들었다. 또 그 눈은 먹이를 습격하고 자극을 주고 혼란에 빠뜨리고 그 자리에 못 박아 놓고 상대의 사고나 희망이나 계획의 가장 비밀스러운 구석구석을 투시했다. 이 때문에 그 추악한 애꾸눈은 때로는 무섭고 때로는 우스꽝스럽고 그로테스크한 가면의 표정을 얻기에 이르렀다.

수인들이 카라조즈 이야기를 할 때면 그에 관한 일거수일투족을 들추어내며 말했는데, 특히 가장 많이 그리고 빈번하게 그의 눈에 관한 얘기를 했다. 어떤 이들은 그의 왼쪽 눈은 아무것도 볼 수 없을 거라고 단정하는가 하면 또 다른 이들은 눈을 크게 뜬 오른쪽 눈이 볼 수 없을 거라고 말하기도 했다. 이 점에 관해서는 20여 년 동안 의견의 일치를 볼 수 없었지만 어느 쪽 눈이건 누구나 그 시선에 겁먹고 있었으므로 되도록 그것을 피하고 싶은 마음에는 별 차이가 없었다.

카라조즈에게는 말투나 행동에 있어 오스만 튀르크 고관의 근엄한 위엄을 어디에서도 찾을 수가 없었다. 모든 개별 사건에서 늘 의심에 찬 표정을 지으며 그는 부끄러움이나 주의, 다른 사람이나 심지어 자신에 대한 일말의 존경도 없이 그저 유희를 즐길

뿐이었다. 어떤 영감에 사로잡힌 듯 늘 예기치 않게 일을 했다. 주야를 불문하고 수시로 나타나 수인들 개개인이든 무리를 찾는 것이었다.

"프히, 프히, 프히, 프히이이!"

그는 이 음절을 다양한 높이와 억양으로 중얼댔고 매번 다르게 하면서도 마치 다른 사람과 자기, 그리고 그들 사이의 '용건'에 대해 놀라움과 경멸을 표하듯 했다.

"어찌 된 거야! 아직도 여기 있단 말이야? 프히! 자, 그러지 말고 무슨 일이 있었던 거야?"

대화는 늘 이렇게 시작되지만 그의 말투가 앞으로 어떻게 바뀔지는 누구도 알 수가 없었다. 경우에 따라서는 장시간에 걸친 까다로운 심문일 수도 있는데, 이럴 때는 심한 위협이 가해지지만 대개는 그것이 단순히 공포로 끝날 때가 많았다. 그러나 동시에 언제 벼락이 떨어질지는 마찬가지로 누구도 예측할 수가 없었다. 그것은 집요하고 위험성 있는 저항을 거부하게 하는 설교가 될 수도 있고, 또 이렇다 할 의미나 뚜렷한 목적도 없는 냉혹한 농담에 지나지 않을 때도 있었다.

만약 궁지에 몰린 인간이 카라조즈의 추궁을 잠시만이라도 피할 요량으로 탄원하며 진심이든 거짓이든 자신의 결백을 호소하는 눈물을 흘린다면 카라조즈는 갑자기 태도를 바꾸어 이마를 두들겨 대기 시작하는 것이었다.

"무슨 말을 지껄이는 거야, 죄도 없고 아무 연관도 없다고? 어허, 지금 이 상황에서 나한테 그따위 소리를 지껄이는 거야, 돼먹지 않은 인간 같으니라고. 프히, 프히, 프히이이! 잘못했다고 하면 내 너를 풀어 줄 수도 있었는데. 왜냐고? 여긴 죄수들로 넘쳐 나기 때문이지. 여기 있는 자들은 모두 죄를 지은 거라고. 그러나 만약 한 명의 무고한 자가 있다고 해도 너는 아니란 소리지. 너 스스로 그런 말을 지껄이지만 않았어도 그럴 수는 있었겠지만 말이야. 자, 이렇게 된 이상 너를 대신할 무고한 자가 나타날 때까지 너는 이곳에 머물러 줘야겠다. 그럼, 이제 앉아서 입 닥치고 잠자코 있어!"

카라조즈는 몇 명의 간수들을 데리고 안뜰을 계속 순찰하면서 오로지 자기 자신만을 위한 유희를 계속해 나갔다. 메아리가 울릴 정도로 고래고래 고함지르기를 멈추지 않았다.

"어느 누구도 누군가를 위해 무죄를 주장하는 말을 내게 해서는 안 되지. 결백이라니, 그것만은 절대 안 되지. 왜냐하면 이곳에 무고한 자는 있을 수 없으니까. 그 누구도 이곳에 실수로 온 자는 없다고. 안뜰의 문턱을 넘는 순간, 무죄란 있을 수 없지. 틀림없이 죄를 지은 거니까. 현실 세계가 아니라면 꿈속에서라도 말이야. 그도 아니라면 어미가 배 속에 아이를 가졌을 때 사악한 생각을 품었든가. 물론 자신을 나쁘게 말할 놈은 없어. 하지만 난 지금까지 억울하게 끌려온 자를 본 적이 없지. 여기에 들어온 자는 무조건 유죄야. 아니면 죄인과 관련 있는 자란 말이지. 프히! 난 수많은 수인들을 풀어 주었지. 상부의 명령도 있었지만 내 책임 아래 풀어 주기도 했어. 그러나 모두 유죄였어. 이곳에 무고한 자는 있을 수 없으니까. 하지만 이곳에 오지 않은, 아니 올 리도 없는 수천 명의 죄인들이 있기는 하지. 왜냐하면 그 모든 죄인들을 이곳으로 불렀다가는 안뜰을 바다에서 또 다른 바다까지 넓혀야 할 지경이니 말이야. 난 인간이란 것을 알고 있어. 그들 모두가 죄인이야. 하지만 모두가 이곳에서 신세를 질 순 없는 거라고."

걸으면서 하는 이 독백은 점점 빨라지고 열기를 띠어 마침내는 안뜰에 있는 자들과 그 밖에 있는 자들을 향한 광기 어린 절규와 욕설로 바뀌었다. 그의 목소리에는 인간에 대한 심한 증오가 있었지만 그 이면에는 모든 것이 그렇게밖에 될 수 없었던 자에 대한 연민의 정도 없지 않았다.

한편 이 '결백한 남자'는 이제야 몇 주일이고 더 이곳에 앉아 있을 수는 있지만 카라조즈가 더 이상 그를 쳐다보지도 않을 거라는 것을 깨달았다.

그런 일이 있은 지 몇 주일 뒤에 악당들과 함께 체포된 부잣집 청년의 친척이 되는 높은 양반이 찾아와 카라조즈에게 청년은 죄가 없으니 석방해 달라고 부탁했다. 카라조즈는 이야기를 다 듣고 나서 새삼스러운 태도로 마치 무언가를 떠올리듯 지그시 두 눈을 감고 이마를 찌푸리다가 얼굴 표정을 바꾸더니 부탁한 사람에게 정중히 예를 갖추며 목소리를 깔고 물었다.

"그를 체포한 사람들에게 청년이 무죄라는 말을 하셨습니까?"

"했지요, 당연히. 하지만……."

"에헤, 잘못하셨군요. 프히, 프히, 프히이이! 그러면 안 되지요. 왜냐하면 이제는 무고한 자들은 구속하고 죄지은 사람들은 석방을 시키니까요. 게다가 당국에 그에게는 죄가 없다고 주장한 이상 여기에 더 머무르도록 해야겠군요."

사람들은 어안이 벙벙한 표정으로 침착해하는 그의 얼굴을 쳐다보면서 농담이라고 웃어 대는 카라조즈를 예상했다. 그러고는 입가에 엷은 웃음을 지었다. 그러나 카라조즈는 냉랭하게 진지한 태도를 유지하며 깍듯이 예의를 갖추고 있었다. 그렇게 함으로써 그들을 물러서게 했던 것이다. 그들은 꽤 오랫동안 정신을 차릴 수가 없었다. 그들은 친구들에게 사정을 이야기하고 영향력 있는 인사들에게 불평도 해 보았지만 사람들은 어깨만 들썩이고 손만 내저을 뿐 속수무책이었다. 그들은 카라조즈 안에 들어앉아 그의 뒤에서 악마가, 게다가 하나도 아닌 여러 악마가 말을 해 대고 있다고 강하게 믿는 사람들처럼 보였다.

그러나 이튿날 이미 카라조즈는 안뜰을 지나가면서 처음의 '결백한' 남자를 만나 갑자기 3주 전의 대화를 계속하는 것이었다. 그에게 갑자기 다가가더니 얼굴을 뚫어져라 쳐다보며 말하는 것이었다.

"프히! 이곳에서 언제까지 그런 고약한 냄새를 풍기고 있을 셈이야? 네 녀석이 없으면 악취가 부족해서 그러느냐. 빨리 여기서 꺼지지 못해. 알겠어? 내 눈에 띄지 않게 썩 꺼지란 말이다. 그렇지 않으면 고양이처럼 박살을 내고 말 테니!"

남자는 순간 너무 놀라 돌처럼 굳어지더니 이내 정신을 차리고 소지품을 챙기지도 못한 채 안뜰에서 줄행랑을 쳤다. 그 소지품들은 간수와 수인들의 탈취 대상으로 남았다.

자신의 '유희' 안에서 카라조즈는 절도, 횡령, 강간, 상해, 살인을 저지른 범인을 상대로 몇 시간이고 함께 보낼 수 있었다. 얼굴을 찌푸린 채 지껄이고 나직이 속삭이고 광대 역을 하는가 하면 냉혈적인 사형 집행인을 연기하고 온정 넘치는 인간의 역할도 해치우고……. 이렇게 배역을 번갈아 가며 그것도 충실히 해냈다. 때로는 상대역과 다투기도 하고 또는 껴안다가 다시 때리고 또 애무하기도 했지만 최면술을 걸듯 항상 상대를 동화시켰다. "자백해, 따끔한 맛을 봐야겠나! 자백해, 그래야 목숨을 부지할 수 있을 테니 말이야. 따끔한 맛을 봐야 알겠나, 순순히 자백해!"

그리고 상대로부터 공범자나 훔친 돈의 은닉처를 자백받고 목적을 달성하면 그는 불결하고 불쾌한 일을 간신히 마친 사람이 손을 씻듯 두 손을 비비며 불필요해진 가면을 벗어던진 다음 일정한 법의 궤도에 용건을 올려놓는 것이었다. 하지만 그때에도 자백한 사람을 아주 잊거나 완전히 방치해 두는 법이 없었고 재량껏 도움을 주거나 경감해 주었다.

끝도 없이 묘한 그의 유희는 이해할 수 없었지만, 사실 그는 마치 단 한 번도 어느 누구를 믿어 보지 않은 것처럼 범죄자나 증인뿐 아니라 그 스스로도 믿지 않은 것처럼 굴었기 때문에 그에게 범인의 자백은 유일한 것이었고 모든 인간이 유죄로 재판받아야 할 존재인 이 세상에서 그럭저럭 공정과 질서를 유지하기 위해 다소나마 신뢰성 있고 유일한 판단 기준이 될 수 있는 것이 자백 외에는 있을 수 없기 때문이었다. 그는 마치 자백을 받아 내는 것이 자기 인생의 타고난 목적인 양 죄악과 범죄, 기만과 무법에 대한 결산할 수 없는 계산을 마무리 짓기라도 하는 것처럼 상대로부터 자백을 구하고 사냥하고 심지어 짜냈다.

그 유희는 대개의 경우, 서로 얽히고설켜 굴절되고 이해할 수 없고 도달할 수 없는 것처럼 보였지만 실제로는 대단히 자연스럽고 질서 있게 자신의 목적을 성취해 냈다. 그 안에는 반복이나 단조로움이 없었고 언제나 스스로에게서 새로운 것을 생성해 내고 있었으므로 저주받은 안뜰의 단골들조차 당혹하게 만들기에 충분했던 것이다. 카라조즈와 이미 수년간 일한 사람들조차도 이해할 수 없는 경우가 한두 번이 아니었다. 그에 관해서는 이스탄불 전체에 풍문이 나돌았지만, 또 그의 행동은 때로는 비인간적이고 잔인하기도 했지만 또 어느 때는 놀라우리만큼 부드럽고 동정과 연민의 정으로 가득 차 있었다.

이 때문에 카라조즈에 대한 불만이 잦을뿐더러 종류도 다양했다. 심지어 그의 경질까지 거론되기도 했다. 디반*의 비지르*도 수차례나 그에 대해 시정을 시도했으나 결국 모든 것이 원점으로 돌아갔다. 모두 카라조즈가 독단적이며 변덕쟁이라는 것을 알고 있었지만 동시에 도적, 부랑자, 여러 타입의 변절자로 들끓는 집단을 밤낮으로 상대하고 안뜰에서 이만큼이라도 규율과 질서를 유지할 수 있는 인물이 흔치 않다는 것도 잘 알고 있었다. 그렇게 카라조즈는 자신의 방식대로 저주받은 안뜰을 지배하며 그 자리에서 계속 남아 있을 수 있는 것이었다.

온 세상 사람들은 이것이 가장 자연스러운 해결이라고 생각했다. 여기서 세상 사람들에는 저주받은 안뜰 사람들까지 포함하는 것이었다. 이때 카라조즈는 대화, 악담, 조소, 매도, 증오의 불변의 대상이었고 때로는 신체적인 공격의 대상이기도 했다(어떤 경우에도 카라조즈의 딸을 험담하는 것은 안뜰에서 오랜 관습이 되어 있었다). 어딘가 부족한 사람들은 카라조즈의 걸음걸이, 시선의 움직임, 그가 내뱉는 한마디 한마디를 주시하면서 해석하고 분석했다. 사람들은 그를 두려워했기에 가능하다면 어떻게든 그를 피하려고 했다. 그러면서도 그들은 그에게 감탄해 마지않았으며 그의 업적에 대해 끊임없이 이야기해 댔다. 그들 모두는 카라조즈에게 익숙해 있었고 자기 방식대로 그에게 동화되어 있었다. 그를 험담하는 것은 자신들의 인생과 역겨운 운명을 탓하는 것과 같았다. 그는 그들의 저주받은 인생의 일부였던 것이다. 끊임없는 공포와 증오 속에서 그들은 그와 하나가 되었으며 그를 배제한 인생은 그들에게 생각조차 할 수 없는 것이었다. 저주받은 안뜰이 반드시 있어야만 하고 그 안에 관리자가 있어야 한다면 그야말로 최상의 인물이었던 것이다. 그의 일하는 방법이 해괴하고 때때로 개인들에게 있어 끔찍하다고는 하지만 그 방식 안에서도 언제나 놀라운 가능성은 있었으니까. 나쁜 의미에서든 혹은 꽤 괜찮은 의미에서든, 그것은 마치 수인에게 일종의 제비뽑기나 멈추지 않는 수수께끼 같은 것이었다. 그 때문에 모두 그리고 카라조즈까지도 참을 만하고 더 수월하고 적어도 겉으로는 그렇게 보였다. 왜냐하면 그들 모두 도박을 좋아하고 그들에게는 언제나 벗어나기 힘든 사실 같은 것을 떨치고 싶어 했기 때문이었다. 죄악과 혼돈의 이 중심 세계는 카라조즈를 자신의 시민으로 받아들였으며 그는 그들의 '돼지 새끼', '빈대', '흡혈귀', '개나 개 새끼'에 불과했지만 그래도 역시 그들 편이었다.

카라조즈라고 불렸던 라티프 아가는 그런 인물이었다. 아니, 어쩌면 그런 사람이었다고 말하는 편이 나을지 모르겠다. 왜냐하면 그런 그도 최근 들어 나이 때문에 둔해지고 왕년의 기력이 쇠퇴하여 그만의 상상력과 기책, 예민성과 기행 그리고 솔로몬과 같은 판단력으로 안뜰을 진동시키는 데 지친 듯 보이기 때문이다. 요즘의 그는 산 너머 경치 좋은 비탈에 위치한, 아들딸들을 시집 장가 보낸 자신의 저택에 앉아 시간을 보내는 일이 잦았다.

그래도 가끔씩 그 안에 옛 명성의 카라조즈가 나타나 두려움으로 바들바들 떨고 있는 안뜰 앞에서 마치 10여 년, 아니 15년 전처럼 자신이 이루어 냈던 성과 가운데 하나 같은 일을 해내기도 했다.

그토록 오랜 세월이 흐른 뒤에도 말투나 어조에서 경악과 분노가 얽힌 묘한 감정을 가진 채 페타르 수사는 이 '노쇠한 악한'이 나라의 조폐국에서 공금을 착복한 혐의로 체포된 아르메니아 일당을 모든 사람이 지켜보는 가운데 결국 입을 열게 만든 사연을 자세히 이야기하고 있었다.

조폐국에서 조금씩, 하지만 지속적으로 귀금속이 없어지고 있었다. 결국 그 사실이 술탄의 귀에까지 들어갔고 격분한 술탄은 범인을 체포하여 국고의 손실을 배상하지 않으면 관계 고관들을 엄벌에 처한다는 명령을 내리기에 이르렀다. 놀란 고관들은 먼저 조폐국에서 몇 명의 연루범들을 체포하고 그 후 부유한 아르메니아 상인 가족들을 체포했다. 왜냐하면 수사망이 그들의 상점에 닿았기 때문이었다. 그 가족 중 여덟 명의 남자가 저주받은 안뜰로 끌려왔다. 검은 기름기가 줄줄 흐르는 살찐 아르메니아인들은 부유한 자들이 어떤 환경에서나 그러하듯 이곳에서도 그들의 생활양식을 과시했다. 산더미 같은 가구와 카펫이 안뜰로 들어왔고 매일매일 엄청난 식량이 차입되었다. 하지만 그들을 건드리는 자도 없었고 그들을 심문하는 자도 없었다. 모든 것이 이대로 끝나는가 싶을 즈음, 노쇠한 카라조즈가 왕년의 그가 세운 업적 중 일부를 행한 것이었다.

어느 날 아침 그 가족의 우두머리로서, 천식을 앓고 있는 커다란 몸집의 나이 든 키르코르가 안뜰의 감옥 벽 안쪽에 있는 작은 벤치에 앉아 있는데 갑자기 구치소장이 나타나 혼자 앉기도 모자란 작은 벤치 그의 옆자리에 털썩 앉았다. 그러곤 별 이야기도 하지 않으면서 그는 가뜩이나 어렵게 숨을 쉬고 있는 키르코르를 벽쪽으로 밀어붙였다. 그를 돌벽 모서리 쪽으로 완전히 밀어붙인 뒤에는 거두절미하고 나지막하지만 단호한 목소리로 말했다.

"잘 듣게. 사태는 아주 심각해. 술탄께서 직접 거명하신 사안이라고! 즉각 해결을 보지 않으면 안 돼. 이유인즉슨 당신네들 때문에 무고한 고위 관리들이 목숨을 잃게 되니까 말이야! 자네는 아르메니아 사람이지. 그러니 내 말을 잘 알아들을 거야. 내 생각에 자네는 세 사람 몫은 되는 것 같군. 그러니 우리 **네 명**이 이 위험천만한 일을 풀 수 있는 실마리를 찾아보세. 여기 몇 명 잡혀 온 놈들은 아무것도 아니야. 그들은 배상할 능력도 없어 죗값을 몸으로 치를 거야. 하지만 당신네들은 달라. 헐값에 장물들을 사들인 자들이니 자기 목숨을 구할 능력은 되겠지. 물론 자네 잘못이 아니라는 것도 알아. 자네들 중 누군가 잘못을 저지른 거겠지. 하지만 훔쳐 간 것들을 찾지 못하고 황국에 그것을 반납하지 않는 한, 도적은 자네가 되는 거야. 그러니 내 말을 귀담아 잘 듣게. 질질 끌지 말고 빨리 사태를 수습하는 것이 현명해. 아니면 고문을 해서 자네 몸에 있는 내장을 모조리 끌어내 열 살짜리 꼬마 녀석의 몸으로 만들 수도 있으니 말이야."

벽까지 밀린 늙은 아르메니아인은 숨도 제대로 쉴 수 없었고 아무 말도 할 수가 없었다. 그에 비해 카라조즈는 아랑곳하지 않고 그에게 계속 귓속말을 해 대고 있었다. 우선 그는 정부에 지불해야 하는 엄청난 액수를 말했다. 그 액수에 상인의 얼굴에는 어두운 빛이 감돌았고 목구멍에서는 신음 소리가 새어 나왔다. 그러나 카라조즈는 계속 그를 벽 쪽으로 밀어붙였다.

"아무것도 아니야, 아무것도 아니지. 손해는 확실히 크지만 당신네들이 소유한 전체 동산의 4분의 1밖에 안 되는 거야. 게다가 자네들은 언제나 재산 신고를 속이고 실제 소유의 4분의 1밖에 신고하지 않으니 결국은 16분의 1인 셈이지. 내 말 듣고 반환하는 게 좋을 거야. 그렇게 해야 일이 해결될 테니 말이야. 반환하지 않는다면……."

그때 카라조즈는 두 눈을 감고 씩씩대며 듣고 있는 상인에게 자신의 악마적인 계획의 전모를 털어놓았다.

최근 들어 아르메니아 가정들에 두 건의 질병이 발생했는데, 페스트일 수도 있다는 의심이 들었다. 이 사실을 공표하면 일가족은 최연소자부터 최연장자까지 모두 한 사람도 빠짐없이 아르메니아인의 페스트 환자 수용 병원에 격리된다. 그곳에 들어가면 적어도 반은 감염되어 죽고 만다. 그러면 외부에서든 그의 고용인들 중에서든 버려진 집과 상점에 들어가 보이는 것이든 숨겨진 것이든 마구 털어 가 버릴 것이었다. 그렇게 되면 페스트에 걸린 자들과 다 없어져 버린 재산의 껍데기만 남게 되는 것이다.

그렇게 이야기하면서 거의 실신 직전에 놓인 아르메니아인을 계속 벽 쪽으로 몰아붙였다. 늙은 상인은 가쁜 숨을 몰아쉬면서 가족들과 상의할 수 있는 시간과 자유로운 공간을 요구하는 듯한 기색을 보였지만 카라조즈는 그 어느 것도 허용하지 않고 나직하고 위협적인 소리로 윽박지르며 지금 당장 이 벤치 위에서 해결하지 않으면 안 된다고 못을 박았다.

늘 그렇듯이 카라조즈가 나타나면 자신들의 감방이나 안뜰의 가장 후미진 곳으로 몸을 숨기는 대부분의 수인들은 이런 모든 일을 볼 수도 들을 수도 없었다. 그들은 저 벽 너머에서 늙은 키르코르와 카라조즈 사이에 극히 중대한 거래가 오가고 있다고 짐작할 뿐이었다. 한참 후에 그들은 소장이 정문 위에 있는 사무실로 들어가고 키르코르가 몽유병자처럼 비틀거리며 그의 가족이 있는 감방으로 가는 것을 볼 수 있었다. 그곳에서 이내 언쟁과 고함 소리가 들려왔다가 갑자기 잠잠해졌다. 그리고 잠시 후, 맨 위 두 아들의 부축을 받은 키르코르가 지불 방법을 의논하기 위해 소장실로 향했다.

그 후 며칠 동안 한 번에 두세 명씩 해서 모두 풀려났다.

몇 주 동안 안뜰에서는 카라조즈가 어떻게 키르코르로부터 그 무거운 벌금을 받아 냈는지, 사실 이 부분에 대해서는 그들 둘만이 알고 있음에도 불구하고, 수인들은 나름대로 그들만의 이상한 방식으로 알아내든 덧붙이든 각색을 하든 하면서 끊임없이 떠들어 댔다.

페타르 수사는 자주 카라조즈에 관해 이야기했는데 언제나 분노와 혐오, 본의 아닌 경의가 뒤섞인 여러 감정을 가지고 이야기를 했으며 그 스스로조차도 받아들이지 못하고 있는 의문을 가지고 있었지만 그의 이야기를 듣고 있는 사람들로 하여금 최대한 이 인물에 대해 설명을 하려는 바람과 필요성을 가지고 이야기를 풀어내고 있었다. 그리고 적어도 몇몇 냉소적인 어휘들로 마치 그와의 일이 아직 끝나지 않았다고 느끼기라도 하듯 그에 관한 이야기로 돌아가는 것이었다.

그는 안뜰의 삶 전체를 이야기하기도 했지만 그 안에 살고 있는 흥미롭고, 우습고, 불쌍하고, 죄를 지은 개개인에 대해서도 생생하게 이야기를 해 주었다. 그에게 있어 그 사람들이란 강도, 살인범, 어두운 악의 무리라는 것보다 훨씬 더 가까운 존재였고 더 친숙했으니까.

그러나 실제 페타르 수사의 생애 말년에 그가 저주받은 안뜰에서 보낸 기억을 곁에 있던 젊은이에게 그토록 이야기한 것은 그리 중요한 것도 많은 부분을 차지하는 것도 아니었다.

2

언제나 그렇듯, 매년 겨울 저주받은 안뜰에서의 처음 며칠은 가장 힘들고 어려웠다. 특히 밤이 견디기 힘들었다. 몸싸움, 입씨름, 밤의 추악한 광경에서 억지로라도 몸을 지키기 위해 페타르 수사는 큰 감옥의 잡거 감방 구석진 곳의 무너진 커다란 굴뚝 뒤를 택하고 얼마 되지 않는 자신의 소지품을 지닌 채 몸을 숨기고 있었다. 그곳에는 이미 소위 '지나가는 자들'로 추방될 것이 확정되어 있는 두 명의 불가리아인이 자리를 차지하고 있었다. 그들은 그다지 말을 많이 한 것은 아니었지만 페타르 수사를 흔쾌히 맞아 주었다. 당연히 그들은 보스니아에서 온 조용하고 도회적인 남자가 이 자리를 차지했다는 데 만족스러워했고 그에 관해서는 잘 알지도 묻지도 않았지만 그들과 마찬가지로 '지나가는 자들'이라는 것과 이 추악하고 위험스러운 혼란 속에서 역시 고통을 느끼고 있다는 것쯤은 알고 있었다.

언뜻 보기에도 부유해 보이는 이 두 불가리아인은 추측하건대 본국에서 지나치게 무거운 조세와 가혹한 과세 징수에 저항해 일어난 폭동의 희생자들이었다. 그들은 일종의 인질에 가까웠다. 하지만 자기들의 죄에 대해서는 그 무엇도 말하지 않았다. 그들은 겁을 먹고 공포에 떨고 있었지만 얼굴에는 전혀 나타나지 않았다. 아무것도. 그들은 언제나 자제하고 신중했다. 갑작스러운 호출에도 나갈 수 있게 언제나 허리띠를 매고 신을 갖춰 신고 복장까지 완전히 갖춘 상태였다. (이스탄불의 잔챙이 수인이나 거물급 수인들이 저주받은 안뜰을 자기 삶의 일부로 받아들이고 그렇게 행동하는데 비해 이 두 명의 남자는 그렇게 살지도 않지만 이곳에 잠시 머물 뿐 자신들의 진짜 삶은 불가리아에 있다고 굳게 믿었다. 지금은 해결을 기다리고 있는 것이었다. 돌아갈 수가 없어 잠시 지내고 있을 뿐 자신의 가족과 떨어져 사는 삶은 꿈도 꿀 수 없다고 여기고 있었다. 모든 '지나가는 자들'이 같은 생각을 갖고 있었다.) 감방 밖으로 나가는 것은 언제나 둘 중 한 명이었고 그런 일도 매우 드물었지만, 방을 떠난다 해도 아주 짧은 시간이었고 그때 남은 한 사람은 깔개에 앉아 짐을 지켰다. 늘 아무 말도 하지 않고 움직이지도 않고 앉아 있거나 누워 있었다. 불필요하게 고개를 쳐드는 일도 없었다. 먹는 것도 아주 조금이었는데, 그것도 숨어서 먹었으며 옆으로 몸을 돌려 물을 마실 뿐이었다. 누구와도 대화하는 법이 없었고 페타르 수사가 마당에서 수인들의 농담이나 잡담에 귀를 기울이고 그들 중 몇 명과 대화를 나누는 것에 의아해하며 약간 화를 내고 있었다. 그리고 그들은 어둠 속에서 담배를 피우는 일은 삼가 달라고 요구했는데, 이유인즉 그것이 달갑지 않은 손님들을 불러 모을 수 있기 때문이었다.

하지만 며칠 후, 그들은 이웃이 될 불청객을 맞게 되었다. '지나가는 자'인 말쑥하고 평온하며 소극적인 사람들의 이 모퉁이에 끌려온 사람이 한 명 더 있었던 것이다.

그 후 몇 차례나 이 남자에 대해 생각을 하면서 페타르 수사는 언제 어떻게 이 남자가 왔는지 그때 무슨 말을 했는지 아무리 생각해도 정확히 떠오르지 않는다고 했다. 사실 우리는 가까워진 사람들과의 최초 만남에 관해서 자세한 내용은 보통 기억하지 않는 법이다. 늘 그들을 알고 있고 언제나 그들과 함께 있는 마음이 들기 때문이다. 때때로 그의 기억 속에 되살아나는 것은 연결성이 없는 단편적인 광경에 지나지 않기 때문이다.

땅거미가 질 무렵 한 손에는 모포를 들고 또 다른 손에는 가죽 가방을 든, 키가 크고 어깨가 처진 젊은 남자의 실루엣이 그 위에 비쳤다. 두 명의 불가리아인은 먼저 재빨리 서로 눈짓했고 다음에 페타르 수사에게 눈짓을 해 보였다. 그 시선에는 순간적으로 불만과 경계 그리고 반발의 뚜렷한 표정이 스쳐 지나갔다. 터키인이다! 새로 온 사람은 아무렇게나 앉더니 그대로 움직이지 않았다. 숨소리도 들리지 않았다. 그날 밤, 페타르 수사는 잠에서 깰 때마다(이곳에서는 자주, 그리고 수도 없이 깨어 있기가 일쑤였다) 그의 곁에 있는 '새로 온 사람'이 잠을 자고 있지 않다는 것을 알아챘다.

페타르 수사는 새벽에 눈을 뜨자 저 밖에는 이미 동이 트고 있었지만 안에는 여전히 어둑어둑한 어둠 속에서 지난밤에 도착한 터키인이 밤을 지새운 오른쪽으로 시선을 던졌다. 먼저 눈에 띈 것은 누런 가죽에 묶여 있는, 그리 크지 않은 한 권의 책이었다. 강하고 뜨거운 기쁨이 그의 온몸에 번졌다. 그것은 이 벽 너머 아득한 곳에 망각되어 상실된 인간의 진실의 세계 속에 있는 아름다우면서도 꿈처럼 덧없는 그 어떤 것이었다. 그는 두 눈을 깜박거렸지만 책은 그 자리에 그대로 있었고 정말로 책이었다. 그는 시선을 위쪽으로 돌리고 나서야 비로소 책이 사람 무릎 위에 놓여 있고 그 사람이 절반은 눕고 절반은 앉은 듯한 비스듬히 누운 자세로 소형 트렁크에 기대고 있다는 것을 알았다. 지난밤의 그 남자였다. 옆에는 밝은 색의 정교한 가죽 여행 가방이 놓여 있고 발아래에는 호화스럽고 부드러운, 먼발치로도 따뜻하고 값비싸 보이는 누런 모포가 깔려 있었다. 자신의 뿌리와 교육에 따라 소박한 것들만으로 유지되어 온 페타르 수사는 단 한 번도 자기 주위의 값나가는 것과 물건들에 대해 생각해 본 적이 없었지만 이것만은 눈여겨보지 않을 수 없었다. 일상생활에 쓰이는 이런 흔한 물건을 이토록 고급 재료를 사용해 기술적으로 만든 것을 본 적이 없었다. 만약 그가 보스니아에 머물러 있고 운수 사나운 일에 연루되어 이 안뜰에 오지 않았다면 이러한 것이 존재하고 있다는 사실조차 알 리도 없고, 믿을 수도 없었을 것이다.

계속 쳐다볼수록 그 남자의 얼굴은 새로운 놀라움이었다. 청년의 얼굴은 부드럽고 하얀 데다 집 안에서만 지낸 듯 창백하기까지 했으며 이곳에서 볼 수 있는 흔한 얼굴들과는 분명 차원이 달랐다. 하얀 얼굴에는 10일쯤 면도하지 않은 당근 색의 구레나룻이 솜털처럼 자라고 그보다 밝은 색의 코밑수염이 늘어져 있었다. 눈가에는 병적으로 보이는 검은 반점의 커다란 그림자가 생겨 있었고 그 속에서 젖은 듯한 정열적인 파란 눈이 빛나는 시선을 던지고 있었다. 페타르 수사는 살면서 온갖 종류의 병자들을 보아 왔으므로 한눈에 알아볼 수 있었다. 똑같은 것은 아니지만 그와 유사한 눈들을 이미 보아 온 그였다. 뭔가를 두려워하거나 부끄러워하거나, 뭔가를 숨기려는 사람들이 있다. 그리고 바로 이런 이유 때문에 그들은 자신들의 시선으로 남의 시선을 자극하거나 멈추도록 하고 그것을 자신의 눈에 묶어 둠으로써 눈 외의 얼굴이나 몸, 복장으로 옮겨 가지 않기를 바라는 것이다. 젊은이는 깜빡거리지도 않고 심문하는 듯하지만 평화롭게 짙고 검은 코밑수염을 기르고 갈색의 커다란 눈을 가진 수사의 넓고 탁 트인 얼굴을 바라보고 있었다.

대화는 자연스럽게 시작되었는데, 그야말로 최상의 대화였다. 초기에는 마치 안부 인사처럼 시작되어 심문할 때나 나타나는 그런 불분명한 어휘들이란 거의 없었으니까. 그것은 익히 알고 있듯이 터키인들은 거만하고 뻣뻣한데 이 터키인은 그렇지 않다고 페타르 수사가 알아차리기에 충분했다. 사교적인 성격이었지만 어딘가 자기만의 방식으로서였다.

그렇게 정오까지 몇 번이나 마주치다가 헤어지기를 반복했다. 그리고 매번 의미 없는 몇 마디 말들을 주고받았다. 감옥에서의 대화는 늘 그런 식이었고, 천천히 머뭇거리듯 시작했다가 새로운 양식을 찾지 못하면 불신의 침묵 속에 쉽게 그리고 재빨리 타 버리고 마는 것이다. 그 침묵 속에서 대화자들은 자기가 말하고 들은 것을 되새겨 보는 것이다.

점심 무렵쯤에는 서로 보지 못했다. 그리고 오후가 되어서야 대화를 이어 갔다. 두 남자 모두 이탈리아어를 읽을 수 있다는 사실을 확인했다. 그 언어로 서로 몇 마디를 주고받았다. 거의 농담에 불과했지만 그것은 두 사람을 주위 사람으로부터 떨어뜨리고 둘을 가까이 만드는 계기가 되었다. 그들은 세계의 다양한 도시들과 지역에 관해 이야기를 나누었고 그다음에는 책에 관해 이야기를 이어 갔지만 공통적으로 읽은 책이 없었기 때문에 대화는 이내 끊기고 말았다. 그들은 서로 통성명을 했다. 청년의 이름은 차밀이었다. 페타르 수사는 직책을 빼고 자신의 이름만 말했다. 그러면서도 자신에 관해서나 자기가 이곳에 오게 된 경위에 대해서는 단 한마디도 하지 않았다. 대화는 모두 제한된 영역 내에서 삶의 거죽만 겉돌 뿐이었다. 특히 젊은 터키인은 말수가 적었다. 나지막하고 깊은 음성으로 가끔 고개를 끄덕이며 페타르 수사가 말하는 것을 인정할 뿐이었다. 한번쯤 생각해 보지도 않고 모든 것에 동의했다. 자기 의견은 가장 평범한 의견일지라도 마지막까지 보류했다. 가끔 문장 중간에서 말이 막힐 때면 그의 시선은 먼 곳으로 달려가고 있었다.

페타르 수사는 생기 있게 대화를 나누었다. 대화 상대를 얻어 행복했지만 속으로는 '내가 병자와 대화를 하고 있는 건 아닐까?' 하고 생각했다. 그만큼 많은 사람들을 알고 있지 않아도 이런 결론을 내리는 것은 그리 어려운 일이 아니었다.

"예, 맞아요." 젊은 터키인은 어딘가 약간 서방의 예의 바름으로 대꾸했지만 그의 '예, 맞아요'는 페타르 수사의 말보다는 그에 대한 페타르 수사의 생각에 대해 더 확신하는 것이었다.

대화는 이런 식이었지만 두 수인에게 있어 이곳에서 가장 절실하게 부족한 그 어떤 예상치 못한 보물처럼, 그것은 귀중하고 기분 좋은 것이었으리라. 그런 이유 때문에 그들은 끊임없이 반복하면서도 멈춘 곳에서 또다시 대화를 이어 갔다.

두 명의 상인이 놀라움과 의심을 감추며 그들을 쳐다보고 있었다.

어둠이 내릴 무렵이 되었을 때 젊은 터키인과 페타르 수사는 저녁 식사를 함께했다. 그러나 실제 저녁을 먹은 것은 페타르 수사뿐이었다. 왜냐하면 청년은 입에 넣은 것을 오랫동안 씹고 있을뿐 아무것도 먹지 않았기 때문이었다. 페타르 수사는 터놓고 직접그에게 말했다.

"차밀 에펜디야,* 괜한 짓 하지 말게나. 먹지 않는 건 자네에게도움이 되질 않아."

사람은 어려운 시기일수록 더 많이 먹어서 좋은 시절보다 더 강해지고 건강해져야 한다며 그를 설득시켰다.

"예, 맞아요." 청년은 대답했지만 여전히 먹으려 하질 않았다.

이튿날에도 그들의 대화는 이어졌는데 더 길어지고 더 활기를띠고 더 자연스러웠다. 시간은 기분 좋게 지나가고 저녁은 금세왔다. 어둠이 내리자 대화는 느려지고 활기를 잃었다. 페타르 수사만 말할 뿐이었다. 무심코 하는 "예, 맞아요"도 이내 사라질 것같았다. 청년은 더욱더 자기 안으로 빠져들었고 무거운 눈꺼풀을내리깔고 목소리를 울리는 것으로 모든 것에 동의했지만 실제 그어떤 것에도 참여하는 것은 아니었다.

하늘의 붉은 빛깔과 높은 담 뒤쪽에 우거진 사이프러스 나무의흔치 않은 나뭇가지들 사이로 보이지 않는 도시의 반대편 어딘가에 태양이 갑자기 떨어지는 것이 보인다. 한순간 마당 전체가 붉은빛으로 가득 찼지만 네모꼴 그릇을 부은 듯 이내 사라지고 처음의 어스름 그림자로 점점 가득 찼다.

간수들은 수인들을 감방으로 몰아넣으려 하지만 수인들은 말을 듣지 않고 가축 무리처럼 흐트러지며 간수의 눈앞을 가로질러 안뜰 구석구석으로 숨어 버렸다. 비명에 구타 소리가 들려왔다.

그 순간 수사와 청년이 앉아 있는 감방 쪽으로 간수가 청년의 이름을 부르며 달려왔다. 그리고 몇 걸음 뒤로 또 다른 간수가 같은 이름을 좀 더 거칠게 부르며 달려왔다. 모름지기 이런 장소에서 말단 공무원은 상사의 명령이 떨어지기 무섭게 좋은 일이건 나쁜 일이건 명령을 수행하려고 혈안이 되는 법이다. 이 경우는 좋은 소식이었다. 이곳에서는 좀처럼 보기 드문 예의를 갖추어 그를 위해 따로 마련된 방으로 데리고 갔다. 간수들은 그가 짐 옮기는 것을 도와주었다. 좀 더 나은 곳으로 가는 듯 보였다.

청년은 그다지 놀란 기색도 없이 한마디 묻지도 않고 이 예기치 않은 배려를 명령으로 받아들였다. 방을 나설 때 그는 자신의 말상대를 향해 마치 무언가 의미 있는 말을 처음으로 명확히 하기라도 할 듯 돌아보았다가 그저 미소만 짓고는 멀리서 인사하듯이 고개를 숙일 뿐이었다.

이렇게 아무 말도 하지 않은 채 그들은 마치 오래된 좋은 지인으로 작별을 고했다.

그날 밤 페타르 수사는 이 범상치 않은 터키인에 대해 오랫동안 생각했다. 터키인 같기도 하고 그렇지 않은 것 같기도 했지만 그가 불행한 사람이라는 것은 확실했다. 가끔 선잠을 깨어 둘러보면 청년이 눈을 뜨고 말없이 앉아 있는 것 같기도 하고 그 책과 고상한 취미의 소장품들도 함께 있는 듯했다. 동시에 그가 가 버리고 더 이상 이곳에 없다는 것도 느꼈다. 그런 사실에 수사는 마음이 아팠다. 수사의 경우 계속 잠을 자는 한, 꿈을 꾸지도 않고 자신이나 자신의 주위 세계를 의식하는 일도 없었기 때문에 깊은 잠에 빠졌을 때는 그에 관한 생각이 수면 바닥으로 가라앉아 있었다. 그러나 한밤중에 잠에서 깨어나면 이내 막연한 옛날의, 그러나 아직도 생생하게 살아 있는 젊은 날의 깊은 비애의 감정이 되살아났다. 그것은 좋은 친구와 헤어지고 나서 의무상 함께 지내고 일을 해야 하는, 무관심하고 이방인 같은 세상에 혼자 남았을 때 느끼는 그런 낮의 진실만 남는 것이었다. 이웃은 정말 없었다. 자기 곁의 오른쪽 빈자리를 인생에 충만한 고뇌와 고통으로 느낄 뿐이었다. 그의 왼쪽에는 여전히 침묵을 지키는 두 명의 상인만이 여행 채비를 하고 있을 뿐이었다.

아침이 되자 빈자리는 곧 메워졌다. 마르고 빈약한 체구의 검은 곱슬머리 남자였는데 수염도 깎지 않아 텁수룩한 데다 차림새도 허름했다. 빠르게 말하면서 끊임없이 양해를 구했다. 말하기로는 그 어느 누구도 방해하고 싶지 않지만 지금까지 있던 장소는 견딜 수가 없어서 교양 있는 사람들을 찾아 이곳까지 오게 되었다고 했다. 그는 짚으로 짠 바구니와 초라한 옷가지를 옆에 놓고 말을 이어 갔다.

이곳에서는 장황하고 격식을 갖춘 인사말을 하지 않는 것이 통례지만 이 남자는 오래된 믿음직한 지인들을 만나기라도 한 듯, 이내 이야기보따리를 풀었다. 달리 생각할 필요도 없다는 듯이 그는 이야기를 시작했는데 이야기할 사람들이 있기 때문이 아니라 자기 자신 때문에 이야기하는 것처럼 보였다.

두 명의 상인은 더욱 몸을 웅크려 앉은 채 서로에게 기대고 있었다. 그러나 페타르 수사는 이 평범하지 않은 남자의 말에 귀를 기울이며 쳐다보고 있었는데 그런 그의 태도가 남자의 말문을 이어 가게 했다. (그는 속으로 생각했다. '어쩌면 난 돌아가신 숙부 라파 수사를 닮았어. 숙부는 누구의 말이든 경청했고 참아 주신 분이었지. 농담으로라도 언제나 "난 빵 없이 어떻게든 살아도 이야기 없이는 도저히 살 수 없어"라고 말씀하시곤 했으니까.') 남자는 이야기를 했다.

그는 스미르나 출신의 유대인이었다. 그의 검은 얼굴은 슬프게 보였다. 커다란 코, 흰자위에 핏발 선 커다란 눈을 지닌 사람. 전체적으로 슬퍼 보였고 겁을 잔뜩 먹고 공포에 떠는 듯 보였지만 이야기하고자 하는 욕구는 그런 그의 고통이나 커다란 공포보다 훨씬 더 크고 강해 보였다. 어젯밤 이야기한 것을 계속 이야기하듯 감방에서 마당으로 나가면서 그는 페타르 수사에게 자신과 자신의 고통에 대해 열정적으로 이야기했다.

"사람을 약탈하더니 그를 고소하고 결국에는 옥살이를 시키는구먼! 아니, 도대체 우리가 왜 이곳에 있는지 설명 좀 해 주쇼! 난 아무리 생각해도⋯⋯."

그리고 나서는 스스로 의문이 드는 점들을 하나하나 열거하기 시작했다. 게다가 별것을 다 물었다. 경계하듯 주위를 살폈지만 말하는 것을 멈추지는 않았다. '이 수다스러움이 이자를 이곳까지 오게 했겠군.' 페타르 수사는 한쪽 귀로 건성으로 그의 이야기를 들으며 속으로 생각했다. 그때 그의 입에서 차밀 에펜디야의 이름이 튀어나왔다.

"이곳 당신네들, 교양 있는 사람들 곁에 있던 남자를 내가 어제 봤지요. 하지만 이제 그 남자에게는 저 문 끝 쪽 간수들과 공무원들이 잠을 자고 지체 높은 수인들이 별도의 침구와 특별한 음식을 제공받는 소위 흰 다락방으로 불리는 방을 주었지요. 나 원, 말이 아니지요. 그런 사람에게 그런 대우라니……"

페타르 수사가 물었다.

"당신이 그 남자를 아나요? ……차밀 에펜디야를?"

"나요? 당연하죠! 미안하지만, 전 당신은 모릅니다. 여기서 이렇게 만났을 뿐이니…… 비록 내가 당신을 알지는 못해도 당신이 예의와 도를 아는 사람이라는 것쯤은 보이는군요. 나에게 그것은 그저…… 내가 당신을 알지는 못해도 그를…… 당연히 알지요. 오랫동안 봐 와서 아주 잘 알지요. 스미르나 전체가 그를 아니까요. 스미르나에서는 서로 다 잘 알지요."

그렇게 해서 첫날 페타르 수사는 젊은 터키인과 그의 가족, 그가 왜 이 이상한 곳으로 끌려오게 되었는지를 알게 되었다. 물론, 이 모든 것은 하임이라고 자신을 소개한 남자로부터 들었다. 모두 뒤죽박죽이고 앞뒤가 끊기고 어딘가 핵심이 빠져 있고 또 어떤 얘기는 세 번이나 반복하고 다채롭고 생생하면서도 언제나 명확하지 않았지만, 그러나 이야깃거리는 조목조목 많았다. 이야기를 해야만 하는 이 남자는 절대 한 가지 주제에 대해서만 이야기할 수가 없었다. 순간순간 잠시 멈추었다가 무척 고통스럽다는 듯이 슬픈 표정을 지으며 생각에 잠기기도 하고 모든 사람들과 온갖 일에 대해 이야기를 나누는 것이 옳지 않은 것 같으면서도 타인의 삶과 특히 좀 더 지체 높은 사람들의 얘기나 예외적인 운명을 지닌 사람들에 대해 이야기를 해야 하는 그의 욕구는 그 모든 것들보다 훨씬 더 강했다.

그는 평생을 사람들 또는 그 사회에 속한 구성원들을 상대로 빤히 지는 싸움을 부질없이 벌이는 그런 부류의 사람이었다. 모든 것을 이야기하고 설명하고 인간의 허위와 악덕을 폭로하고 악을 고발하고 선을 찬미하려는 정열 때문에 그는 일상적이고 건전한 인간의 견문이나 인식의 한도를 많이 넘어서고 있었다. 그뿐만 아니라 목격자 없이 두 사람 사이에 일어났던 광경을 아주 세세하게 사소한 점까지 묘사하는 기술을 알고 있었다. 그는 화제에 오르는 사람들을 단순히 외면적으로뿐 아니라 그 사람들의 생각이나 욕망 속까지 들어가 묘사했다. 그래서 때로는 사람들이 자신의 생각이나 욕망을 미처 깨닫지 못하고 있다가 그의 이야기를 통해 깨닫는 경우가 있었다. 그는 그들 내부로부터의 이야기를 하고 있는 것이었다. 그는 음성을 약간 바꿔 이야기의 대상이 되고 있는 인물의 목소리를 냈는데 어떤 때는 구터키 황국의 마을 수령이 되었다가 또 어떤 때는 거지, 또 어떤 때는 그리스 미녀가 되는 비상한 재능을 가지고 있었다. 또 몸이나 얼굴의 근육을 알 듯 모를 듯 움직임으로써 어떤 사람의 걸음걸이나 태도를, 또는 동물의 동작을, 혹은 무생물의 모습까지도 표현할 수 있었다.

그러한 방법으로 하임은 스미르나 지역의 지체 높고 부유한 유대인, 그리스, 터키 가족들의 이야기를 생생하게 이야기하면서도 언제나 중대한 사건과 막중한 일에 중점을 두었다. 그런 이야기는 대부분 묘한 감탄사나, '에? 아!' 하는 거의 외마디 소리로 마치기가 일쑤였다. 그것들의 의미는 대강 이랬다. '에? 이런 사람들도 있구먼. 아! 이런 얽히고설킨 운명을 가진 사람들의 이야기에 비하면 나의 인생은 아무것도 아니지요.'

그렇게 한 이야기가 끝나면 다른 이야기가 시작되었다. 하임에게 끝은 없었다.

(우리는 말을 많이 하는 사람들, 특히 자기와 직접 관계없는 일을 떠들어 대는 사람들을 경계하면서 그런 이들을 지루한 이야기나 떠벌리고 나불대는 사람으로 경멸한다. 더구나 그런 사람들이 인간적이며 그런 그들의 단점에도 장점이 있으리라고는 추호도 생각하지 않는다. 왜냐하면 우리가 타인의 마음이나 생각에 관해 알고 싶어 하는 것, 타인의 일에 관해, 뒤집어 말해서 자기 자신의 일에 관해 알고 싶어 하는 것, 아직 본 일도 없고 앞으로도 볼 기회가 없을 타국의 생활 환경이나 지리에 관해 알고 싶어 하는 것은, 만약 이런 사람들이 없다면, 즉 자기들이 보고 들은 것, 체험하고 생각한 것을 말이나 글로 이야기해 줄 사람이 없다면 도대체 얼마만큼 알 수 있을 것인가. 조금, 아주 조금일 것이다. 그렇게 인간적인 진실에서 그것들을 세심하게 듣거나 읽었던 것들만 언제나 조금 남을 뿐이다.)

'차밀 에펜디야와 그의 운명에 대한' 하임의 잡다하고 오락가락하는 이야기를 들으며 페타르 수사는 속으로 그렇게 생각했다.

54

그 이야기는 하임의 묘한 경계심 때문에 아주 느리게 진행되었다. 왜냐하면 이야기하고자 하는 혈기와 불타오르는 욕구에도 불구하고 많은 사람들에게 쫓기고 만사에 회의를 느끼는 사람처럼 이따금씩 알아들을 수 없게 목소리를 낮추고 모든 것을 의심하듯 주위를 살피기 때문이었다.

3

하임은 차밀이 터키인 아버지와 그리스인 어머니 사이에 태어난 '혼혈아'라고 말했다. 그의 어머니는 유명한 그리스 미인이었다. 미녀들의 도시 스미르나에서도 이처럼 고운 자태와 단아한 맵시와 매혹적인 푸른 눈을 가진 여인은 없었다고 한다. 그녀가 열일곱 살이 되었을 때 거부의 그리스인에게 시집을 갔다. (하임은 마치 아주 유명한 왕조의 이름을 발음하기라도 하듯이 꽤 긴 그리스 성을 말했다.) 그들 사이에 딸아이가 태어났다. 아이가 여덟 살이 되었을 때 부유한 그리스인은 갑자기 사망했다. 그러자 친척들이 젊은 미망인을 속여 재산을 갈취해 가려고 했다. 여자는 저항했다. 그 때문에 아테네에 있는 재산이라도 지킬 목적으로 아테네까지 가게 되었다. 하지만 불행하게도 스미르나로 돌아오는 배 안에서 딸아이가 죽었다. 바다는 불안했고 배는 천천히 움직였으며 스미르나까지는 아직 갈 길이 멀었다. 뱃사람들의 규칙에 따라 소녀의 시신은 바다에 던져야 했다. 망자의 혼이 마치 납처럼 배를 바닥으로 끌어 내린다고 오랫동안 선원들 사이에서 내려오는 미신 때문에 배 안에 시체를 두면 불미스럽다고 생각한 선원들이 강하게 요구했던 것이다. 고통에 찬 딸아이의 어머니는 결사적으로 반대했다. 그녀는 어미가 아이의 무덤이 어디인지 알 수 있도록 스미르나에 도착하면 묻어 줄 수 있게 제발 시신만은 두자고 애원했다. 선장은 어쩔 수가 없었다. 자식을 잃은 어미의 간절한 청을 물리칠 수도 없고 엄격한 규칙을 위반할 수도 없는 중간자적 처지에 선 선장은 일등 항해사와 궁리에 궁리를 거듭한 끝에 묘안을 하나 짜냈다. 그는 같은 관을 두 개 만들었다. 관 하나에는 소녀의 시신을 담아 선원들이 그것을 바다에 던졌고, 비슷한 무게를 담아 굳게 봉하고 납질까지 한 다른 상자는 마치 어미의 청을 들어준 것처럼 그녀에게 넘겨주었다. 스미르나에 도착하자 그녀는 관을 옮겨 무덤에 매장했다.

그녀는 오랫동안 슬픔에 빠져 지내면서 하루도 빠짐없이 아이의 무덤을 찾았다. 시간이 지나자 이 젊고 아름다운 여자도 조금씩 고통을 잊고 일상으로 돌아왔는데, 어느 날 예기치 않게 끔찍한 일이 벌어지고 말았다. 아이가 죽었던 배의 일등 항해사 아내가 죽은 아이의 시신을 바다에 던지고 선의의 거짓을 행했다는 비밀을 남편으로부터 듣게 된 것이었다. 그녀는 그 비밀을 우연한 기회에 가장 친한 친구에게 발설했는데, 여자들 사이의 말다툼 끝에 복수를 꿈꾸는 어리석은 마음에 친구가 또다시 자기 친구들에게 그 이야기를 한 것이다. 이해가 되지 않는, 잔인할 만큼 가혹한 방법으로 이 이야기는 어미의 귀에까지 닿기에 이르렀다. 불행한 여자는 급기야 광란의 상태에 빠져 무덤으로 달려가 손톱으로 흙을 파헤쳤다. 사람들이 힘으로 그녀를 떼어 낸 뒤 감금하고 말았다. 왜냐하면 딸을 따라 바다에 투신하려 했기 때문이었다. 그것은 정말로 광기였다. 여자가 그 새로운 충격에서 회복하는 데는 수년이 걸렸다. 그러나 완전한 건강을 회복할 수는 없었다.

수많은 그리스인들이 아름답고 불행한 여인에게 구혼했지만 자기 친척들을 비롯해 고향의 그리스인들에게도 배반당한 그녀는 모든 구혼을 물리쳤다. 그로부터 몇 년 후, 그녀가 재혼을 했는데 놀랍게도 상대는 터키인이었다. 그녀보다 나이도 훨씬 많았고 부유한 데다 명성도 있고 학식도 갖춘 사람이었으며 젊은 시절에는 정부 고위직에 있었다. 그 타히르 파샤는 여름에는 스미르나에서, 겨울이면 도시에 있는 자신의 대저택에서 유유자적하게 지냈다. 자신의 아내에게 개종을 요구하지는 않았지만 얼굴을 드러내지 않도록 했다. 어쨌든 그 결혼은 그리스인들 사이에서는 커다란 파문을 불러일으켰다. 젊은 그리스 여인과 예순 살 파샤의 결혼은 그리스 여인들과 사제들의 온갖 저주에도 불구하고 행복할 뿐 아니라 풍요롭기까지 했다. 처음 2년 동안 두 아이를 얻었는데 큰아이가 딸, 작은아이가 아들이었다. 아들은 튼튼했고 무럭무럭 자랐지만 딸은 허약했다. 다섯 살이 되었을 때 원인 모를 병에 걸린 지 이틀 만에 죽고 말았다. 맨 처음의 슬픔도 완전히 치유하지 못한 아이의 어미는 그로 인해 불치의 우울증에 걸리고 말았다. 딸의 죽음에서 그녀는 어떤 초월적인 힘의 존재를 보고 자신을 저주받아 가치 없는 여자로 여기며 남편이나 아들을 전혀 돌보지 않았다. 그녀는 갑자기 야위고 쇠약해졌다. 이듬해, 죽음이 그녀에게 구원으로 찾아왔다.

차밀이라는 이름의 소년은 잘생기고(모친의 미모가 남성의 관점이었다고 하면 옳을 것이다) 영리했으며, 친구들 사이에서도 가장 수영을 잘했고 레슬링에서도 늘 승자였다. 그러나 아주 일찍부터 또래 동년배들의 장난이나 유희에는 관심이 없었다. 독서와 학문에 점점 빠져들어 아버지는 그쪽으로 지원해 주었는데 그에게 책을 사 주고 교사를 구해 주었으며 여행할 기회를 주었다. 스페인어까지도 스미르나의 랍비인 늙은 스페인계 유대인에게 배운 것이었다.

어느 겨울 노쇠한 타히르 파샤가 사망하자 젊은이는 가까운 친척도 없이 혼자가 되었고 막대한 유산을 물려받았다. 타히르 파샤의 높은 명성이 그의 보호막이 되어 주었다. 관리가 되라는 권고가 있었지만 그는 거절했다. 동년배들과 달리 그는 여자나 여자 동료에게는 전혀 관심이 없었다. 그러나 어느 해 여름에 길을 지나가다 자그마한 수풀 정원 너머로 그리스 소녀를 보게 되었고, 번개 같은 사랑이 그를 완전히 바꾸어 놓았다. 소녀는 그리스 상인의 딸이었다. 청년은 타히르 파샤가 그의 어머니를 얻었던 것과 같은 방식으로 소녀를 얻기로 마음먹었다. 모든 것을 주면서 어떤 조건도 달지 않았다.

그를 두세 번 본 소녀는 당연히 그와 함께하고 싶어 했다. 그에게 그것을 전할 방법을 찾았다. 하지만 그녀의 부모는 결사반대하고 나섰다. 터키인에게는 딸을 줄 수 없는 데다 더욱이 그의 어머니가 그리스인이어서 안 된다는 것이었다. 모든 그리스인이 부모 편을 들었다. 타히르 파샤가 죽었지만 이제 두 번씩이나 그리스 여자를 앗아 간다고 생각하고 있었다. 소녀의 아버지는 자그마한 체구에 소심한 사람이었지만 이번 일에서만큼은 마치 영웅처럼 혹은 순교자처럼 행세했다. 마치 십자가에 못 박히는 사람처럼 두 팔을 벌려 동포들에게 외쳤다. "나는 덕망도 재산도 없는 보잘것 없는 사람이지만 신앙을 지키고 나의 신을 두려워하는 데는 남에게 결코 뒤지지 않습니다. 하나밖에 없는 딸을 신앙이 없는 자에게 주느니 차라리 내 목숨을 끊고 딸을 바다에 던져 버리겠소." 모든 게 그런 식이었다. 마치 그와 그의 신앙이 가장 중요하고 딸은 부수적인 것처럼.

하기야 가파른 언덕 장사치에게 이 같은 영웅주의는 무척 값진 것이었다. 순교자가 될 기회가 그에게 찾아올 리 만무했기 때문이었다. 결국 스미르나 밖에 있는 그리스인에게 결혼식도 치르지 않고 행선지와 날짜를 숨긴 채 소녀를 강제로 시집보냈다. 차밀이 소녀를 납치할까 봐 걱정했지만, 그는 거절당한 상심에 이미 일찌 감치 세상을 등지고 있었다. 그리고 그제야 비로소 젊은 혈기에 예상치도 못했던 것을 제대로 완벽하게 볼 수 있었다. 사랑하는 남녀를 갈라놓는 것, 아니 사람을 다른 무리와 분리시키는 것이 무엇인지를.

그 후 차밀은 이스탄불에서 공부를 위해 2년을 지냈다. 스미르 나로 돌아왔을 때는 모습이 완전히 바뀌어 꽤 늙어 보였다. 여기서 도 그는 고독했다. 그리스인들과는 절연했고 터키인들과도 거의 왕래가 없었다. 몇 년 전 게임과 유희를 함께 즐겼던 동년배들은 마치 다른 세대의 사람들처럼 무관하고 머나먼 존재가 되어 버렸다. 그는 책을 벗 삼아 세월을 보냈다. 스물넷의 그는 재산의 소재도 규모도 알지 못할뿐더러, 그 재산의 사용법도 관리법도 모르는 젊고 돈 많은 기인이었다. 소아시아 섬으로 여행을 떠났고, 이집트와 로도스 섬으로도 여행을 떠났다. 그는 가문이나 사회적 지위가 자신과 같은 사람들을 피했고 그들 쪽에서도 그를 이방인으로 여겼다. 그가 가까이한 것은 학문을 하는 사람들이었는데, 종교와 출신에 따라 그가 누구인지 무슨 일을 하는지는 개의치 않았다.

지난해부터 스미르나에 타히르 파샤의 아들이 독서에 너무 열중한 나머지 머리가 이상해졌다는, 확실하지도 않은 해괴한 소문이 돌기 시작했다. 사람들 말로는 터키 황국의 역사를 공부하는 과정에서 '지나치게 공부를 하다'가 비운의 왕자 영혼이 자기 안에 있다고 믿기 시작하더니 스스로를 불운의 황제라고 생각한다는 것이었다.

"에? 아!" 이쯤에서 하임은 잠시 말을 중단한 뒤, 스미르나라는 그 마을이 하임 자기뿐 아니라 차밀 에펜디야 같은 훌륭하고 고매한 인사까지 저주하고 이 감옥에 처넣었다고 욕을 해 대는 것도 잊지 않았다. 하지만 이내 말을 이었다.

하임이 말을 잇기를, 스미르나 전체에 소문이 퍼졌다고 해서 인구가 많은 전체 마을에 퍼진 것은 아니라는 것이다. 스미르나가 어떤 곳인가? 카디파 칼라 산기슭 쪽에서 굽어보면 끝없이 이어진 모습이 보일 것이다. 확실히 넓은 곳이다. 집도 많고 인구도 많고. 하지만 제대로 세어 보면 대략 백 세대 정도, 터키인 50세대와 같은 수의 그리스인 세대 그리고 정부 요직 모두 포함해서 2천 명 정도 된다. 그나마 모든 것을 결정하는 것은 주로 이 사람들이고 그 밖의 사람들은 자기와 가족의 생활을 유지하기 위해 악착같이 살아가고 있을 뿐이다. 이 백여 세대의 가구들은 서로 만나고 얼굴을 마주하는 일이 없어도 서로에 대해 무척 잘 알고 있는 데다 세대에 걸쳐 서로 재면서 탐지하고들 있었다. 아버지 쪽으로든 어머니 쪽으로든 차밀은 소수에 속한 사람이었다. 그의 가족의 범상치 않은 운명과 그의 기이한 삶의 방식은 언제나 사람들의 관심 대상이었으며 호기심을 끌기에 충분했다. 이야기하고 나서는 그 이야기에 덧붙여 이야기하고 응대하고 그러다 과장하기도 하고 여느 다른 세상에서 그러듯 똑같았지만 이곳 스미르나에서는 좀 더 심했다.

최근 몇 년 동안 상류 사회의 동년배들과 거의 교류가 없는 차밀에 대해 그가 없는 동안 말들이 더 많았다. 사실 그가 없는 것이 주요 이유이기도 했다. 사람들은 그의 역사 공부에 대해 어떤 이들은 경탄조로, 또 어떤 이들은 비웃으며 말을 했다.

10여 명의 고매한 청년들이 도시에서 온 비슷한 수의 탕녀들과 더불어 테라스에서 술을 마시고 담배를 피우다 누군가 차밀을 들먹였고, 화제는 이내 그의 불운한 사랑과 기이한 생활 방식으로 이어졌다. 그의 친구 중 한 명이 차밀은 바예지드 2세 시대를 상세히 연구하던 중 특히 젬 술탄의 생애에 빠졌고 그 때문에 이집트, 로도스 섬으로 여행을 떠났으며 심지어는 이탈리아와 프랑스까지 갈 채비를 하고 있다고 말했다. 여자들이 젬 술탄이 누구냐고 묻자 청년이 그는 바예지드의 동생인데 적대자였고 왕위 계승 싸움에 패해 로도스 섬으로 도망을 가서 기독교 기사들에게 몸을 의탁했다고 설명해 주었다. 그 후 그곳의 기독교인 통치자들은 오스만 제국과 정통 황제 바예지드에 대항하기 위한 수단으로 그를 끊임없이 이용하면서 몇 년 동안 가두어 두었다. 그곳에서 숨을 거두자 바예지드 술탄은 반역자이자 비운에 빠진 동생의 시신을 옮겨 와 부르사에 안치했다는 것이다. 그리고 오늘날에도 그의 무덤이 이곳에 있다고 했다.

그때 한 경망스러운 청년이 화제에 끼어들었다. 청년은 제멋대로의 상상과 아무 생각 없는 발언 때문에 자기 자신을 해칠 뿐 아니라 남에게까지도 피해를 주는 그런 종류의 인간이었다.

"아름다운 그리스 여인에 대한 비운의 사랑 이후 차밀은 역사 연구라는 불행한 사랑에 또 빠진 셈이지. 그는 은밀한 젬이 된 거라고. 그렇게 스스로를 자처하며 행동했지. 그의 옛 친구들은 조소와 동정의 감정으로 그를 아예 젬 술탄으로 부른다니까."

이렇게 술탄의 이름, 특히 황실에서의 갈등이나 각축이 화제에 오르게 되면 그것이 아무리 먼 옛날의 이야기라 할지라도 그것을 말한 그 무리 안에서 끝나는 법이 결코 없었다. 그럴 때면 언제나 누가 어떻게 황제의 이름을 들먹였는지 황제에게나 황실의 사람에게 달려가 고하는 새 한 마리가 있기 마련이었다. 그렇게 무고하고 은밀한 차밀의 열정은 어느 사악한 악마의 입을 거쳐 관계자의 귀에까지 들어갔는데, 그때는 이미 사실과 전혀 다른 새로운 의미가 부여된 상태였다.

당시 그곳의 지사는 강직하고 근면한 관리였지만 어리석고 병적으로 불신이 강한 인물이었다. 그래서 꿈속에서조차도 자기가 정치적인 부정이나 음모 같은 것을 간과하지는 않을까 노심초사하는 인물이었다.

(그러나 '정치와 공무에 있어서' 그의 그런 엄격함과 충성스러움이 상인이나 선주들로부터 거액의 뇌물을 받는 것을 막지는 못했다. 이 때문에 사람들은 그를 가리켜 짧은 지식에 기다란 손가락을 지닌 사람이라고 하는 것이다.)

차밀에 관한 밀고를 들으며 지사가 가장 먼저 떠올린 것은, 경망스러운 청년으로선 생각조차 못했던 사실인데, 그것은 바로 지금은 술탄에게 정신 박약 선고를 받고 감금당해 있는 동생이 존재한다는 것이었다. 그에 대해 아무도 이야기하지 않았지만 그런 사실에 대해 모두 알고 있는 터였다. 그러한 유사성이 지사를 불안케 만들었다. 그 무렵은 바로 터키의 유럽에 의심과 불안이 감돌아 이스탄불에서 각 지방의 지사 앞으로 서한이 내려온 상태였다. 서한의 내용인즉슨 국사를 넘보고 술탄의 이름을 욕되게 하는 폭동자, 선동자에 대해 각 지방 당국은 각별히 경계하라는 요지였다. 스미르나 지사는 자신과 관련된 일이라고 확신했으며 그의 지역에 단 한 건도 '사건'이 없었으니 차밀의 경우가 바로 이 '사건'이라고 생각했던 것이다.

어느 날 밤, 차밀의 집은 경찰의 포위를 받고 가택 수사를 받았다. 모든 책들과 원고가 압수되었고 그는 생가에 갇히는 꼴이 되었다.

산더미 같은 장서와 온갖 외국어로 쓰인 원고들과 메모들을 본 지사는 심하게 격분하면서 자신의 책임하에 그것을 소유한 자를 모든 책들과 문서와 함께 이스탄불로 압송할 것을 지시했다. 지사 자신도 왜 그토록 많은 책들, 특히 엄청난 외국 서적들에 증오와 분노를 느꼈는지 설명할 수가 없었다. 하지만 증오와 노여움은 설명 따위를 필요로 하지 않았고 이 두 가지 감정은 서로를 지탱하면서 부풀어 오르고 있었다. 지사는 자기가 결코 실수를 저지르는 것이 아니며 사건의 핵심을 찌르고 있다고 확신했다.

타히르 파샤의 아들이 체포되었다는 소식은 저명인사들, 특히 회교 신학자들에게는 당혹스러운 일이었다. 타히르 파샤의 친구이자 학식 있고 연륜 있는 판사가 직접 지사를 찾아가 차밀의 경우를 설명했다. 차밀에게는 전혀 부정한 동기가 없다는 것과, 그가 선량하고 올바른 회교 신자라는 것과, 불행한 사랑 때문에 일종의 방심 상태와 우울증에 빠져 학문과 독서에 몰두했는데 설령 지나침이 있기는 해도 그것을 병으로 치부해야지 계획적인 사악한 행위로 볼 수는 없다고 설명하며 배려와 동정의 가치가 있을 뿐 결코 비난이나 형벌의 대상이 아님을 역설했다. 그리고 사건 자체가 하나의 커다란 오해임을 덧붙였다. 그가 전념하고 있는 것은 역사, 학문인데 학문에서는 해가 나올 수 없음을 부언했다. 그러나 이 모든 노력은 관리의 우둔한 머리와 불신에 부딪혀 분쇄되고 말았다.

"에펜디야, 내가 이 문제로 골치를 썩을 이유가 없소. 난 역사도, 그렇게 불리는 것조차도 관심이 없는 사람이오. 또 그런 것은 모르는 편이 더 나은 데다 옛날 술탄의 행적을 캐내느니 지금의 술탄이 말씀하시는 것을 따르는 게 더 현명할 것이오."

"하지만 이건 학문이고 모두 책이란 소리지요!" 씁쓰름하게 몰아붙인 판사는 편협된 지식 때문에 자신들만의 이성과 통찰력, 모든 판단과 결론의 정확성을 무한히 믿고 있는 사람들이 사회와 개개인에게 얼마나 위험한 존재인가를 경험상 익히 알고 있는 터였다.

"그래서 그의 책들이 나쁜 거라는 말이지요. 젬 술탄! 왕위 요구자! 왕위 찬탈! 말이란 한번 떨어져 흐르기 시작하면 멈추는 법 없이 계속 진행될 뿐이며, 끝없이 자라나 결국엔 변모하는 법이오. 내가 원인을 제공한 것이 아니라, 바로 그가 그렇게 했다는 거지요. 그러니 그에 관한 책임은 당연히 져야 되는 것 아니겠소?"

"아니, 사실도 아닌 일을 가지고 덮어씌울 순 없지 않소." 판사는 다시 한 번 청년을 두둔하려고 애썼다.

"만약 그가 중상모략을 받은 것이라면 그렇지 않다는 결백을 증명하면 되는 것 아니겠소. 난 책이란 것도 읽고 싶지 않고, 다른 사람에 대해서도 생각하기 싫은 사람이오. 자기 걱정은 자기가 해야지, 내가 왜 그자에 대해 걱정해야 한단 말이오? 내 관할 영역에서는 각자가 무엇을 하는지 무슨 말을 하는지 주의해야 한단 말이오. 이 점 하나는 잘 알고 있지. 질서와 법 말이오."

판사는 머리를 들고 날카롭게 그리고 경멸하듯 그를 노려보았다.

"음, 내 생각에는 모두가 스스로를 방어하고 있는 거지."

하지만 도무지 말이 통하지 않는 지사는 안하무인이었다.

"그렇지, 질서와 법. 그것을 넘어서는 자가 있다면 황실의 녹을 먹는 자로서 설령 그가 내 외아들이라도 그의 목을 벨 것이오. 난 위법자를 그냥 놔둘 수 없소. 그러니 그 젊은 에펜디야의 의심스러운 학식도 그냥 넘길 수 없는 것이오."

"하지만 그건 이곳에서 토론을 통해 명확히 할 수 있는 것 아니겠소?"

"그렇지 않지요, 에펜디야. 법규는 법규지요. 법규는 그렇게 지시하고 있는 게 아니라 바로 이렇게 지시하고 있으니까. 술탄들과 황실에 대해 논한 자는 술탄의 문턱에서 역시 답변해야 하는 법이지요. 그러니 그를 이스탄불로 보내 그가 읽은 것, 쓴 것, 말한 모든 것을 스스로 설명케 해야지요. 따라서 그에 관해서는 그쪽 사람들이 머리를 짜내야지요. 만약 그가 정당하다면 두려워할 것이 없습니다."

전모는 이러했다. 늙은 판사는 자기 앞에 있는 지사를 쳐다보았다. 콧수염도 없는 데다 왜소한 몸집에 닳고 닳은 이 보잘것없고 무능한 자가 이토록 악랄하다니. 항상 의심을 품고 선택할 일이 있으면 꼭 나쁜 쪽을 택하고 지금처럼 꺼림칙한 일이 있으면 오히려 고자세로 나오는 지사와 더 이상 이야기해 봤자 허사라는 것을 판사는 너무도 잘 알고 있었으며 지사란 사람은 일단 마음먹은 것을 반드시 실행에 옮기는 성미여서 청년을 구하려면 다른 방법을 찾아야 한다는 것을 깨달았다.

차밀은 엄중하면서도 사람들 눈에 띄지 않게 이스탄불로 이송되었다(그것은 지사가 판사에게 해 준 유일한 배려였다). 그의 장서들과 원고들도 모두 봉인되어 함께 옮겨 갔다. 그 사실을 듣자마자 판사와 그의 다른 친구들은 그의 뒤를 따라 자기 사람을 시켜 이스탄불에서 사건을 설명하게 하고 청년을 돕도록 했다. 그 사람이 이스탄불에 도착하자 차밀은 이미 라티프 에펜디야에게 넘어가 심문을 받을 때까지 감옥에 있도록 선고를 받은 상태였다.

하임이 알 수 있고 볼 수 있었던 차밀 에펜디야의 역사는 대략 이런 것이었다. 하임의 되풀이와 무수한 "에? 아!"를 생략하고 처벌은 이렇게 간단했다.

4

카라조즈는 언제나 정치범들을 경계했다. 한 사람의 정치범을 다루느니 작든 크든 수백 명의 일반 범죄자들을 다루는 것을 더 좋아했다. 심지어 정치범이라는 얘기만 들어도 소름 끼쳐했다. '지나가는 자들' 정도로 할 수 없이 정치범들을 곁에 두기는 했어도 그들을 처리하는 데 적극적으로 나서는 법이 없었다. 격리시킨 것처럼 그들을 멀리하거나 '정치적'이거나 그런 이름 아래 자신에게 오는 모든 것을 쫓으려고 애썼다. 스미르나에서 사람들이 데리고 온 수인에 대해서는 모든 것이 이상했다. 터키의 명문가 출신에 책과 원고로 가득한 상자들이 그의 뒤를 잇고 미친 사람인지

명석한 사람인지를 도무지 알 수가 없었다. (그런데 미친 사람들과 그에 연관된 모든 것이 카라조즈에게 미신적인 공포와 본능적인 혐오감을 불러일으켰다.) 하지만 그를 거부할 수는 없었다. 그렇게 해서 차밀은 우리가 보다시피 공동 감방에 하루 이틀 머무르게 된 것이었다.

벌써 이튿째, 스미르나의 판사가 보낸 남자는 당국의 고위층을 움직여 안뜰에서 차밀을 특별히 대우할 것과 심리가 끝나서 사실관계가 해명될 때까지 독방을 배당하도록 하는 일련의 조치를 마친 상태였다. 그리고 그것은 실행되었다.

며칠 동안 페타르 수사는 커다란 뜰을 천천히 거닐면서 마치 무언가를 혹은 어떤 것을 찾기라도 하듯 건물 주위의 창문들과 발코니에 시선을 두었다. 때때로 하임이 그에게 다가왔다. 하임은 이미 페타르 수사와 두 명의 상인 곁을 떠나 좀 더 후미진 다른 자리를 차지하고 앉아 있었다. 통풍이 잘 되지 않는다는 이유를 내세우면서였다. 그러고는 2, 3일 뒤 페타르 수사에게 다가와 두 명의 상인에게서 스파이 냄새가 난다고 귀띔하는 것이었다. 페타르 수사는 웃음으로써 그런 생각을 일축했다. 그때 페타르 수사는 하임의 마른 얼굴을 바라보며 착각이나 환각에서 생기는 공포와 싸우고 있는 사람에게서나 볼 수 있는 기묘하고 절박한 표정이 있음을 문득 발견했다.

이틀 뒤 하임은 다시 고개를 숙이며 다가와서는 그 길고 뾰족한 코를 페타르 수사의 귀에 닿을 만큼 가져다 대고 두 상인 말고 또 다른 스파이가 있음을 나직이 말하면서 조심하라고 경고했다.

"이보게 하임, 그만두게나. 그런 말은 누구에게도 하지 말게."

"당연하지요. 당신에게만 하는 말입니다."

"아니, 누구에게도 하지 말고 나에게도 하지 말게. 그런 얘기는 아예 입 밖에 내지를 말게." 하임의 갑작스럽고 부담스러운 신뢰를 언짢게 여기며 페타르 수사는 스스로를 방어했다.

그리고 이 일은 수차례 반복되었다. 하지만 페타르 수사는 이미 그런 일에 익숙해 있었다. 그는 하임의 어깨를 가볍게 두드리며 그를 진정시키고 가능한 한 심각성을 덜어 주려고 농담조로 말했다.

"아니, 그자가? 그 금발 머리 키 큰 사람 말이지? 아니, 그자는 공포 때문에 거의 반쯤 죽은 상태여서 그런 일과는 거리가 멀다는 게 자네 눈엔 안 보이나? 그는 양처럼 순한 사람이야. 공연히 겁먹고 남을 의심하지 말게나."

하임은 한두 시간 조용히 앉아 있다가 다시 페타르 수사에게 와선 믿을 수 있는 사람은 당신뿐이라며 좀 전의 그 얘기를 다시 끄집어내는 것이었다.

"맞아요. 아까 말한 자는 내가 잘못 짚었어요. 한마디로 '실수'한 거죠. 그자가 맞다고 생각했는데 아니에요. 그자는 당신이 전혀 생각지도 못하던 사람이에요. 그가 누구냐고요? 대문 옆에 서서 그저 앞만 바라보며 아무것에도 관심이 없는 듯 보이려고 애쓰는 그자 있지요? 아니면 사람들을 머리부터 발끝까지 거만하게 쳐다보는 저자인가? 아니면 바보처럼 보이는 저자인가? 그도 아니면……. 하기야 저자들 중에 누가 스파이인지 알 수가 없듯이 어쩌면 모두가 하나같이 스파이일 수 있다는 사실을 알아야 해요.

모두가 말이죠."

"그만둬, 하임. 그런 시시한 얘기는 집어치우게." 페타르 수사는 순간 흥분해서 말했다.

"아니, 아니에요! 당신은 선하고 어진 분이라 모든 것을 좋게만 보시는군요."

"선하게 생각해서 그렇다면 자네도 선하게 보면 될 것 아닌가. 그렇지 않은가, 형제여."

"헤, 선이오! 선하게?" 하임은 납득할 수 없다는 듯이 중얼거리며 고개를 숙이고 땅을 내려다보다가 자리를 떴다.

그리고 이튿날 마치 참회라도 하듯 이른 아침부터 하임이 왔다. 자신만의 공포에서 약간 해방된 듯했지만 그래도 평정심을 찾지는 못한 것 같았다. 그는 자신이 처한 이 상황이 얼마나 부당한 것인지와, 그의 도시 사람들과 그 성향에 대해 열을 띠며 이야기했다. 페타르 수사는 언제나 이런 기회를 이용해 차밀 에펜디아에 대해 몇 가지 질문을 던졌다. 하임은 답변에 막히는 법이 한 번도 없었다. 이미 말한 내용이라 할지라도 새롭고 믿을 만한 사소한 사실들을 수없이 덧붙여 설명하는 것이었다. 페타르 수사는 하임의 야윈 얼굴과 높은 이마를 쳐다보면서 그 모든 얘기를 들었다. 이마 부분의 피부는 아주 팽팽하고 얇아서 그 밑의 혈관 하나하나와 이마뼈의 윤곽이 어슴푸레 투시되고 기묘한 타래처럼 이마 끝부분까지 덮고 있는 머리는 밑동 주위가 보이지 않는 불길에 그슬린 듯 곱슬머리가 되어 메말라 있었다.

그렇게 이야기를 마친 뒤에 하임은 구부정하고 걱정에 찬 모습으로 자리를 떠났고 페타르 수사는 동정 어린 눈길로 오랫동안 그의 뒷모습을 쳐다보았다.

이틀이 지났지만 차밀은 나타나지도 돌아오지도 않았다. 하임은 자신의 고통도 주체하지 못하면서 어딘가에서 정보를 얻었든 적어도 추측을 했든 지금 청년이 심문을 받고 있는 중이며 그런 동안은 아무도 그에게 접근할 수 없고 수인을 안뜰에 풀어 주지도 않았을 거라고 설명했다. 그러고는 심문이 끝나 사건이 재판에 회부되면 다시 산책할 수 있도록 풀어 줄 것이라고 덧붙였다.

스미르나에서 온 이 하임이라는 남자는 모든 것을 알고, 모든 것을 예견(언제나 맞는 것은 아닐지라도)하고 있었다. 이 경우에는 제대로 예견하고 있었다.

그날 아침 페타르 수사는 돌 위에 앉아 생각에 잠긴 채 양쪽에서 들려오는 언쟁과 요란한 소리에 귀를 기울이고 있었다.

그의 왼쪽에는 도박하는 자들 몇 명이 얇고 작은 원을 그리며 앉아 있었다. 그들은 이전부터 있어 온 분쟁에 종지부를 찍기 위해 일종의 재판을 하고 있었다. 모두 어두운 얼굴에 거칠고 단호한 말을 내뱉고 있었다.

"네가 저자에게 돈을 돌려줘야 해." 가늘지만 끔찍한 목소리로 말하는 사람은 도박사의 우두머리 격인 꺽다리였다.

"이건 저자에게 돌려주지!" 자그마한 체구에 힘센 남자가 화난 듯 눈을 깜빡거리고 소리를 지르며 오른손으로 주먹에서 팔꿈치까지 재 보였다.*

"저자가 누군지 알아? 사람을 거의 죽다시피 두들겨 팬 자라고!" 사방에서 사람들이 목소리를 냈다.

"저자를 왜 죽이지 않았는지 알기나 해?"

"강제 노동 때문이잖아, 왜 아니라고!"

"그쯤이야! 나가기만 하면 죽여 버릴 거야. 작살을 내놓을 거라고."

사방에서 요란스러운 웅성거림이 있었지만 더 이상 참지 못하겠다는 키 큰 남자의 위협에 찬 목소리로 가까스로 진정되었다.

"돈을 돌려줘! 알겠나?"

한편 오른쪽에서 들려오는 소리는 더 시끄럽고 때때로 왼쪽 소리를 완전히 압도했다. 그곳에는 자임과 묵직한 목소리로 걸걸대는 육상 선수 같은 체구의 수다스러운 남자와 소프타라고 하는 왜소한 몸집의 새로운 수인이 있었다. 늘 그렇듯 그들의 대화 주제는 언제나 여자였다. 자임은 아직 아무 말도 하지 않고 있었는데, 새로운 얘기를 준비하는 것 같았다. 육상 선수와 소프타가 언쟁을 주도했다.

왜소한 체구의 남자는 고함을 질러 댔는데, 모든 자그마한 체구의 사람들이 그러하듯 목소리에서도 뭔가를 과시하는 듯한 느낌이 배어 있었다.

"아르메니아 여자들, 아르메니아 여자들. 여자들 중에선 최고지!"

"아르메니아 여자가 어떻다고? 아르메니아 여자들이 어때? 지금 나한테 아르메니아 여자들에 대해 얘기하는 거야. 네가? 자네 가소롭군."

"내 나이 서른한 살이야."

"그게 어쨌다고. 나이가 중요한 게 아니야. 넌 아직 애송이라고. 애송이가 나이 쉰이 되면 뭐 하나. 알겠어? 넌 애송이고 바보 천치에다 피도 부족하고 정신도 부족하지. 너 자체가 한참 모자란 녀석이라고. 말 그대로 '모자란' 놈이지."

"그럼, 네 말은 네놈은 '넘친다'는 거겠구나." 왜소한 체구의 남자가 비아냥거리듯 말하자 모두 폭소를 터뜨렸다.

"이번에도 말귀를 제대로 못 알아들었군. 모든 것을 갖추었는데 굳이 자네가 알고 싶다면야 넘친다고 말해 줄 수도 있지. 그게 내 단점이기도 해. 넘치는 것 역시 좋은 건 아니지만, 나라는 녀석은!"

굵직한 목소리의 남자가 말하자 어딘가에서 날카로운 웃음소리가 터졌다.

다시 베이스 톤의 목소리가 들렸다. 또다시 여자와 여자들의 사랑에 관해서였다. 그것 외에는 알고 있는 게 없어 보였다.

"아르메니아 여자는 산불 같지. 불붙이기가 어렵지 한번 붙으면 끌 수가 없어. 그건 여자가 아니라 무보수의 강제 노동이라고. 이런 공격을 받은 남자는 그녀와 그녀의 모든 가족에게 노예가 되는 거지. 살아 있는 자들뿐 아니라 죽은 자와 아직 태어나지 않은 자들에게까지도 말이야. 자네를 완전히 먹어 치우는데, 그것도 정당하고 합법적으로 먹어 치우지. 아주 정당한 신의 법에 따라서 말이야. (모두 하느님과 결탁한 셈이지.) 아르메니아 여자들은 일주일에 6일은 얼굴을 씻지 않아. 휴일에만 씻지. 귀까지 털투성이에 마늘 냄새가 진동하지. 그런데 체르케스* 여자는 어떻지?"

"천생 여자지!" 싸우는 무리 중에서 누군가 말했다.

"그래?" 베이스 톤의 목소리가 아니라는 투로 되물으며 다시 언쟁이 시작되었다.

"그들은 여자가 아니고 여름의 한낮이야. 여름 한낮에는 모든 게 그저 좋지. 땅이건 하늘이건 말이야. 그러나 여기에선 구두를 바로 신어야 해. 하지만 그것도 전혀 도움이 되질 않아. 왜냐하면 이곳에선 가장 뛰어난 장인도 기술이 부족하니까 말이야. 새 같지는 않아. 잡으면 잡히지. 사람의 손안에 있는 게 아니라 물처럼 흐른다니까. 가졌다고 해도 아예 갖지 않았을 때와 같아. 거기에는 현명함도 이성도 정신도 아무것도 없어. 게다가 법으로도 막지를 못해."

그리고 다시 알 수 없는 짧은 단어가 튀어나오고 뒤이어 폭소가 터져 나왔다. 페타르 수사는 생각을 떨쳐 버리고 좀 더 멀리 가 앉을 생각으로 자리를 떴다. 몸을 일으켰다가 이내 놀라 멈췄다. 당황스럽고 나지막한 인사와 함께 그 앞에는 차밀이 서 있었다.

흔히 그런 법이다. 우리가 보기를 바라는 사람들은 생각하고 있을 때 나타나는 것이 아니라 그 사람들에 대한 생각에서 가장 멀리 떨어져 있을 때 나타나는 법이다. 그래서 다시 보게 되어 기뻐하는 우리의 희열은 바닥에서 표면으로 떠오르기까지 약간의 시간이 걸리는 것이다.

두 사람은 고함과 웃음소리가 있는 자리로부터 떨어졌다.

"에, 거보게, 거봐!" 페타르 수사가 처음으로 몇 번이나 마치 놀란 상황에 처한 듯 그 두 마디를 반복하고 있는 동안 둘은 그저 나란히 앉아 있을 뿐이었다(그의 기쁨이 실제보다 더 작게 보이는

데 만족스러워하고 있었다).

두 사람이 마지막으로 본 것은 불과 며칠밖에 지나지 않았는데도 아주 먼 옛날처럼 느껴졌다. 청년은 마치 쥐어짜기라도 한 듯 눈에 띄게 야위어 있었다. 눈가의 어두운 그림자는 더욱 짙어졌고 얼굴은 더욱 왜소해졌으며, 바깥으로부터 광선이 비치듯 희미하게 나타난 미소는 가벼운 당혹감을 드러내고 있었다. 걸친 옷은 구겨져 있었고 턱수염은 자랄 대로 자라 어떤 의미에서는 훨씬 더 경직되고 겁에 질려 보였다.

스미르나 출신의 터키인 지주 청년과 보스니아에서 온 이방인 기독교도 사이의 묘한 우정은 서로 얼굴을 보지 못한 며칠 사이에 이 이상한 감옥에서 더욱 커지고 더욱 두터워졌는데, 이런 상황에서만 일어날 수 있는 아주 예외적인 상황답게 신속하고 예상치 못한 것이었다. 지금도 그들의 대화는 그들이 과거에 보고 읽었던 것을 다시 천천히 이야기하는 것에 지나지 않았다. (누구도 자신에 대해서는 말하지 않았다.) 하지만 두 사람이 나누는 대화는 그들 주위에서 들리고 볼 수 있는 그런 것들하고는 구별되었다. 그것이 중요했다. 그들은 종일 이야기로 시간을 보냈으며 수인들이 모두 자기 감방으로 돌아가야 할 때와, 차밀이 정오와 오후 예배때 자리를 뜨는 동안에만 중단되었다. 이전처럼 페타르 수사가 훨씬 더 말을 많이 했지만 대화에 가끔씩 끼어드는 청년의 참여도 눈에 띄지 않게 천천히 시작되었는데 그 목소리는 여전히 누군가 다른 사람의 확고하고 명료한 소리의 메아리처럼 들렸고 처음 두세너 마디가 끝나면 그 후부터는 목소리가 속삭이듯 가라앉았다.

그때까지 말수가 적었던 차밀이 어느 날 한순간(페타르 수사는 언제 어떻게 일어났는지 도저히 떠올릴 수가 없었다) 그런 목소리로 젬 술탄 이야기를 하기 시작했다. 그리고 그때부터 이야기가 끝날 때까지 다른 어떤 것에 관해서도 이야기하지 않았다.

계기는 우연히 시작되었거나 그렇게 보였다. 조용히 마치 아주 일상적인 것에 대해 이야기하듯 차밀은 물었다.

"바예지드 2세라고 하는 젬 술탄의 이름을 역사책에서 보지 못했나요?"

"아니요." 페타르 수사는 하임의 이야기를 떠올리고는 내심 놀라움을 감춘 채 조용히 대답했다.

"아니라고요…… 정말인가요?"

청년은 분명 주저하고 있었다. 그리고 애써 무관심을 가장하며 몇 마디 서두를 던지더니 본격적으로 이야기를 시작했다.

5

그것은 새롭고 화려한 형식으로 되어 있는 두 형제에 관한 오래된 이야기다.

인류와 역사가 시작된 이래로 세상에는 끊임없이 적대자가 되는 두 형제가 다시 태어나고 자라고 있었다. 둘 가운데 형은 더 현명하고 힘도 더 세고 세상과 현실 세계에 좀 더 가까이 다가가 있는 인물로, 어떤 일을 해야 하고 무엇을 하지 말아야 할지 또 자기 자신과 남에게 무엇을 요구할 수 있고 무엇을 요구할 수 없는지를 잘 알고 있었다. 반면에 동생은 정반대로 불행한 운명을 타고나서 인생의 첫걸음부터 좌절해야 했기에 그의 뜻은 항상 이루어지지 않았다. 그는 형과 싸워야 할 형편에 처해 있었고 그 싸움은 불가피한 데다 패배가 명백한 것이었다.

1481년 5월 어느 날, 정복자 메메드 2세가 전쟁터에서 갑자기 서거하자 두 형제는 얼굴을 맞대게 되었다. 형 바예지드는 당시 서른넷의 나이로 흑해에 위치한 아마시아의 통치자로 있었고 동생 젬은 코니아에 있는 카라마니아의 통치자로 있었다. 바예지드는 검은 피부에 키가 크고 약간 굽은 등에 침착하고 과묵했으며, 젬은 거대한 몸집에 금발 머리에 힘도 세고 급한 성격이었다. 젬은 비록 나이가 어렸지만 코니아에 있는 궁전으로 학자, 시인, 음악가 들을 불러 모았고 스스로도 훌륭한 시를 썼다. 그 외에도 그는 수영, 육상, 사냥의 명수였다. 사색과 유흥에 한계가 없는 '열정적 인물'인 그에게 하루의 시간은 너무나 짧아 밤 시간과 수면 시간을 되도록 줄여 하루를 길게 늘리려고 했다. 그리스어를 알았고 이탈리아어를 읽을 줄 알았다.

그런 동생에 비해 형 바예지드는 사람들의 입에 거의 오르내리지 않는 부류였다. 냉정하고 용감하며 전쟁터에서는 사격의 명수였고 단순히 연장자의 관점에서가 아니라 법과 제도, 경제나 외국과의 관계에서도 동생보다 우월했다. 그는 언제 어느 때라도 하나의 사건, 그것도 가장 필요하고 유익한 사건에 자신의 모든 힘을 집중시키는 그런 사람이었다.

왕위 계승을 둘러싼 싸움에서 바예지드는 훨씬 더 민첩하고 교묘했다. 젬은 궁정과 군대에서 더 많은 지지자를 가지고 있었다. (메메드 술탄이 작은아들에게 마음이 더 기울었고 그에게 왕위를 물려주고 싶어 한다는 것은 모두 알고 있는 바였다.) 그러나 바예지드의 지지자들은 추대자와 서로 간에 더 굳은 결속력을 가지고 있었고 더 민첩하게 행동했다. 바예지드가 스탐불에 먼저 도착해서 정권을 장악했다. 그러고는 이내 동생을 공격할 군대를 정비한 반면 동생은 자신의 군대를 이끌고 카라마니아에서 스탐불로 향하고 있었다.

케딕 파샤의 지휘하에 있던 젬의 군대는 오스만 제국의 오래된 도시이자, 높은 산 중턱에 위치한 아름다운 녹색의 도시 부르사까지 진군하여 공격을 감행했다. 그러나 평야에서는 아야스 파샤가 이끄는 바예지드의 군대가 포진해 있었다. 곧이어 왕위 계승을 담판 짓는 일이 시작되었다. 두 형제 모두 왕위 계승권을 주장할 만한 상당히 유력한 논거를 갖고 있었다. 바예지드는 연장자이고 더 많은 공도 세웠으며 스탐불에서 군주로 승인된 터였다. 젬은 다른 근거로 자신의 권리를 주장했다. 바예지드는 그들의 조부 무라드 2세 시대에 태어났다. 당시 그들의 아버지만이 왕위 계승자인 반면 어머니는 노예 출신이었다. 젬은 메메드 2세가 이미 술탄이었던 시절에 태어났다. 그의 어머니는 세르비아 대공 가문 출신이었다. 메메드 술탄은 살아생전에 공표는 하지 않았지만 작은아들을 더 가깝게 여겼고 심적으로 그에게 왕위를 계승하겠다는 의도를 드러낸 바 있었다. 두 형제에게는 저마다 순수한 충성심 혹은 이

기적인 사리사욕에 찬 유력한 파샤들이 지지자로 버티고 있었다.

그리고 늘 그렇듯이 두 형제는 각각 자기 자신의 소망하는 것, 이미 결의한 것을 정당화할 만한 증거를 자기 주위의 사람들에게서 찾아내며 서로 자신의 권력과 힘을 확신하고 있었다.

그런 상황에서 협상이 결실을 맺기는 만무했다. 젬이 아시아에서 자신의 통치권을 주장한 반면, 바예지드는 통치권은 하나이며 이는 결코 나눌 수 있는 것도 아니고 술탄은 오로지 한 명만 있을 뿐이니 동생에게는 자신의 하렘을 이끌고 예루살렘으로 조용히 돌아가 매년 지급되는 거액의 금액을 받아 조용히 살 것을 침착하게 말할 뿐이었다. 그런 제안을 젬이 들을 리 없었다. 전투가 불가피했다. 하지만 바예지드는 이미 진작부터 젬의 자문들 사이에 자기 사람인 야쿱 베그*를 잠입시켜 두었다. 결국 젬은 싸움에서 패하고 간신히 목숨을 건진 상태였다. 이집트로 도망가서, 두 형제의 싸움을 무척 반기고 있는 이집트 술탄으로부터 융숭한 대접을 받았다. 이집트 술탄의 도움으로 다시 한 번 재기를 노렸으나 결국 실패하고 말았다. 그가 소아시아 해변에 도착했을 때는 군대도 없고 몇 명의 충신만 남아 있을 뿐이었다(그의 어머니와 아내는 허약한 세 자녀와 함께 이집트에 남아 있었다). 궁지에 몰린 젬은 포로의 말로를 잘 알고 있었기에 로도스 섬으로 도망가 당시 기독교 위정자들에게 비호를 요청할 결심을 했다.

이미 몇 년 전 메메드 2세가 포위 공격에 실패한 로도스 섬은 강력한 가톨릭 수도회인 성(聖) 요한 예루살렘 기사단의 지배하에 있었고 서방 기독교 세계 전초 기지의 요새였다. 젬은 일찍부터 이

기사단을 잘 알고 있었는데 왜냐하면 과거 아버지 술탄의 명을 받들어 그들을 상대로 정치 협상을 벌인 적이 있기 때문이었다. 그가 기사단에 비호를 의뢰하자 곧바로 특별 선박이 파견되어 젬과 그의 부하 30여 명을 로도스 섬으로 수송했다.

왕위 반역자이자 왕위 요구자는 기사단장 피에르 도뷔송을 위시한 기사단과 전체 주민들로부터 황제에 준하는 대우를 받았다. 기사단장은 젬에게 자유와 망명의 권리가 보장되어 있다는 사실을 재삼 확인시키고 나서 술탄이 되어 터키로 돌아오는 그날이 올 때까지 망명지로는 프랑스가 좋겠다고 설득했다.

젬은 호위대와 더불어 프랑스로 떠났다. 이는 도뷔송이 비운의 왕자를 자기 기사단을 위해서, 또 기독교 세계 전체를 위해서 그리고 자신의 개인적 이익을 위해서, 즉 모든 면에서 최대한 이용하려고 한 데 불과했다. 그는 자기 수중에 있는 인질이 얼마나 중요한 인물인지를 익히 알고 있었다. 프랑스에 도착한 젬에게는 자유가 부여되지 않았고 약속과 달리 예루살렘 기사단에 속하는 성채에 유폐당하고 말았다.

'술탄의 형제' 주위에는 음모와 책동이 소용돌이쳤는데, 여기에는 당시 유럽 국가들, 교황과 물론 바예지드 술탄도 개입되어 있었다. 헝가리 국왕 마티아스 코르비누스, 교황 인노첸시오 8세도 터키와 바예지드 2세에 대항하는 전투의 또 다른 수단으로 젬의 인도를 원하고 있었다. 그러나 교활한 피에르 도뷔송은 귀중한 포로를 자신의 권력 안에 두고 아주 교묘한 방법으로 그를 이용해 바예지드와 이집트 술탄과 교황을 협박했다. 바예지드는 젬을 위한 경비로 거액을 지불하고 있었는데, 이는 젬을 다른 곳에 인도하지 않고 기사단이 잡아 두도록 하기 위함이었다. 교황은 기사단장에게 젬을 인도하는 조건으로 추기경의 지위를 약속했다. 이집트 술탄은 그에게 상당한 금액을 건넸다. 이집트에서 자기 아들의 석방을 위해 동분서주하던 불쌍한 젬의 모친도 젬을 위해 송금했지만 그 돈은 고스란히 기사단장의 수중에 들어갔다.

'황제의 형제'를 둘러싼 각축과 도뷔송의 교묘한 책략은 8년이나 지속되었다. 그동안 젬은 프랑스 각지의 성채를 전전하며 끊임없이 예루살렘 기사단의 엄중한 감시를 받았다. 젬의 부하는 점점 그 수가 줄어들어 마침내 네댓 명만 남게 되었다. 서약을 어긴 예루살렘 기사단의 마수로부터 빠져나오려는 노력은 부질없는 것이었다. 바예지드는 전체 기독교 세상을 누르고 그들의 수중에서 이용당하고 있는 불쌍한 동생을 해방시키기 위해 모든 방법을 불사했다. 그는 나폴리 왕의 통치 아래 있던 베네치아인이나 두브로브니크인을 통해 동생에 관한 정보를 수집하는 한편, 피에르 도뷔송과도 끊임없이 연락을 취하면서 되도록 양보의 길을 택했다. 그들의 이해관계는 어떤 의미에서 서로 통하고 있었다. 도뷔송으로서는 젬을 되도록 오랫동안 자신의 권력 아래 둠으로써 이를 미끼 삼아 전 세계로부터 돈을 갈취할 수 있었고, 바예지드로서도 숙적인 동생이 확고한 유폐 상태에 놓이면 터키에 대항해 진군하는 침략군의 선봉에 서지 못하는 이점이 있기 때문이었다.

프랑스에서 젬이 머무른 지 어언 8년째, 그러니까 1488년은 그의 신변을 둘러싼 외교전이 절정에 달했다. 사방에서 프랑스로 사절들이 파견되어 젬의 신병을 확보하는 임무를 띠고 있었다. 바예지드의 사절인 그리스인이자 기독교도인 안토니오 레리코는 나폴리 왕 사절의 후원을 받아 공개적이든 비밀리든 프랑스 국왕과 그의 측근들에게 거액의 금품을 헌납하고 궁정 사람들과 왕실의 여인들에게 아주 탐나는 물건들을 진상했다. 또한 그는 바예지드가 이집트 술탄을 토벌해 예루살렘을 점령하면 예루살렘을 통치할 권한도 주겠노라 제안했다. 같은 시기, 헝가리 왕 마티아스 코르비누스는 화려한 사절단을 파견해 술탄 동생의 인도를 요구한 뒤 그를 이용해 바예지드를 타도하려 했다. 그중에서 특히 가장 적극적으로 나선 것은 교황 인노첸시오 8세가 보낸 사절단으로, 그들은 교황이 고령에 병중임에도 불구하고 터키군에 대항할 십자군 전쟁에 나설 기독교 제후들을 결집할 의지를 굽히지 않았다. 이 때문에 반역자인 술탄의 동생을 수중에 넣는 것은 필수적이었다.

그러나 로도스 섬의 기사단장은 자신의 목적 수행에 여념이 없었다. 그는 프랑스 국왕에게 젬을 교황에게 인도할 필요가 있다는 자신의 의견을 주입시키는 데 성공했다. 1489년 2월, 기사단은 젬과 그의 얼마 안 되는 추종자들을 툴롱으로 가는 배에 태웠다. 길고 고단한 항해 끝에 치비타베키아에 이르렀는데, 그곳에는 교황의 엄청난 규모의 사절단이 그들을 기다리고 있었다. 화려한 호위를 받으며 로마에 입성한 젬은 그곳에서 추기경들과 교황청의 모든 인사들, 외교 대표단들을 만날 수 있었다. 그와 그의 호위대는 그림처럼 아름다운 동양의 의복을 입고 좋은 말을 탈 수 있었다. 이튿날 교황은 성대한 알현식을 거행하고 그토록 기다리던 터키

왕자를 정중히 맞이했다. 젬은 모든 사람들이 교황 앞에서 다 하는 머리 숙이는 인사법을 거부하고 대등한 군주끼리의 예의에 따라 그와 포옹 인사를 했다.

피에르 도뷔송은 추기경이 되었고, 그의 기사단은 교황의 공인을 받았을 뿐 아니라 물질적인 특권과 혜택을 받았다.

며칠 후 교황은 사적으로 젬을 접견했다. 이번의 대화는 한층 더 솔직했다. 젬은 로도스 섬의 기사단이 자신을 속이고 지금까지 감금했다는 사실을 털어놓았다. 교황에게 자신을 풀어 주어 어머니와 아내가 있는 이집트로 가게 해 달라고 탄원했다. 교황의 눈가에 눈물이 비칠 정도로 호소력 있게 말을 이어 갔다. 교황은 미사여구로 젬을 위로했지만 모든 것이 말뿐이었다.

젬을 둘러싼 커다란 외교 유희는 계속되었고 점점 더 열기를 띠었다. 교황은 터키에 대항하는 기독교 군주들의 동맹을 결성하기 위한 활동을 추진했다. 젬은 이 십자군에서 아주 중요한 역할을 수행할 인물이었고 그에게 바티칸은 황금 우리였다. 마티아스 코르비누스는 터키에 대항하는 진군을 위해 젬을 요구했다. 이집트 술탄 역시 같은 방법을 취하며 60만 두카트의 돈에 젬의 모친이 더한 6만 두카트를 제공했다.

1490년에 마티아스 코르비누스가 죽었다. 그것은 바예지드를 공격하기 위한 십자군의 구성에 커다란 타격이었다. 젬이 교황의 수중에 있다는 사실을 알게 된 바예지드는 로마에 특사를 파견했다. 교황이 그를 알현함으로써 도뷔송의 거짓과 음모의 전모가 드러났고 그가 바예지드로부터 받은 금액도 드러났다. 바예지드는 로도스 섬의 기사단에 제의한 것과 같은 조건으로, 즉 일정한 정치적 양보와 약 4만 두카트를 송금한다는 조건으로 교황이 젬을 연금할 것을 제안했다. 바예지드의 사자는 3년분의 금액 12만 두카트를 지불하기에 앞서 젬을 직접 만나 그가 정말 살아 있고 이곳에 있는지를 확인하라는 명을 받고 있었다. 젬은 사자가 알현하는 것을 받아들였으나 술탄으로서의 완전한 예를 갖추어야 한다는 단서를 달았다. 그는 자신의 호위대에 둘러싸여 특별히 마련된 왕좌에 앉아 있었다. 그의 곁에는 추기경이 한 명 있었다. 바예지드의 특사는 젬 술탄 앞에 엎드려 형이 그에게 보내는 친서와 선물을 봉정했다. 젬은 서한만 읽었고 선물은 거들떠보지도 않고 호위병들이 나눠 갖도록 했다.

인노첸시오 8세는 반(反)터키 동맹 결성에 여념이 없었고, 한편 바예지드는 헝가리와 베네치아를 공격할 계획을 세우고 있었다. 거기에는 젬의 신병이 중대한 역할을 했다. 술탄이 교황에게 '예수를 찌른 창'과 다른 성유물들을 보내면서 요구한 것은 오로지 하나였다. 젬을 감금하고 어느 누구에게도 보내지 않는 것. 한편 교황은 바예지드에게 기독교 국가들의 영토를 침략하지 말 것을 요구하며, 이를 지키지 않을 경우 터키군에 대항하는 행군의 선두에 젬을 이용할 것이라고 협박했다.

그러는 사이 인노첸시오 8세도 숨을 거두었다. 새 교황이 선출될 때까지 젬은 성(聖) 안젤로 성채에 유폐되어 있었다. 새 교황으로 선출된 사람은 알렉산데르 6세라는 이름의 성직자로 당시 추기경을 지낸 로드리고 보르자였다.

터키 황제를 노린 자에게는 더 나은 시대가 온 것 같았다. 그는 성직자들의 자제들과 친하게 지냈고 더 많은 자유를 누릴 수 있었으며 예식에도 참여할 수 있었다. 연대기들과 서한들에서는 당시 그림들에서와 마찬가지로 서른 살의 남자처럼 보였지만 실제로는 마흔이 넘게 보였다. 왼쪽 눈꺼풀은 완전히 감겼으며 퉁퉁하고 거무튀튀한 얼굴은 '표적의 사나이' 자체였다. 우울하고 성미가 급하고 추종자들을 심하게 다루는 젬은 쾌락에 몸을 맡겼는데, 특히 수면과 망각을 찾아 술을 탐닉했다.

그 당시 서방 기독교 국가들 사이에는 커다란 새 분쟁이 일어났다. 젊은 프랑스 왕 샤를 8세는 나폴리 왕국을 점령하기 위해 이탈리아로 군대를 파견했다. 그는 나폴리 왕국에 대한 영유권을 주장하면서 그곳을 터키 원정의 십자군에 참가하는 기독교 연합군의 출정 기지로 삼는 명목을 세웠다. 교황은 이탈리아로 향한 그의 입성을 저지했다. 그 무렵 알렉산데르 6세는 바예지드와 협상을 하고 프랑스 왕에 대항할 지원 세력을 요청한 상태였다. 바예지드는 젬의 경비로 연간 4만 베네치아 두카트를 보냈을 뿐 아니라, 교황에게 보낸 밀서에서 젬의 시신을 인도한다면 30만 두카트를 지불하겠다고 제안했다. 그러나 이 편지는 이탈리아에서 교황의 반대 세력에 탈취당해 공표되고 말았다.

이탈리아에 도착한 샤를 8세는 도시들을 빠르게 점령하고 1494년 마지막 날 로마에 입성했다. 교황으로서는 아무것도 남게 되지 않으니 손해와 손실을 최소한으로 줄이면서 젊은 정복자와 타협하는 쪽이 더 나았다. 샤를 왕의 요구 중 하나는 '술탄의 동생'을 인도하라는 것이었다. 그 역시 바예지드와의 전쟁에서 젬을 이용할 생각이었다. 프랑스 왕과 교황의 타협이 이루어져 샤를 8세는 젬을 나폴리 원정과 그 후의 터키 원정에도 데리고 갔다. 그러나 교황은 프랑스 왕에게 전쟁이 끝나는 대로 귀한 인질을 반환해 준다는 보장을 요구했다. 이렇게 함으로써 교황은 술탄이 앞으로도 계속 정기적으로 그에게 4만 두카트를 보낸다는 계약을 확실히 못 박았던 것이다.

화려한 회견장에서 교황은 수많은 증인들이 지켜보는 가운데 프랑스 왕에게 젬과 수적으로는 이미 얼마 남지 않은 추종자들을 인도했다. 교황이 젬에게 이 결정을 알리자, 그는 자기 자신이 노예이므로 그 권한을 교황이 갖든 프랑스 왕이 갖든 상관없다고 말했다.

교황은 온갖 미사여구로 젬을 회유하며 안심시켰고, 샤를 8세는 군주를 대하듯 그에게 예의를 표하며 대했다.

나폴리 왕에 대항해 샤를 8세는 계속 진격하면서 젬과 그의 추종자들, 교황의 아들이자 발렌시아 추기경인 체사레를 인질로 데리고 갔다. 그러나 행군 도중 약삭빠른 체사레는 도주했고 젬은 병에 걸려 며칠 동안 크게 앓았다. 그리고 나폴리에 도착하기 전, 카푸아에서 숨을 거두고 말았다.

노예 시절 내내 그를 보필해 온 자신의 추종자들에게 불경한 자들이 죽은 자신을 이용하지 못하도록 시신을 터키로 옮겨 줄 것을 제안했다. 또 자기 가족들이 스탐불로 돌아갈 수 있도록 허락해 줄 것과 오랜 노예 시기 동안 충실했던 추종자들에게 자비를 베풀어 줄 것을 부탁한다는 내용으로 형 바예지드에게 보내는 편지를 받아 적도록 했다.

샤를 8세는 젬의 유체에 향료를 뿌리고 납으로 된 관에 옮기도록 명령했다.

곧바로 교황이 젬을 음독시켰거나 이미 독을 마시게 한 뒤 왕에게 인도했다는 소문이 파다했다. 베네치아 원로원은 이 기쁜 소식을 강력한 술탄에게 먼저 알리겠다는 바람으로 즉시 젬의 죽음을 바예지드에게 알렸다.

샤를 8세의 원정은 실패로 끝났다. 샤를은 프랑스로 돌아간 지 얼마 되지 않아 숨을 거두었다. 젬의 유해는 나폴리 왕의 손에 있었다. 유해 건에 관해 긴 내용의 서한들이 오갔다. 나폴리 왕은 바예지드에게 큰소리쳤다. 교황 알렉산데르 6세 역시 자기 몫을 주장했다. 그러나 나폴리 왕만 자기 이익을 챙겼다. 그 유해는 술탄과의 우호적인 계약을 맺는 데 쓰였고, 1499년 9월에 이르러서야 마침내 바예지드에게 넘어갔다. 바예지드는 터키 통치자들이 묻혀 있는 부르사의 묘지에 유해를 성대히 묻어 주었다.

6

이것은 대충 간략하게 언급한 차밀의 이야기에 지나지 않는다. 페타르 수사가 자기의 새 친구로부터 들은 내용은 훨씬 더 길고 생생하고 아주 다른 데다 조금 다른 의미로 이야기되었다는 것이다.

이 모든 얘기 역시 한 가지에 귀착하고 있었다. 서로 진정한 접촉이나 상호 이해의 가능성이 전혀 존재할 수도 없고 또 실제로 없기도 한 두 개의 끔찍한 세계가 1천여 개의 유형으로 영원한 싸움에 운명 지어져 있는 것이다. 게다가 그런 가운데 자신의 방식으로 그 두 세계의 전쟁터에서 대가를 치르는 한 인간이 있었다. 황제의 아들이자 황제의 동생, 자신의 가장 깊은 믿음과 감정 속에서 스스로를 황제로 생각하며 모든 사람들 중에서 가장 불행한 사람이었던 한 인간. 처음부터 배신당하고 패하고 사기당하고 자유를 박탈당하고 고독하고 가족과 친구들로부터 격리당하고 비극적인 어려움에 처하여 만천하에 죄인으로 공개되었지만 긍지를 가지고 본래의 입장을 견지하며 늘 목표를 잃지 않고 사형 집행인인 형에게도, 혹은 비열하게 자신을 배신하고 을러대고 계속 팔아넘기는 이교도들에 대해서도 양보할 줄 몰랐던 한 인간.

페타르 수사는 젬 술탄의 기이한 인생 여정과 온갖 변화를 좇아가면서 이제껏 한 번도 들어 보지 못한 도시들의 이름과 세계 유력 인사들과 황제, 왕들, 교황들과 공후들과 추기경들의 이름을 듣게 되었다. 그는 이 모든 이름을 전부 기억할 수도 되풀이할 수도 없었다. 청년의 이야기를 들으면서 그는 누구와 누가 친척이고 누가 누구를 속이고 사고팔고 했는지 도무지 갈피를 잡을 수가 없었다. 하지만 그럴 때도 그는 경청하는 체했는데, 이유인즉슨 이야기를 상세히 끝까지 하는 것에 중대한 의미를 부여하고 있는 사람에 대해 안쓰러운 마음이 들었기 때문이었다.

그러나 이야기 중에는 그에게 전혀 이해되지 않는 것이 있었는데 예를 들면 운명, 와인과 주정, 미소년들과 소녀들에 관해 젬이 쓴 시구들이었다. 차밀은 그것들을 마치 자신의 자작시라도 되는 것처럼 암송했다. 거기에는 교황들과 교회의 다른 우두머리들에 대한 젬의 심판처럼 그를 당황하게 만들고 화나게 하는 사상과 날 카로운 어휘도 있었다. 그러나 페타르 수사는 지금은 그런 것을 일일이 정정하거나 명백히 밝힐 때가 아니라고 생각했다. 그에게 도 확실하지 않거나 이해되지 않는 부분이 꽤 있었다. 사람에게 모든 것을 이야기하도록 허락할 필요는 있었다. 언제나 사방에서 사람들이 그를 찾아와 쉽게 친해지고 쉽게 그를 신뢰했다. 그 역 시 그러한 것을 자연스럽고 이해가 가는 것으로 받아들이며 모든 얘기를 경청하려고 애썼다. 늘 그래 왔고 지금도 역시 그랬다.

스미르나에서 온 청년의 이야기는 계속되었고 꽤 길었다. 그는 되도록 빨리, 아니 이 순간이라도 꼭 이야기를 해야 하는 사람처 럼, 그에게 내일은 이미 늦은 시간인 것처럼 젬 술탄의 운명을 이 야기하면서 시간 가는 것을 까마득히 잊고 있었다. 어느 때는 터 키어로 또 어느 때는 이탈리아어로 외워서 이야기하는 프랑스와 스페인 인용 부분은 이야기를 너무 서두른 나머지 번역해 주는 것 도 잊을 정도였다.

대화는 점점 더 짧아지는 태양의 따스한 그림자 속에서 일찌감 치 시작되어 뜨거운 태양의 열기와 떠들썩하고 공격적인 수인들 의 게임과 싸움을 피해 커다란 뜰의 다른 피신처들에서 사람들을 이야기로 이끌어 갔다.

페타르 수사는 사람들과 이야기하는 동안에는 하임이 절대 다가오지 않고 혼자 있을 때에만 찾아온다는 것을 깨달았다. 그러나 때로는 수인 가운데 누군가 지나가다 멈춰 서서 청년의 나지막한 목소리에 귀를 기울일 때가 있다. 그럴 때면 차밀은 갑자기 입을 다물고 위험한 악몽에서 깨어난 몽유병자처럼 방심한 침묵 상태에 빠졌다가 저 기계적이고 무의미한 '예, 예'를 되풀이하고는 천천히 그리고 냉랭하게 작별을 고하고 가 버리는 것이다.

다음 날 그는 밤새의 어떤 후회와 결의의 확실치 않은 흔적을 지닌 채 똑같은 기분으로 나타나 다시 자기 세계로 돌아간 듯 아무 말도 하지 않고 모든 것을 지워 버리는 옅은 미소만 지으며 이내 너무도 일상적인 것에 대한 평범한 이야기만 늘어놓을 뿐이다. 하지만 그것도 잠시다. 이야기 도중에 그의 우울증은 그 자신이나 페타르 수사도 의식하지 못한 채 변하고 만다. 어떻게 어디부터, 아니 왜 그런지 알지도 못한 채 그는 다시 서서히 그리고 실감 나게 열정에 빠져 마치 고백하듯 조용히 페타르 수사에게 젬과 그의 운명에 대해 이야기하는 것이다.

사흘째가 되자 슬프고 화려한 종말, 코란에서 인용한 가장 아름다운 미사여구가 기이한 꽃들과 크리스털 모양의 서예 필체로 하얀 벽들마다 적혀 있는 부르사의 고혹적인 묘에 대한 묘사까지 이른 다음 이야기는 끝이 났다. 그러나 모든 사소한 광경에 대한 묘사는 이때 다시 시작되었다. 젬의 행복한 날, 불행한 날, 사람들과의 만남과 분쟁, 연애, 증오와 우정, 기독교도들에게 붙잡힌 포로의 몸으로부터의 탈출 시도와 희망과 절망, 기나긴 불면의 번민스러운 밤과 짧은 수면 속의 착잡한 꿈, 프랑스나 이탈리아의 지체 높은 사람들에 대한 젬의 의연한 응대, 고독과 우수 속의 초조한 독백이 끝없이 계속되었는데 이를 말하는 목소리는 차밀의 것이 아니라, 다른 사람의 음성 같았다.

서두나 가시적인 연계도 없이, 시간의 순서도 없이 청년은 젬의 포로 기간 중기 내지 말기에 해당하는 한 장면의 이야기를 꺼내는 것이다. 나직한 목소리에 시선은 땅에 떨구고 상대가 듣건 말건 자기 이야기를 이해하건 말건 개의치 않고 말을 이어 나가는 것이다.

페타르 수사는 순서도 종말도 없는 그 이야기가 실제 언제부터 시작되었는지 제대로 기억하지도 못했다. 그리고 역시 차밀이 타인의 운명에 대한 이야기에서 처음으로 명확하게 개인적 고백의 형식으로 바꿔 일인칭으로 이야기하기 시작한 그 순간, 바로 그 숨 막히는 듯한 결정적 순간조차도 깨닫지 못했던 것이다.

('나!' — 사람들 앞에서 우리의 자리를 한정하는, 운명적이고 불가변적이며 우리 자신에 대해 우리 스스로가 알고 있는 것의 훨씬 아래, 아니 훨씬 위에 머무르게 하는 우리의 의지와 우리의 능력을 넘어서는 매우 의미 있는 단어다. 이 두려운 말은 일단 발음이 되면 그 사람과 그가 생각하거나 말한 모든 것을 그에게 그런 마음이 없어도 실제로 이미 그가 동화해 버린 것으로 인정하고 영원히 동일화시키고 마는 것이다.)

차츰 더해 가는 곤혹스러움과 불안, 그리고 동정과 숨길 수 없는 흥분을 안고 페타르 수사는 이야기를 계속 들었다. 저녁때 차밀과 헤어져 그와 그의 사례(그것에 대해 생각하지 않는 것은 거의 불가능한 일이므로)에 대해 골똘히 생각할 때면 그를 망상으로부터 끄집어내지 않고 올바르지 않은 방향으로 확연히 나아가는 그를 단호하게 제지하지 못하는 자신을 발견하게 된다. 그러면서도 이튿날 다시 병적인 망상의 포로가 된 청년의 얼굴을 대하면 그는 가느다란 전율과 깊은 연민의 정을 느끼며 어제와 마찬가지로 그의 이야기에 몰두하면서 그의 말을 중단시키고 환상으로부터 깨어나지 못하게 하는 것이다. 하지만 그것을 자신의 의무라고 생각한 간밤의 결심을 떠올린 페타르 수사는 화제를 전환시키거나 우연히 자기 의견을 말하는 듯하면서 이야기에 빠져든 차밀을 젬 술탄으로부터 분리시키려고 애써 보지만 그의 직접적인 성격과 순박성이 청년의 완고한 이야기 앞에 마비되고 마는 듯했다. 그래서 결국 언제나 페타르 수사는 한 발 양보하여 입을 다물고 찬성도 반대도 하지 않는 그런 어정쩡한 태도로 청년의 나직한 열변에 이끌려 가고 마는 것이었다. 결국 존재하지 않는 것, 있을 수 없는 것, 있을 리 없는 것이 존재하는 것, 현실에 명료하고 유일하게 있을 수 있는 것으로 존재하는 것보다 바야흐로 더 강력한 것이 되었다. 그런 다음 페타르 수사는 이번에도 광기라는 저항할 수 없는 파도 앞에 굴복해 청년을 이성의 길로 되돌리지 못한 자신의 노력 부족에 대해 뉘우치는 것이다. 이런 순간 그는 자신을 이 광기의 공범자로 느끼게 되고 내일이야말로 첫 번째 기회를 놓치지 않고 자신의 결심을 관철시켜 보겠다고 다짐했다.

이런 일이 5, 6일 지속되었다. 매일 아침 거의 같은 시간대에 어떤 정해진 예식처럼 시작되어 저녁 무렵까지 두세 번 정도 끊겼다가 이어졌다. 젬 술탄과 그의 호위병들과 업적에 관한 이야기는 끝이 없어 보였다. 그런데 어느 날 아침, 차밀이 나타나지 않았다. 그를 기다리다 못해 안뜰 구석구석을 불안해하며 걸어 다닌 듯했다. 그날은 두 번씩이나 하임이 그에게 찾아와 늘 똑같은 불만과 스미르나에서의 부당함과 이 저주받은 안뜰에서의 음모, 별의별 스파이들에 대해 토로했다. 그는 그의 이야기를 무심코 들으며 눈앞에 나타나지 않는 차밀에 대해 온 정신을 쏟고 있었다.

간밤에 헤어지기 전, 마치 읽는 것처럼 빠르게 말하던 그의 모습이 보이고 들리는 것처럼 느껴졌다.

"치비타베키아에 정박하려는 배의 부두에 서서 화려한 예복 차림에 꼿꼿이 몸을 세우고 교황의 군대와 교회 고위 인사들의 형형색색 화려한 무리를 굽어보며 마치 정든 고장을 떠나 새로운 이주지에 발을 들여놓기 전 만감이 교차하듯 젬은 순간순간 이 생각 저 생각으로 여념이 없었지요. 그는 자신의 불행을 냉정하게 생각하고 마치 사람이 눈에 보이지 않는 숨겨진 모습으로 타인의 입에서 자신의 불행을 들을 때에만 의식하듯이 명확하게 그리고 냉정하게 그것을 곱씹고 있었지요.

그렇게 도처에서 그를 맞이하는 낯선 사람들은 마치 감옥의 살아 있는 벽을 방불케 했지요. 이런 사람들에게서 도대체 무엇을 기대할 수 있겠습니까? 어쩌면 동정? 이것이야말로 그에게는 전혀 필요하지 않은 것인 데다 그가 한 번도 필요하다고 생각지도 않았던 것이지요. 소수의 선량하고 고결한 사람들이 그에게 베푸는 동정도 그의 불행과 비길 데 없는 굴욕을 재는 척도에 지나지 않았지요. 동정이라는 것은 죽은 자에게조차 중압적이고 굴욕적인 것이니까요. 하물며 아직 건강하고 의식이 멀쩡히 살아 있는 사람이 다른 생명체의 눈 속에 단 한 가지, 동정만 읽을 수 있다면 그런 것을 어떻게 견디겠습니까?

이 세계에 존재하고 이 세계를 구성하고 있는 모든 자에 의해서 나는 세계를 정복하고 지배하기 위한 도구를 창출하려 했지만 이제 그 세계가 나를 도구로 삼고 만 것이지요.

그래요, 젬 젬시드는 누구란 말입니까? 한마디로 말해 노예지요, 노예. 일반 노예는 사슬에 묶인 채 시장에서 시장으로 끌려다니고 언제나 선량한 주인의 자비를 바라든가 아니면 어디로든 도망갈 준비를 하고 있지요. 하지만 젬은 그런 자비를 바라지도 않고 누군가 그에게 베푼다고 해도 받을 수가 없지요. 매매요? 그를 사고팔 수는 없지요. 대신 그를 위해 다방면으로 지불되는 거액의 돈은 그를 사들이기 위한 것이 아니라 오히려 그를 노예로서 도구로서 억류하고 해방을 주지 않기 위한 보증금인 셈이지요. (예외가 있다면 그의 모친인데, 멋지고 빼어난 이들 중에서도 아주 빼어난 분이지만 그녀의 무능력한 시도가 그의 굴욕을 더욱 가중시킨 셈이지요.) 도주요? 이름 없는 노예조차 쇠사슬에서 도망치는 것이 어렵지만 추적자를 뿌리치고 그래도 도망친다면 자유롭고 이름 없는 인간으로서 다른 자유롭고 이름도 없는 사람들의 틈에 끼여 살아갈 수 있는 세계에 다다를 수 있는 희망을 품게 되지요. 그러나 젬에게는 이런 도주의 가능성조차 없습니다. 사람이 살고 사람들에게 알려진 곳, 터키 세계나 기독교 세계의 두 진영으로 갈라진 이 세계에는 그가 도피할 만한 곳이 없지요. 왜냐하면 이곳에서도 저곳에서도 그는 오로지 술탄이니까요. 승자이든 패자이든, 살아 있든 죽었든 그건 마찬가지지요. 그래서 그는 생각으로도, 아니 꿈에서조차 도주란 있을 수 없는 노예인 셈이지요. 도주는 그보다 신분이 낮은 보다 행복한 사람의 길이고 희망이지요. 그래서 젬은 술탄으로 운명 지어 있기 때문에 포로의 몸으로 이 땅에 살아서 있건 스탐불에 있건 죽어서 땅속에 있건 언제나 술탄일 뿐이며 그 원칙 속에서만 유일하게 그의 구원이 있을 수 있는 것이지요. 그는 오로지 술탄일 뿐이지요. 왜냐하면 그 이상도 그 이하도 아니라면 그는 존재하지 않는 것이니까요. 그것은 사후에라도 도주할 수 없는 그런 노예 신분이지요.

선박은 안벽에 닿으면서 무디고 육중한 소리를 냈지요. 주위가 어찌나 고요했는지 그 소리가 해변을 지나가는 약한 메아리처럼 들렸어요. 그곳을 지나가는 모든 사람들, 추기경에서 마부에 이르기까지 모든 사람들이 황금 자수로 수놓은 흰 터번을 쓰고 추종자들보다 두서너 걸음 떨어져 마치 동상을 쳐다보듯 바라보고 있었지요. 이 인물 안에서 술탄을 보지 못하는 자, 또 이 인물이 설령 그로 인해 죽을 운명에 처해 있다 해도 술탄 이외의 사람일 수 없다는 것을 느끼지 않는 자는 그곳에 한 사람도 없었으니까요."

이 이야기를 하며 차밀은 일어났다. (그는 다른 수인들처럼 간수의 독촉을 받고 들어가는 것을 원치 않았기 때문에 언제나 정해진 시간보다 약간 일찍 감방으로 돌아갔다.) 일상적인 짧은 인사를 뒤로하고 이미 황혼의 첫 그림자가 구석구석을 덮기 시작한 저주받은 안뜰 모퉁이로 사라졌다.

7

청년은 둘째 날도 셋째 날도 나타나지 않았다. 그리고 정오가 되었을 때 하임이 자기 주변을 조심스럽고 경계하는 시선으로 바라보면서 차밀에게 '뭔가 좋지 않은 일이 일어났다'고 이야기했다. 그 외에는 그 역시도 더 이상 할 말이 없었다.

그 후 이틀 뒤에야 그동안에도 가만히 있지를 않던 하임은 차밀이 사라진 것에 대한 숨겨진 이야기를 하러 왔다.

우선은 우울한 듯 고개를 숙이고 페타르 수사 주위로 넓은 원을 그리다 점점 작은 원으로 좁혀 그리더니 주위를 구석구석 살피고는 우연히 지나가다 문득 두 사람이 이야기를 나누는 것처럼 가장하려는 의도가 역력했지만 정작 본인은 그의 그러한 '경계 술책'이 얼마나 무익하고 얕은 술책인지를 깨닫지 못하고 있었다. 가까이 다가오더니 아주 작은 목소리로 물었다.

"저들이 당신을 심문했나요?"

"아니." 하임의 그런 '술책'에 염증을 느끼기 시작한 페타르 수사가 큰 소리로 답했다.

그러나 하임이 차밀에 대해 뭔가를 알고 있을지도 모른다는 생각에 이내 목소리가 부드러워졌다.

"없었는데. 뭔가 다른 소식은 있나?"

그러자 하임이 말하기 시작했다. 처음에는 우연히 지나가다 멈춘 사람처럼 주위를 두리번거리더니 점점 그런 것조차 잊은 듯 목소리가 커지는 것도 깨닫지 못하고 더욱 활기를 띠었다.

그가 말하는 것에는 어딘가 확실치 않고 납득되지 않는 부분이 있었지만 그래서 또 다른 부분은 마치 그가 직접 본 듯이 생생하고 자세하게 이야기하기도 했다. 하임은 알고 있었을 뿐 아니라 볼 수 없는 것까지도 보고 있었다.

차밀이 저녁 무렵 어스름이 내리자 감방으로 들어갔고 간수가 문을 잠갔다. 넓은 공간에는 여전히 낮 그림자가 자리하고 있었다. 저녁 식사가 배달되었지만 이미 식어 버린, 뚜껑이 덮여 있는 두 개의 음식은 일반 수인들이 받을 수 없는 것이었다. 모든 것이 다른 날 저녁과 같았다. 모퉁이에서 모퉁이로 걸어 다니는 일과 오지도 않는 잠을 청하는 일. 안뜰에서는 마지막 소리까지 조금씩 사라져 가고 있었다. 어둠은 흰 벽들과 사물들을 삼키면서 깨어 있는 사람들 주위의 감방을 좁혔다. 새로운 밤의 세계가 나타나고 어둠과 정적 속에서, 또 청각과 시각의 유희 속에서 가느다란 비현실적인 소리와 빛이 태어나기 시작했다. 그 순간, 그는 어떤 순간이었는지 알 수는 없지만 밖에서 열쇠로 자물쇠 구멍을 찾는 소리를 들었다. 그것은 환청이 아니었다. 문은 정말 열렸고 문으로 희미한 불빛이 비쳤다. 아무 소리 없이 두 명의 검은 그림자가 방으로 들어왔다. 그들 뒤에는 한 남자가 작은 등을 들고 있었다. 그는 곧바로 옆으로 비켜서더니 등을 올려 세우고는 부동의 자세를 취하고 있었다.

불빛이 주위를 밝혔다. 두 남자 중 한 사람은 몸이 비대했다. 그는 모든 것들, 이를테면 외모와 목소리, 행동 같은 것이 모두 둥글둥글하고 부드러웠다. 또 다른 남자는 마른 체구에 뼈와 근육이 온통 깡마른 가죽에 붙어 있었고 깊이 파인 커다란 눈에다 등잔 불빛에 비친 주먹은 크고 억셌다. 처음의 남자만이 예의 바르게(무척 정중하게) '안녕하십니까'를 말했다. 그러고는 시작되었다.

뚱뚱한 관리가 부드러운 목소리로 위험스럽게 첫 심문은 아주 형식적인 것이며 대답도 그런 거라고 말했다. 그러나 당연히 이것이 끝은 아니라고 덧붙였다.

"차밀 에펜디야, 우선은 저희에게 당신이 젬 술탄에 대한 정보를 수집하거나 법적으로 정당한 술탄과 회교 국왕에 대한 반란 계획을 실행에 옮기는 방법을 조사하고 국외의 힘을 빌려 왕위를 찬탈하려는 수단과 방법을 모색했던 것이 도대체 누구를 위한 행동이었는지를 말씀해 주셔야 합니다."

"누구를 위한 행동이냐고요?" 청년은 방어 태세를 취하며 조용히 되물었다.

"예, 누구를 위해서입니까?"

"스스로를 위한 것이지, 어느 누굴 위해서도 아니오. 나는 우리의 역사 속에 알려져 있는 사건을 연구하는 것입니다. 깊이 연구하면서……."

"그러나 책에 기록되어 있거나 학문적으로 취급되고 있는 문제가 한두 가지가 아닐 텐데 왜 하필이면 그 문제를 선택하셨습니까?"

침묵이 흘렀다.

(하임은 이미 지금까지의 경계심을 까맣게 잊고 등장인물의 손짓이나 말버릇까지 더해 가면서 점점 더 열을 내기 시작했다.)

"들어 보십시오." 뚱뚱한 관리가 조용히, 그러나 지나치게 예의를 차리며 말을 이었다.

"당신은 명석하고 훌륭한 가문에서 태어난 교육받은 분입니다. 스스로 사태를 잘 파악해 보십시오. 스스로 곤란한 사건에 말려들었거나 아니면 누군가 당신을 음해하고 있습니다. 당신도 아시다시피 오늘날에도 예전과 마찬가지로 왕좌에는 칼리프인 술탄이 앉아 계십니다. '신께서 폐하의 장수와 영광을 허락하셨나이다!' 이 점은 생각할 필요도 없는 것이니 당연히 연구를 하거나 적거나 대화를 하는 것은 상상도 못할 일이지요. 아시다시피 말이라는 것은 숲의 가장 깊은 속일지라도 일단 입 밖에 내면 그 자리에 멈추어 있는 것이 아닙니다. 하물며 당신이 스미르나에서 한 것처럼 글을 쓰거나 남에게 옮기는 경우는 더더욱 그렇습니다. 그러니 우리에게 사건을 설명하고 모든 것을 숨김없이 말씀해 주셨으면 합니다. 그것이 저희에게도 수월하고 당신에게도 좋을 겁니다."

"당신이 말씀하신 것은 내 생각과는 아무 상관이 없는 것이군요."

청년의 목소리에는 솔직함과 분노의 여운이 담겨 있었다. 그러자 관리는 이제까지의 의식적인 고상한 태도를 벗어던지고 아주 자연스러운 말투로 돌아갔다.

"잠시만요! 상관없다는 건 말도 안 되지. 모든 것이 서로 관계가 있거든. 당신은 배운 사람이지만 우리도 아주 무식한 사람은 아니오. 그런 어마어마한 일을 도모하는 데 아무 목적도 없이 우연히라니."

뚱뚱한 사람만이 말을 했다. 차밀은 관리의 말에 그저 어안이 벙벙해져서 대답이 마치 메아리처럼 허공에 떠 있었다.

"목적이라……. 도대체 어떤 목적을 말하는 거요?"

"그게 바로 우리가 당신에게 들으려고 하는 바요."

청년은 아무 대답도 하지 않았다. 뚱뚱한 관리는 그가 주저하고 있다고 여긴 듯 음절을 길게 빼면서 자신만만하게 입을 열었다.

"자아, 하시지요!"

그의 말은 더욱 딱딱하고 거칠었으며 새로운 방법으로 위협을 가하고 있었던 것이다.

청년은 희미한 불빛 저쪽에서 증인이라도 해 줄 사람을 찾듯 주위의 어두운 구석구석에 시선을 던졌다. 그는 이 어리석은 오해를 풀고 모든 것을 밝히고 거기에 음모 같은 건 없음을 증명하고 모든 것을, 게다가 이런 시간에 이런 장소에서 이런 식으로 해명할 필요도 없다는 것을 논증할 수 있는 유일하고도 무효한 말이 없을까 생각하고 있었다. 그는 그것을 생각하고 말하려 했지만 조용히 있었다. 그러나 두 관리가(이제는 빼빼 마른 관리도 말을 하는 것이었다) 빠르고 끈질기게 번갈아 가며 말을 하는 것이었다.

"말하시오!"

"말하시오, 당신에게도 유리하고 더 간단해질 거요."

"시작했으니 어서 말을 하시오."

"자아, 어떤 목적이며 누구를 위한 거요?"

그들은 청년에게 질문 공세를 펼쳤다. 청년은 불빛 때문에 눈을 깜빡거리며 어두운 모서리 쪽으로 그저 불안한 시선을 던졌다. 질문들을 제대로 분간하지도 구별하지도 못한 채 어찌할 바를 모르고 있었다. 그러나 갑자기 깡마른 남자가 가까이 다가와 목소리 톤을 높이며 그에게 '너'라고 하자 정신이 번쩍 들었다.

"자, 어서, 말해!"

청년의 모든 주의력이 거기에 집중했다. 그는 수모를 당하고 경멸당하고 왜소화되고 이미 자기 자신조차 방어할 수 없다는 것을 느꼈다. 자신의 죄와 불행은 그들이 말하는 것처럼 무슨 '목적'을 가지고 있는 것이 아니라 이런 패거리들의 취조를 받는 상황에 빠져들었다는 것(또는 자기 자신을 빠뜨린 것)에 있는 것이다. 그는 이렇게 말하고 싶었지만 생각만 했을 뿐 잠자코 있었다.

그렇게 청년과 관리들의 대치가 계속되는 가운데 꽤 오랜 시간이 흘렀다. 일출과 일몰에 의해 측정되는 일상 시간 밖에 인간관계를 초월한 시간의 밖, 그 밤의 어느 무렵이 되자 차밀은 젬 술탄과 자신이 동일 인물이라는 것, 즉 누구보다 불행하고 막다른 골목에 이른 인물, 자기를 버리려 하지 않고 버릴 수도 없고 자기 자신일 수밖에 없는 그 인물과 동일하다는 것을 공공연히 자랑스럽게 고백했다.

"내가 바로 그 사람입니다!" 그는 결정적인 고백을 할 때나 들을 수 있는 침착한 소리로 다시 한 번 말하고는 의자에 주저앉았다.

뚱뚱한 관리는 깜짝 놀라 뒷걸음치더니 입을 다물었다. 그러나 깡마른 관리는 정상이 아닌 데다 세상과 세상의 법 밖으로 완전히 밀려난 사람 앞에서 이 경이로운 끔찍함을 느끼지 못하는 듯했다. 마른 체구의 관리는 그 우둔하고 근시안적인 충성심에서 그보다 현명한 동료가 침묵함으로써 남은 자유로운 영역을 되도록 이용하려 들었다. 그는 청년에게 스미르나에서 실제로 어떤 음모가 있었는지를 자백시키려고 새로운 질문을 던졌다.

　등받이가 없는 낮은 의자에 앉아 있는 차밀은 초췌한 데다 자기 세계에 깊이 빠져 있었다. 빼빼 마른 관리가 그의 주위를 춤추듯 빙빙 돌아가면서 잡아먹을 듯 그의 얼굴을 들여다보았다. 지금 눈앞에 있는 것이 자기 뜻대로 처리할 수 있는, 의지도 의식도 없는 육체인 듯한 생각이 들자 기름을 부은 불처럼 더욱더 극성을 부리는 것이었다. 한순간 보기로는 그가 거친 주먹을 차밀의 어깨에 얹는 것처럼 보였다. 청년은 무례하기 짝이 없는 행동에 날카롭게 그 손을 물리쳤다. 그러자 눈 깜짝할 사이에 진짜 몸싸움이 벌어졌다. 거기에 또 다른 경찰까지 가세했다. 차밀은 자신을 방어했는데 그 어떤 이도 전혀 예상치 못했던 울분과 힘으로 공격을 가했다. 램프를 들고 있던 남자 역시 이 난투극에 말려들었다. 그러고는 싸움판에서 겨우 빠져나와 밖으로 나가 감시탑에 이 사실을 알렸다. 감방의 어둠 속에서는 아직도 격투가 계속되고 있었다. (스미르나 출신의 청년이 이야기한 그날 밤의 난투극은 이 등을 든 남자의 소란으로 말미암아 잠에서 깨어난 수인들의 입을 통해 안뜰에 퍼졌다. 그리고 안뜰에서 속삭인 것은 무엇이든 지체 없이 하임의 귀에 들어갔다.)
　그날 밤, 그들은 차밀을 저주받은 안뜰 정문 옆의 샛문 어딘가로 끌고 갔다.

죽었는지 살았는지? 어디로 끌려갔는지? 너무 놀란 나머지 이 말을 물어볼 생각조차 못하고 있는 페타르 수사에게 하임은 벌써 답을 하고 있었다.

만약 살았다면 아마도 정신병자들을 가둬 두는 쉴레마니예 지역에 있는 티마르한으로 데려갔을 것이다. 그곳의 미친 사람들과 함께 있으면 자기를 왕위 계승자라고 말하는 그의 이야기도 미치광이의 헛소리에 지나지 않고 무해한 병적 망상으로 아무런 주의도 끌지 않을 것이다. 그리고 그런 정신 착란자는 오래 살 수도 없을 것이고 병적인 환상을 안은 채 간단히 세상을 하직해도 그 죽음을 애석하게 여기는 자도 없을 것이다.

그러나 만약 격투가 격렬해서 청년이 두 남자를 상대로 싸우는 와중에 그들 중 한 사람에게라도(난투 이후에 핏자국을 닦아야 했던 정황으로는 충분히 그럴 수도 있다) 상처를 입혔다면 황제의 사람들이 그 이상의 짓을 감행할 수도 있는 일이다. 왜냐하면 여기에서는 구타의 횟수에 제한이 있는 것이 아니고 필요 이상의 일은 얼마든지 할 수 있기 때문이다. 이런 경우라면 타히르 파샤의 아들은 불행히도 지금 무덤 속에 있을 것이다. 그런 사람의 무덤은 다만 흰 묘석이 있을 뿐 비명도 없고, 따라서 거기에는 차밀에 관한 것, 논쟁에 관한 것, 적대자와의 투쟁에 관한 것도 일체 언급이 있을 수 없다.

이 모든 이야기를 끝까지 하고 나서야 하임은 자기를 둘러싼 '위험'을 다시 떠올렸는지 작별 인사도 하시 않고 슬슬 살피는 듯한 시선을 주위에 던지면서 넓은 안뜰을 하염없이 거니는 듯 사라졌다.

페타르 수사는 자신의 운명에 대해, 자기 주위의 모든 것들에 대해 심지어 죄 없는 하임과 모든 것을 알고 아주 자세한 부분까지 전달하려 하는 그의 영원한 욕구에 대해 강한 분노를 느끼며 이를 악물었다. 그는 그 자리에 멍하니 선 채 이마에 배어나는 식은땀을 닦으면서 구둣발에 박혀 딱딱해진 회색빛의 흙과 눈앞의 흰 벽을 마치 처음 보는 것처럼 바라보며 전신에 흐르는 가느다랗고 차가운 공포의 파도를 느꼈다. 차밀과의 대화로 말미암아 취조를 받을 수도 있고 죄도 없이 다시 저 무의미한 심문을 받을 수도 있다. 하임이라는 자가 위험이 없는데도 위험하다고 여기는 정신 이상자인 것만은 사실이지만 여기서는 모든 것이 가능했다.

그 생각은 이내 다른 생각으로 대체되었다. 차밀은 어떻게 되었을까? 어떤 병적인 초조함이 그를 휩쌌다. 이토록 무기력하게 아무것도 해 줄 수 없는 것이야말로 견디기 힘든 괴로움이었다. 그는 복잡하고 어두운 스미르나의 이야기와는 아주 동떨어진 사람들을 보고 그들의 이야기를 듣기 위해 자리를 옮겨야 할 필요성을 느꼈다. 광기의 병자와 이성도 아무것도 없는 경관 사이에 벌어진 이 얽히고설킨 광기, 그 함정의 망을 벗어난 사람이 있다면 그가 누구이든 만나 보고 싶었다.

싸우거나 놀거나 농담을 하는 수인들이 떼거리로 몰려 있는 구석진 모퉁이나 그늘 가를 향해 페타르 수사는 안뜰 아래쪽으로 걸음을 옮겼다.

8

2, 3일이 지나자 차밀과의 긴 대화 때문에 그를 심문하지 않을 게 분명해졌다. 즉 모든 게 끝난 것이다 — 매장된 채로. 공포와 기대는 사라졌지만 더 좋아진 것도 더 수월해진 것도 없었다. 오히려 그 반대였다. 차밀이 빠진 시간이 시작된 것이다. 그를 잊지는 않았지만 속으로는 그를 더 이상 기다리지 않게 되었음을 느끼고 있었다.

여름 날씨가 한창이었다. 안뜰 안에서는 모든 것이 예전과 같았다. 어떤 이들은 석방되고 또 다른 이들이 그 자리를 대신했지만 그런 것을 알아채지는 못했다. 모두가 부차적이고 중요하지 않았다. 안뜰은 백 년 동안 변화하면서 스스로를 위해 살았으며 언제나 한결같았다.

매일 아침 그늘에는 비슷비슷한 부류의 수인들이 몰려 있었다. 페타르 수사는 자기로부터 제일 '가까이 있는' 부류에서 걸음을 멈췄다. 이곳에서는 모든 것이 똑같았다. 자임은 새로운 여자들과 혼인을 하고 헤어지고, 그러면 어떤 이들은 그를 거짓말쟁이라며 거칠게 몰아붙이고 또 다른 이들은 경청한다. 얼굴에는 녹색 빛이 돌고 거무튀튀한 것이 마치 황달에 걸린 듯 창백했다. 그가 이야기하는 것과 상관없이 허공을 헤매고 다니는 그의 시선은 안쓰러울 정도였는데, 공포로 정신이 나간 상태였고 만약 그가 유죄를 받게 되면 그가 치러야 하는 벌로 온통 정신이 쏠려 있었다.

다른 이들도 여자에 관한 이야기를 늘어놓았지만 방법은 달랐다. 저음의 베이스 목소리를 내는 몸집 좋은 육상 선수의 목소리가 가장 많이 들렸다. 그러나 한순간 그의 목소리가 멈추자 다른 소리에 섞여 제법 나이 먹은 선원의 목소리가 들렸는데, 선술집에서 일했던 젊은 그리스 여인에 대한 이야기였다.

"그렇게 덩치가 크고 단단한 여자는 한 번도 본 적이 없어. 선박 같았지. 큰 베개 두 개를 가슴에 달고 다니고 커다란 맷돌 같은 엉덩짝이 두 개의 바위처럼 흔들리지. 모두 손을 뻗어 어디든 조금이라도 만져 보고 싶어 했지. 그녀 스스로도 방어했고, 이빨 없는 그리스인 주인도 막아 주었지만 누가 선원들의 손을 묶을 수 있었겠는가 말일세. 조금조금씩 그렇게 건드렸지. 그러다 결국 그 여잔 일을 그만두게 되었어. 주인은 그렇게 얘기했지만, 실은 그 여우 같은 녀석이 자기 집에 들여놓고 첩을 삼은 게지. 선원들은 모두 그를 욕하며 떠들어 댔어. '어휴, 아까워, 저런 여자는 그저 건초 가리 같은 거라고!' ― '건초 가리 같아! 건초 가리 같은 거라고!' 그리스인은 스스로를 위로하듯 더욱더 소리 높여 말했다. '하지만 그곳에 더 있었다고 해도 누군가 왔겠지. 그럼 어땠겠느냐고? 지푸라기는 지푸라기야. 건초 가리를 집어 갔겠지. 정신없는 녀석들!'

"어휴." 가라앉은 베이스의 남자가 성을 냈다. "어라, 어라. 자넨 어떻고! 그저 선술집 여자에 대해서만 주절대고 있잖아! 거기다 더럽고 시시한 얘기들로만 말이야! 어휴!"

공방이 오갔지만 베이스의 남자가 승리했다. 모두 선원을 조용히 시키고 베이스의 목소리가 아까 하던 이야기를 계속하도록 독촉하고 있었다. 그러자 그는 그루지야 출신의 아주 빼어난 미인으로 이곳 스탐불에 와서 여러 가지 기행(奇行)을 벌이다 일찍 죽고 만 여자의, 재미는 있지만 적잖이 확실치 않은 이야기를 늘어놓았다.

"미인의 혈통이지. 그녀의 조모는 아주 뛰어난 미모로 유명했지. 트빌리시의 모든 이들이 그녀에게 미쳐 있었으니까. 사실 그랬다고. 때문에 그녀는 트빌리시에서 약간 떨어진 어느 친척 집에 숨어 있어야 했지. 그 마을은 그녀 때문에 '일곱 개의 들것'이라는 이름으로 오늘날 불리는데, 전에는 어떻게 불렸는지 모르지만 여하튼 그 이름은 아니었다는 거야. 내력인즉슨 그녀와 그녀의 미모 때문에 30분 만에 그녀의 집 주위에서 일곱 명의 시신이 실려 나갔다는 데서 유래된 거지. 구혼하러 온 자들과 약탈자들 사이에 싸움이 붙은 게지. 세 가족이 상을 당했고, 그녀 역시 슬픔으로 죽고 말았어. 꽃이 시들어 가듯 천천히 간 것이 아니고 서리를 맞은 듯 급사한 거지. 그 모든 일이 하룻밤 새에 일어났지. 하지만 죽어 가면서도 그녀는 자신이 누구를 좋아했는지 그 남자가 죽은 자들 가운데 있는지 살아 있는 자들 가운데 있는지를 말하지 않았지. 어쨌든 그 애도 할머니 못지않은 미인으로 몸집이건 눈매건……."

"맞아, 그루지야 여자들은 아름다운 눈을 가졌다고 하더군." 무리 중에서 누군가 말했다.

"뭐라고? 그걸 어떻게 알아? 자네 같은 소경이 그런 걸 어떻게 알아?"

"내가 뭘 몰라? 너는 세상에 아는 게 너 혼자뿐이냐고!" 몇몇 사람들이 목청을 높였다.

"저 사람 말을 막지 말라고, 얘기 좀 하게!" 또 다른 이들은 계속 이야기할 것을 요구했다.

"자, 어서 얘기나 계속하게. 쓸데없는 참견에 휘둘리지 말고."

거구의 남자가 큰 목소리에 성난 듯 손짓하며 다른 이들을 막았다.

"내가 말하는 걸 저자들은 증오한다고. 이런 소경들을 상대로 무슨 말을 하겠어?"

그러나 모두가 이야기할 것을 간청하자 마지못한 척하면서 그루지야 여자 이야기를 계속했다.

"누군가 내게 '그녀는 아름다운 눈을 가졌지!' 하고 말하면 난 그저 눈이 저절로 먼다니까. 자넨 죽었다 깨어나도 그런 눈은 보지 못했을 거야! 자네도 그 눈을 보게 되면 분명 그럴 거야. 그저 우리 같은 자들의 머리에 붙어 있는 눈으로 생각하면 큰 오산이야. 그건 태양과 달의 축복을 받은 하늘의 기적이지. 별과 구름에서 떨어진 이 땅의 기적이라니까! 그 눈을 보게 되면 그냥 몸이 굳으면서 녹아내리지. 자네는 없는 거야! 정말 그 '두 눈'이 어떤지 알아? 당연히 보기도 하지만 그건 최소한의, 그리고 최후의 기능에 불과한 거라고. 눈! 우리의 눈과는 근본적으로 차원이 다르단 얘기지. 그 두 눈이야말로 하늘의 기적인데 어떻게 비교할 수 있겠는가 말이야! 비교할 수도 없지. 이 땅에 한 번 나타날까 말까 한 눈이지. 그런 눈은 다른 눈들처럼 죽어서도 안 되고 다시 이 세상에 나와서도 안 되지."

남자는 목소리가 막혔는지 갑자기 입을 다물었다. 무리에서는 소리를 내는 자도 없었다. 침묵은 한순간 계속되었다. 그러나 잠시 후 다시 웃음소리와 욕설이 뒤범벅된 소란이 되살아났다.

조금 떨어진 곳에서 이들의 말을 듣고 있던 페타르 수사는 자기 뒤에 누군가 있는 것을 느꼈다. 뒤를 돌아보자 하임이 서 있었다.

안뜰을 산책하는 동안 그는 늘 불안과 공포에 떨면서 끊임없이 장소를 바꾸는 하임을 만났다. 어디에 짐 꾸러미를 놓고 잠시나마 정착을 하려고 하면 그곳에는 이미 모든 것, 모든 사람에 대한 그 자신의 불신이 그를 기다리고 있는 것이다. 그러면 재빨리 그만의 '경계책'을 취하는 것이다. 그리고 하루 이틀 뒤에는 그 장소에서 철수하여 보다 안전한 새로운 장소를 찾아간다. 페타르 수사와 마주치면 모르는 체하고 지나가거나 인사 대신 가볍게 머리를 끄덕이고 의미 있는 시선을 보내거나 때로는 다가와서 가볍게 말을 걸 때도 있지만 그럴 때도 갑자기 무언가 생각난 듯 조용히 사라지는 것이다.

지금도 마찬가지로 페타르 수사 옆에 서서 톤이 낮은 베이스의 남자 이야기를 시작하는 것이다. 이 남자에 대해서도 그는 이미 모든 것을 알고 있었다.

그는 하층 사회 출신이지만 뛰어난 체력과 처세술로 상류 사회까지 뛰어오른 인물이었다. 몇 년간 레슬링 챔피언으로 터키 전역에서 유명했다. 군부대 납품 상인이었고 선술집 주인이었으며 여러 가지 사업에 손을 댔다. 막대한 자본이 그의 손으로 굴러 들어왔다. 늘 도박과 술, 특히 여자에 빠져 있었다. 그러다가 병에 걸린 것이다. 손버릇이 나빠 자기 것과 남의 것을 구별하지 못하는 버릇이 있었는데 정신과 건강이 악화되자 이런 버릇이 더욱 악화되었다. 2, 3년 동안 점점 내리막길에 접어들면서 모든 것을 잃기 시작했다. 여자들이 그의 모든 것을 앗아 가고 친구들마저 그를 수렁으로 밀어 버렸다. 결국 가장 밑바닥의 범죄자들과 어울리기 시작했다. 그는 곳곳에서 파산자, 사기꾼으로 자리하게 되었다. 이곳에서 심문을 받은 지 두 달 가까이 되었지만 체력도 머리도 나날이 악화되어 가고 있었다. 현재는 있고 없는 것의 구별이 불가능할 정도이고 그의 밑천은 여자에 관한 얘기가 고작이었다. 그것 자체가 병이었다. 그는 아무래도 이 세상에는 그가 가담하지 않은 여자 얘기는 있을 수 없다고 착각하고 있었다. 그는 물속에서 한 덩어리의 설탕이 녹듯 쇠약해져 갔다. 왕년의 완력가, 방탕아의 모습을 다소나마 전하는 것이 있다면 돼먹지 않은 싸움과 여자 얘기를 지껄이고 싶은 욕구뿐이었다. 몸은 쇠약해지면서도 반대로 그의 말에는 생기와 풍부함이 더해 가는 듯했다. 과거에 이름난 아름다운 목소리도 이제는 탁한 음성으로 변하고 흥분 때문에 목이 막혀 말을 중단하고 때때로 눈물이나 경련으로 목이 메면 그는 주위 사람들에게 욕설을 퍼부으며 얼버무리려고 했다.

"저자는 더 이상 말을 하지 않을 수가 없어. 지칠 대로 지친 나머지 사막에서 물이 새어 나가는 게 보이지. 저자는 이제 끝장이라고!"

하임은 확신에 차서 고조된 목소리로 모든 것과 모든 사람들에 관해 이야기를 하다가 일순간 움찔하더니 주위를 살피고 눈을 껌

삐거리며 상대에게 수수께끼 같은 신호를 보내고는 작별 인사도 없이 잃어버린 것도 없는데 공연히 무언가를 찾는 듯 두리번거리다가 머리를 숙이고 천천히 멀어져 가는 것이었다.

한편 페타르 수사는 안뜰 아래로 산책을 하면서 어디 성한 사람이 없을까, 이야기를 나눌 만한 상대가 없을까 스스로에게 질문을 던지며 마치 오랜 시간의 망각과 위안거리가 될 약을 찾기라도 하듯 사람들의 주위 이곳저곳을 돌아다녔다.

앞서 말한 대로 안뜰에서의 삶이 실제로 한 번도 변화된 적이 없다는 것은 사실이다. 그러나 시간이 변하고, 그렇게 변하는 시간에 따라 우리 앞에 펼쳐진 삶의 모습도 변화한다. 해가 일찍 진다. 가을과 겨울의 기나긴 밤, 비가 내리는 추운 나날을 생각하면 불안을 떨쳐 버릴 수가 없다. 페타르 수사 앞에서 삶은 언제나 똑같지만 그것은 좁고 어두운 복도와 유사했다. 좁고 어두운 복도는 눈에 띌 정도로 변화하지는 않지만 하루하루 어두워지고 손가락 한두 개 넓이만큼씩 좁아진다는 것을 알 수 있다. 수인이 이런 기분에 사로잡히면 한순간 견딜 수 없는 패닉에 빠지게 되고, 아무리 정신력 강한 수인이라 해도 우울증에 빠지고 마는 것이다.

그런 날들에 대해 페타르 수사는 오랫동안 이야기했다. 때때로 몸을 일으켜 세우고 베개에 머리를 댄 채 먼 설경을 바라보면서 기억을 하나하나 더듬으며 나직하고 확고한 소리로 말을 하는 것이다.

"난 나의 이 무고한 옥살이가 길어지고 있다는 걸 알고 있소. 저 불쌍한 차밀과 그를 걱정하고 있는 동안은 나 스스로와 나의 불행에 대해서는 거의 잊고 있었지. 하지만 이제는 그것으로부터 나 자신을 보호할 수 없는 지경이 되었지. 스스로에게 인내를 깨닫게 했지만 허사였어. 기나긴 밤과 그보다 더 긴 하루, 힘겨운 생각. 최악은 나 스스로 내가 무죄라는 것을 알고 있다는 것과 아무도 나를 심문하지 않고 외부에서도 아무런 소식이 없다는 거지. 그런 생각을 하게 되면 머리에서 피가 솟구쳐 올라 눈이 어지럽고 나도 모르게 고함을 지르고 싶어지지. 그러나 마음을 가다듬고 참으며, 혼자 괴로워하면서 앞으로 나를 기다리고 있는 것이 무엇일까 스스로에게 물어본다네. 여러 가지가 눈앞에 나타나지만 출구만은 보이지 않는군. 어디에도 말 상대는 없고 무위와 무료함이 내 목을 조이지. 그것이 나에게는 최악이야. 난 익숙해지지 않았어. 책도 없고 공구도 없고. 내가 할 수 있는 일이 어디 있는지 물어보곤 하지. 이를테면 커피 빻는 기계를 고치는 일이라든가 시계를 고친다든가 하는 일 말일세. 어떤 일이든 말이야. 난 그 방면에 소질이 있거든. 하지만 간수는 나를 쳐다보더니 한마디도 하지 않았네. 난 간수장에게 물어봐 달라고 부탁했지. 다음 날 이렇게 말하더군. '조용히 앉아 있어. 그리고 그런 말은 두 번 다시 꺼내지도 마!' 그러고는 등을 돌리더군. 난 변명을 하고 싶었는데 그자는 성을 내며 나를 나쁜 놈 취급을 하더군.

'끌이나 줄을 들고 들어와서 도망치는 놈이 있기는 하지만 이쪽에서 그런 것을 달란다고 빌려 줄 만큼 어수룩한 줄 알아. 어림도 없는 소리. 자넨 머리 잘못 쓴 거야.'

그렇게 말하고는 침을 뱉더니 가 버리더군. 난 물벼락을 맞은 것처럼 그 자리에서 꼼짝도 하지 않았어. 난 내가 무죄이며 도망칠 생각을 한 적도 없다고 소리치고 싶었지. 수치심으로 눈물이 나오더군. 이유는 나 스스로도 알 수가 없었지. 그러나 잠시 생각을 해 보니 간수의 말도 나름 일리 있다는 생각이 들더군. 간수에게보다 난 나 자신에게 더욱 화가 났다네. 나의 명석함은 어디에 있는 건가? 만약 나와 같은 상황에 처한 사람이 있다면 그 사람을 믿을 이는 아무도 없을 거야. 나는 자신이 어떤 장소에 있는지를 깜박 잊었던 거지!

그렇게 다시 무료하고 수심이 찬 상태로 낮이 가고 훨씬 더 느리게 지나가는 밤이 되었지.

어느 날 불가리아 출신의 두 상인이 석방되어 추방을 당하지 않고 그들의 집으로 돌아가게 되었지. 관습에 따라 그리고 자선의 의미로 그들은 자기들이 누웠던 돗자리를 나에게 선물했지. '이거 갖게나. 자네에게도 해가 따뜻하게 비출 날이 올 걸세!'라고 한 남자가 말하더군. 그 말도 속삭이듯 고개를 옆으로 돌리고 했지. 그러고는 마치 두 개의 그림자처럼 사라지더군. 그들은 감히 기뻐할 수도 없었지. 그들이 없어지자 더욱 힘들더군. 나 자신의 걱정에다 차밀의 일과 그의 이야기, 그의 불행한 운명을 늘 생각하고 있었지. 그러다가 난 차밀의 환상을 보게 되었어.

난 아침 새벽같이 일어나 문이 열리기를 학수고대했지. 악취와 비좁은 공간에서 빠져나와 수도꼭지에서 나오는 물로 얼굴을 씻고 수인들이 감방에서 안뜰로 몰려나올 때까지의 시간을 혼자 즐기고 있었지. 이스탄불의 새벽은 얼마나 아름다운가! 말로는 형용할 수가 없지. 분명 예전에도 볼 수가 없었고 앞으로도 보기 힘들 걸세! (신은 어떻게 이토록 아름다운 것을 이 적들에게 주셨는가 말이다!) 하늘은 장밋빛이고 땅 아래로 내려오고 있었지. 그건 모든 이에게 주어진 것이었어. 부자든 가난한 사람에게든, 술탄에게든 노예에게든 수인에게든 공평하게 주어진 것이지. 난 그렇게 앉아 즐기며 만약 있다면 담배를 한 대 피우고 잠시 현기증을 느끼는 가운데 자연 속에 제대로 잠을 이루지 못하고 창백한 얼굴에 눈물을 머금은 젬-차밀이 서 있는 듯한 환상을 느끼지. 난 기꺼이 그리고 평범하게 삶에 대한 염증이 찾아왔을 때 수도원의 젊은 수사들과 대화를 나누듯 그와 대화를 나누지. 이런 일은 지금까지 없는 일이었고, 그가 이곳에 있을 때 둘이서 함께 있을 때도 하지 못했던 일이지. 내가 그의 어깨를 잡고 두드렸지.

'난 벌써부터 일어났지! 새벽이 밝았네. 차밀 에펜디야, 헤이!'

그러면 그는 머리를 가로저으며 말하지.

'나에겐 자정이나 새벽이나 모두 똑같아. 날이 밝는 일은 없어.'

'형제여, 그게 무슨 말인가? 그런 바보 같은 소리는 두 번 다시 하지 말게나. 어둠이 있는 한, 날은 밝아 오게 되어 있지. 신이 창조하신 이 아름다움이 보이지 않는가?'

'보이지 않아.'

그는 고개를 숙였고 목소리가 막혔지.

난 그가 가여웠지만 어떻게 그를 도와야 할지 알 수가 없었네. 우리 주위의 저주받은 안뜰은 온통 찬란한 햇살로 비치고 있었지.

'자, 가여운 형제여, 필요 없는 말은 하지 말게나. 영혼에 죄를 짓는 걸세. 신은 자네의 병을 치유하고 건강과 자유를 선사하여 자네가 온갖 아름다움과 선함을 볼 수 있도록 허락할 걸세.'

그는 그저 고개를 숙일 뿐이지.

'선한 자여, 난 나을 수가 없습니다. 왜냐하면 난 아픈 것이 아니라 그냥 이런 모습이니까요. 스스로에게서 나아질 수는 없지요.'

그는 그렇게 온갖 이야기를 웅얼대며 확실치 않게, 하지만 슬픈 어조로 말했지. 아무리 마음이 강한 자라도 눈물을 흘리지 않을 수 없는 얘기라고. 나의 위로는 헛된 말이었지. 나는 그가 자기 주위에 있는 것을 보지 않고, 없는 것을 본다는 것을 알지. 단도직입적으로 말해서 나에게도 분명한 아침이 어두워지는 것 같더군. 그래서 농담을 던졌지. 담배를 꺼내면서 말일세.

'자, 나쁜 것들은 모두 땅 위에 떨쳐 버리게. 담배 한 대 어떤가? 그럴까?'

'그러지요, 그럽시다!' 그는 나를 위해 그렇게 말할 뿐이었지.

그는 담배를 피우려고 가져가기는 했지만 그의 생각이 어디에 있는지는 아무도 알 수 없었지. 죽은 자처럼 입에 담배를 물고 불행한 젬이 눈물을 흘리며 나를 바라보고 있었지. 어느새 그의 담배도 불이 꺼져 있더군.

어딘가에서 누군가 고함치는 소리에 (두 남자가 싸움을 하고 있더군) 난 정신을 차렸네. 내 곁에는 아무도 없었네. 내 담배에도 불이 꺼져 있었고 나의 손은 여전히 뻗은 채로 있었지. 난 나 자신과 대화를 한 셈이야! 난 미쳐 가는 것이 겁났어. 조금씩 건강한 사람도 기억이 흐릿해지면서 환각을 보게 된다고 생각하니 정말 겁이 나더군. 난 저항하기 시작했지. 나는 마음을 가다듬고 나 자신이 누구이며 무엇을 하는 자이고 어디에서 이곳으로 왔는지를 생각해 내려고 애썼지. 이 안뜰 밖에는 전혀 다른 세계가 있고 이 세계가 전부가 아니라는 것, 영원의 세계가 아니라는 것을 되풀이하여 나 자신에게 들려주었지. 그리고 이것을 명심하고 잊지 않도록 말이야. 하지만 나에게는 이 안뜰이 인간을 어두운 나락의 바닥으로 끌어내리는 소용돌이로밖에는 생각되질 않더군."

아무 변화도 희망도 가져오지 않는다는 생각으로 하루를 보내고 어둠을 기다리는 것은 아무리 강한 사람이라 해도 쉬운 일이 아니었다. 유일한 예외는 하임의 출현이었다. 그는 매일 다가왔지만 그를 상대로 진지한 얘기를 나눌 수는 없었다. 이 가련한 남자는 자신의 우울한 이야기와 상상의 공포 속에 더욱 몰입했다. 페타르 수사는 매번 차밀에 대해 들은 바가 없는지를 물었지만 아무 소용이 없었다. 그는 아무것도 아는 게 없었고 아예 관심도 없었다. 그는 스미르나의 청년에 대해 기억조차 하지 않았다. 그의 머리는 또 다른 새로운 공포와 고발해야 할 사건으로 가득 차 있었다. 그는 그것을 자기가 직접 보고 체험한 것처럼 상세히 웅변조로 이야기했지만 이내 깨끗이 잊어 먹고 마는 것이었다. 전 세계에 떠도는 어두운 뉴스와 부정, 고뇌는 그를 만족시킬 만큼 충분치 않아 보였다. 그는 그 모든 것을 순식간에 조합하고 전달한 뒤에 잊어버리는 것이다.

하임은 어떤 '측량'의 전체 예식이 끝난 뒤에 '이곳에서 가장 신임할 만한 유일한 사람' 곁에 앉는데, 그러면 페타르 수사는 유쾌한 듯 그의 어깨를 두드리는 것이다.

"자 자, 어서. 재미난 양반, 무슨 새로운 소식이 있는가?"

그러나 하임은 움직이지 않는 어두운 사팔뜨기 눈으로 페타르 수사를 바라볼 뿐 그의 말이 들리지 않는지 허망하게 말할 뿐이다.

"내 말을 한번 들어 보시오. 당신이 이 일에 대해 생각해 본 적이 있는지 알 수 없지만 난 요즘 아주 실감하는 것이 이곳엔 이성이 건전한 사람은 하나도 없다는 것이오. 진짜라니까요! 모두 병자이고 광인이고 간수도 수인도 스파이(거의 모두가 스파이지요!)도 모두 그렇다니까요. 물론 가장 미친 이는 카라조즈지요. 이게 다른 나라라면 놈은 이미 오래전에 정신 병원에 감금되었을 겁니다. 짧게 말해, 당신과 나를 제외하곤 모두 미치광이라는 거지요."

그의 음성은 떨리고 있었다. 페타르 수사는 그것이 마음에 걸려 그를 좀 더 잘 볼 요량으로 눈을 올렸다. 하임은 훨씬 야위었고 언제나처럼 면도도 하지 않았는데, 그의 눈은 마치 오랫동안 그슬린 아궁이 곁에 앉아 있던 것처럼 붉고, 눈물이 고여 있었다. 그의 머리는 끊임없이 까딱거리고 목소리는 쉬었고 공허했다.

"모두 미치광이예요, 정말!"

페타르 수사는 소름이 끼쳤다. 그 순간 저주받은 안뜰에는 정말 출구가 없는 듯 느껴졌다.

그러나 같은 날 외부로부터 처음으로 기쁜 소식을 접하게 되었다.

매일 아침 그렇듯이 안뜰을 산책하고 있었다. 아직 소년티가 나는 두 명의 젊은 수인이 페타르 수사 주위를 맴돌다가 그의 뒤에 숨으면서 장난을 쳤다. 그는 귀찮다고 생각했는데 원은 점점 더 그에게로 좁혀지는 것이었다. 그들을 피하려 하자 그중 하나가 그를 방패로 삼는 듯하면서 그의 뒤로 달려왔다. 순간 페타르 수사는 자기 손에 작은 종이가 쥐어지는 것을 느꼈다. 소년들은 그렇게 놀이를 하면서 그로부터 멀어져 갔고 페타르 수사는 놀라고 겁먹은 상태로 안뜰 깊숙한 곳으로 옮겨 갔다. 종이에는 낯선 필적의 터키어로 '페르칸은 하루 이틀 뒤쯤 풀려날 것이다'라고 적혀 있었다.

그는 그날 낮과 밤을 불안 속에서 보냈다. 이 소식을 전할 만한 사람은 타디야 수사뿐이라고 확신했다.

다음 날 정말로 간수가 와서 그에게 소지품을 챙기고 여행 떠날 준비를 하라고 말했다. 초저녁 그는 끌려 나왔는데 아크라로 가는 유형이었다. 이제까지는 그 쪽지가 타디야 수사로부터 온 것이라고 확신할 수 없었지만 이제는 확실해졌다. 왜냐하면 그 사람은 이제껏 한 번도 앞일을 정확히 예견한 적이 없는 사람이기 때문이었다.

그날 저녁 페타르 수사는 유형수들이 출발을 앞두고 모여 있는 해안에서 그 웅대함과 화려함의 절정에 있는 이스탄불을 처음이자 마지막으로 보았다. 공기는 따스하고 달콤했다. 수사는 20명의 동행자들 틈에서 당혹스럽고 정신없는 자신을 느꼈다. 하늘에는 별도 달도 없었다. 그들 앞에는 어두운 지평을 배경으로 쏘아 올린 불꽃을 그대로 허공에 멈추게 한 듯한 이스탄불의 야경이 떠오르고 있었다. 라마단이어서 모든 회교 사원의 첨탑에는 등불이 빛나고 수많은 가로등 위에 정연한 별자리를 형성하고 있었다. 유형자들 대다수는 고개를 숙이고 앉아 있었다. 어떤 이들은 이미 누워 있었다. 페타르 수사는 낮에는 이스탄불이고 지금은 찬란한 불꽃의 물결이 되어 보이지 않는 하늘, 끝이 없는 밤으로 향하는 물결을 한참 동안 바라보았다. (이만큼 환하게 불을 켜려면 얼마나 걸렸을까? 누가 이것들을 끌 수 있단 말인가?) 그가 보기에 저주받은 안뜰이 들어갈 만한 장소는 어디에도 없는 듯했지만 그래도 안뜰은 저 어디엔가 밀집해 있는 동화의 어두운 작은 공간 중 하나에 확실히 존재하고 있었다. 피로를 느낀 그는 어둡고 조용한 동쪽으로 몸을 돌렸지만 이쪽에서도 저편의 밝은 광경과 마찬가지로 저주받은 안뜰에 대한 생각은 사라지지 않았다. 안뜰은 그와 함께 유형 길에 오르고 아크라에 닿을 때까지 꿈속에서도 현실에서도 그를 쫓았으며 그가 아크라에 머무는 동안과 그 이후에도 그를 떠나지 않았다.

"아크라에서도 나는 온갖 것을 보고 경험했지요. 그중 몇 가지는 당신에게 말했지만 아직 말할 것이 더 많습니다. 그곳에서 나는 수많은 유형자들을 만났는데 다양한 종교 신자들과 수많은 민족들과 범죄자들과 무고한 사람들을 만났습니다. 그들 중 많은 이들이 저주받은 안뜰에서 몇 개월을 보냈으며 모두 카라조즈를 알고 있었습니다. 레바논 출신의 젊은 남자는 카라조즈의 걸음걸이와 목소리를 흉내 내어 우리 모두를 웃겨 주었지요. '뭐라고, 억울하다고? 에헤, 좋아. 그런 놈이 바로 우리에겐 필요한 거라고!' 그는 위보다는 옆이 더 긴 뚱뚱보에 빡빡 깎은 큰 머리에 두꺼운 안경알의 안경을 끼고 농담과 웃음으로 똘똘 뭉쳐 있는 자였지요. 기독교인이었소. 서로를 좀 더 알게 되었을 때 나는 내가 누구이며 어디서 왔는지를 말했는데 그자는 보이는 것보다 훨씬 더 명석하고 위험한 자더군요. 보기엔 정치꾼 같았지요. 우스갯소리를 하고 내 옆에 앉아 농담을 하더니 웃으며 말하는 겁니다. '아하, 좋은 놈이야. 카라조즈는 좋은 놈이야.' 내가 의아해하면서 '좋은 놈이기는. 그런 게 좋은 거라면 말이 안 되지'라고 말하자, '아니, 그게 아니라 지금 같은 시기에 적재적소에 있는 인물이라는 거죠'라고 대답하는 겁니다. 그러고는 전혀 다른 목소리로 귀에 대고 말을 하는 거예요. '만약 어떤 정부와 그 행정, 그 정부의 미래를 알고 싶으면 그 나라의 감옥들에 얼마나 많은 무고한 사람들이 있는지, 또 악인들과 범죄자들이 얼마나 자유롭게 다니고 있는지를 보면 되지. 그게 가장 잘 파악할 수 있는 방법이지.' 얼핏 생각난 얘기인 듯 내게 이렇게 말하고는 곧바로 일어나 호주머니에 두 손을 넣고 마치 카라조즈처럼 고함치며 산책을 하는데 이 광경에 모두 웃음을 터뜨렸지요. 그러면서도 나는 이렇게 농담을 하고 웃고 있는 동안 차밀을 계속 생각하고 그에 대해 함께 이야기할 상대가 없다는 것에 무척 힘들었지요. 왜냐하면 내 생각에는 이렇게 불쌍한 사람은 본 적이 없었으니까요."

페타르 수사는 8개월 동안 아크라에 머물렀다. 동료 수사들과 유력한 몇몇 영향력 있는 터키인들의 도움으로 결국 풀려나 보스니아로 돌아왔는데 계속 이스탄불에 머무르면서 그를 석방하기 위해 사방으로 힘을 썼던 타디야 오스토이치 수사와 함께 1년 전 그곳을 떠난 바로 그 무렵이었다.

이것이 끝이다. 더 이상 아무것도 없다. 보이지 않는 수사(修士)들의 무덤 사이에 마치 대양처럼 퍼져 가다 이름도 기호도 없이 냉랭한 사막으로 모든 것이 변해 가는 큰 눈 위에 눈꽃처럼 길을 잃은 무덤만 있을 뿐이다. 이야기나 얘깃거리도 더 이상 없다. 보고 걷고 숨 쉴 가치가 있는 세상이 더 이상 없는 듯. 이스탄불도 저주받은 안뜰도 없다. 스스로를 불행한 술탄의 아우 젬이라고 여겼던 순간, 이미 죽어 버린 스미르나의 청년도 없다. 가여운 하임도 없다. 암흑의 아크라도 없다. 늘 그들을 쫓아다니는 사람들의 악도 희망도 저항도 없다. 아무것도 없다. 죽어서 땅 아래로 간다는 간단한 명제와 눈만 있을 뿐이다.

한순간 이야기에 대한 회상에 사로잡히고 죽음에 대한 생각에 휩싸인 창가 옆에 선 청년에게는 그렇게 보였다. 하지만 그것은 순간이었다. 처음에는 약하게 그리고 점차 현실감을 더해 가면서 천천히 잠에서 깰 때처럼 옆방에서 금속체의 물체가 높이 쌓여 갈 때마다 내는 불협화음과 함께 작고한 페타르 수사의 유품인 공구 리스트를 작성하고 있는 미요 요시치 수사의 강한 음성이 점점 강하게 그의 의식에 와 닿았다.

"다음! 적게, 금속 톱 한 개, 소형, 독일산. 한 개!"

몸통

    오랜 투병 생활로 진작부터 자리를 보전하고 있음에도 불구하고 페타르 수사는 자기 마음에 드는 청중을 발견하기만 하면 여전히 오랜 시간 동안 그것도 재미나게 이야기를 들려줄 수 있었다. 그의 화술의 진가가 정확히 어떠했는지를 제대로 묘사하기는 거의 불가능한 일이었다. 그가 들려주는 모든 이야기에는 웃기면서도 동시에 지혜로운 것이 담겨 있었다. 하지만 그 외에도 그가 말한 단어들 주위에는 다른 사람들의 이야기에서는 결코 볼 수 없는 어떤 소리의 후광 같은 아주 특별한 여운이 더 있었으며 그것은 발음된 단어가 꺼진 뒤에도 공기 중에 남아 똑딱거리고 있었다. 이 때문에 그가 말한 모든 어휘들은 일반 사람들의 말에서 의미하는 것 이상의 것을 이야기하고 있었던 것이다. 그것이 영원히 사라지고 말았다.

    페타르 수사의 방 안에는 크고 작은 시계들이 있었는데 그것들은 저마다의 일정한 소음과 가끔 시간을 알리는 타종 소리로 온 공간을 채우고 있었고, 그 공간 안에는 무기들과 총 부속품들과 다양한 철제 용품들과 공구들이 있었다. 그는 이런 물건들을 다루는 명장으로서 젊은 시절부터 별명이 '총 수리공'이었다. 그 기이한 나무 시계 중 하나가 11시를 알렸다. 생각에 잠겨 있던 페타르 수사는 두세 권의 책과 약초가 들어 있는 라키아* 병, 모과와 사과가 한 줄 놓여 있는 벽 쪽의 선반을 바라보며 시계 소리를 듣고 있었다. 마지막 괘종 소리의 여운이 채 걷히기도 전에 페타르 수사가 이야기를 시작했다.

"내가 소아시아에서 망명 생활을 했을 때, 나는 너무나도 희한한 것을 많이 보았지. 물론 나쁜 것도 좋은 것도. 사실, 좋은 것보다는 나쁜 것이 더 많기는 했지만 말이야. 왜냐하면 우리가 살고 있는 이 하늘 아래에서 좋은 일이란 적기 때문이지. 그곳에서 나는 한 남자를 보았는데 그는 가히 살아 있는 사람들을 주시하는 모든 악과 불행의 산증인이었지.

보다시피 난 총 수리공이야. 물론 이제는 현업에서 손을 뗀 기술자지. 어려서부터 이 일을 시작해 수도원에서도 언제나 혼자 모든 걸 고쳤지. 가루 빻는 기구들, 자물쇠, 시계들과 총들을 고쳐 왔지. 그런 까닭에 난 누군가에게 항상 필요한 존재였어. 왜냐하면 알다시피 이 세상에는 모든 것이 소모되고 고장이 나게 마련이어서 행운이나 발전보다는 손해와 폐품이 더 많은 법이니까. 이런 나의 재주는 아크라에서도 유용했지. 간수의 커피 빻는 기계를 고치고 날카롭게 해 주었지. 그때부터 나의 이름이 알려지기 시작했어. 급기야는 우리가 있는 감옥의 자물쇠를 수리하는 일까지 맡기더군. 마을에서도 나를 불러 가기 시작했어. 처음에는 차관들의 집으로, 그런 다음에는 수리할 물건들이 있는 다른 고위층의 집으로 불려 갔지. 그러다가 챌래비 하피즈의 집까지 가게 되었는데 그 집은 여느 집들과 전혀 달랐을 뿐 아니라 그 집의 주인도 여느 집의 주인하고는 아주 달랐지.

그 집은 언덕 위 노란 비탈 위에서 바라보면 마치 묶은 머리처럼 보이는 깊은 숲 속에 반쯤 가려진 커다란 궁전 자체였지. 사람이 이 커다란 대문에 들어서게 되면 그것이 커다란 돌로 된 탑들과 다리, 둑이 있는 제대로 된 요새임을 볼 수 있지. 그리고 숲은 서늘한 정원과 맑은 샘물을 감추고 있었지. 그런 경이로운 광경은 아시아에서만 있을 뿐이야. 내가 이곳으로 온 이후로는 샘물이 옹알대는 소리를 들은 적이 없거든. 그 물소리는 마치 모국어를 듣는 것처럼 내게 익숙하고 사랑스러운 소리로 다가왔지. 아시아에서는 노예 생활 속에 있는 게 아니라 사라예보 한복판에 자리한 우리 수사들의 뜰 안 샘물 옆에 있는 듯했다고. 하지만 그것 말고는 비록 웅대하고 풍요롭기는 했지만 다른 것들은 황량하기 그지없었지.

나를 데려갔던 경비가 나이를 알 수 없는 어느 창백하고 시선도 명확하지 않고 음성이 나지막한 남자에게 나를 인도했지. 그 남자는 오랫동안 나를 데리고 돌계단을 올라 몇 개의 테라스를 지나고 모든 것이 똑같은 잿빛을 띠는 인기척이 없는 썰렁한 공간을 통과했지. 모든 것들이 아주 견고한 건축물인 데다 웅장한 대작이었어.

나무 계단을 지나 탑 위로 나왔는데 그곳에는 어제 갑자기 멈춘 커다란 시계가 있었지. 그것이 사람들이 나를 이곳으로 데려온 이유이기도 하고 말이야. 시계를 열자마자 뭐가 문제인지를 알았어. 베네치아제의 훌륭한 물건이었지만 시계를 아무렇게나 방치하는 바람에 스프링까지 내부가 모두 녹슬어 있었지. 난 이렇게 작업한 것은 분명 그리스인이거나 아르메니아인이라고 단정했어. 그들은 이런 일에 적임자가 아니기 때문이야. 왜냐하면 이런 일에는 속임수나 엉터리가 통하지 않거든.

난 석유와 식물성 기름, 두세 개의 깃털과 끌을 요구했지. 왜냐하면 끌은 내가 감방에서 절대 만질 수 없는 물건이었거든. 한 사내가 내가 요구한 물건들을 가져다 놓고는 가 버렸어. 나를 안내했던 남자는 곁에 남아 있었지. 그곳 다락방 시계 밑에는 제법 쓸 만한 나무판자가 몇 개 있더군. 난 그 위에 공구들을 내려놓았어. 그 널빤지 중 하나에 그 남자가 앉았지. 이젠 제법 그를 잘 볼 수가 있었지. 나이도 꽤 먹었고 마른 체형에 허리가 굽어 있었어. 지금 와서 생각해 보면 그는 노예로 살 팔자였는데 그나마 어려서 이슬람으로 개종해 자유의 몸이 된 것 같다는 생각이 드는군.

이런 터키 고관들의 집에는 무얼 했던 사람인지 어디 출신인지 집에서 정확히 해야 하는 일이 무엇인지도 알 수 없는 종신 노예들이 많아. 그들은 자기 종교도 자기 이름도 자기 삶도 버리고 있지만 실제로는 자기 주변의 모든 사람들을 지배하고 자기 주위의 모든 사람들이 아기를 낳고 죽고 결혼하고 변하는데 그들 자신은 전혀 변하지 않고 같은 장소에 머무르고 있는 거지. 그들은 집이 어떤 상황인지 그 집 안에 재물은 어느 정도인지 가장 잘 알고 있고 자기 주인들과 시종들의 시시콜콜한 비밀까지 모두 꿰뚫고 있지. 모두 그들에게서 어떤 봉사나 도움 혹은 조언을 구하고, 그들은 모든 이들을 도와주면서도 결코 자신을 위해서는 아무것도 바라지 않으며 그저 주위를 묵묵히 살필 뿐, 마치 모르는 것이 없으면서 아무것도 원치 않는 것 자체에 그들의 공로가 있는 것이지. 그렇게 고관의 집들에는 노예들과 외국인들, 교활한 유대인 놈들과 신비에 싸인 이슬람 개종인들이 지배하기 마련이지. 그 이유는 단지 스스로를 완전히 불살랐기 때문이기도 하고 그들의 주인이 포로가 되고 있는 정욕이나 악덕이 그들에겐 없기 때문이지. 난 이 남자가 그런 집의 악당임을 대번에 눈치챘지.

난 시계 뚜껑을 열고 소매를 거뒀지. 그리고 마음속으로 십자를 그리고 일을 시작했어. 나도 아무 말을 하지 않았고 그 터키인도 말이 없었지. 그러다 곁눈으로 그를 쳐다보았는데 그는 시계 아래 작은 창문으로 밖을 내려다보고 있더군.

'자네 봤나?' 터키인이 갑자기 내게 물어 왔어.

'아니요.' 난 대답했어. 그런데 나는 일에서 눈을 뗄 수도 없는 처지였지. 그리고 정말 아무것도 보지 않았고. 창밖으로 시선을 돌린 적이 없었거든. 난 하렘의 여인들이 밖에 나와서 터키인이 아무 일이든 생각해서 나를 괴롭히지나 않을까 겁을 먹고 있었으니까. 내가 뭘 알겠나? 난 아무 짓도 안 했지만 아주 사소한 일로도 태형을 가하고 목숨을 잃는 세상이니 말이야.

'마음껏 보게. 저건 여자도 하렘도 아니니까 편안히 보게. 그럼 내가 자네에게 뭔가 얘기해 줄 테니.' 터키인이 다시 내게 말했지.

난 고개를 들어 쳐다보았지. 우리 밑 저만치 아래에는 벽 그늘의 포장한 바닥에 양탄자를 깔고 그 위에 두 명의 노예가 앉아 있더군. 하나는 검푸르고, 다른 하나는 흑인이었어. 그들 곁에는 들것과 베개, 현악기가 놓여 있었지. 정원 수목의 윗가지들과 비슷한 높이의 햇볕이 내리쬐는 돌담 바로 옆에 아이 같기도 하고 노파 같기도 한 사람이 서 있더군. 어린 풀색의 소매 없는 상의를 땅바닥에 끌듯이 걸친 사람과 아주 흡사했는데 머리에는 터번을 두르고 있었지만 두 팔도 다리도 없는 몸통뿐이었어. 그게 자리에서 꼼짝도 않고 서서 다만 머리를 움직일 뿐 이상하게 인사를 하고 있었지. 신이 벌을 내리지 않으시길 바라며 말하건대, 마치 죽은 필립 브라바지치 수사 같았는데 미사를 드릴 때 미사 시종이 향을 피우는 동안 그가 고개로 인사하며 도무지 그칠 줄 모를 때를 연상시켰어. 내가 왜 필립 수사를 떠올렸는지 알 수는 없지만 신이 형제의 영혼에 평안을 내리듯 그는 정말 빵처럼 선량할뿐더러 소심하고 우스운 사람이었다는 것을 생각하고 있었는데 이런 나의 생각을 터키인이 가로막으며 말했지.

'저기, 우리 아래를 보시게. 저분이 챌래비 하피즈야. 한때 시리아를 정복한 분이지. 자네도 저분에 대해서는 들은 바가 있을 거야.'

'아니요. 저분께 신의 가호가 있으시기를. 들은 적이 없는데요. 전 먼 곳에서 온 데다, 이곳에 온 지는 얼마 되지 않았거든요.'

터키인이 놀랍다는 눈빛으로 나를 쳐다보았는데 난 그제야 비로소 그의 눈을 똑똑히 볼 수 있었어. 그 눈은 무언가를 깊이 고뇌하는 것처럼 보였는데, 때문에 그 시선은 기독교도의 그것을 닮고 있었지. 그는 챌래비 하피즈에 대해 한 번도 들은 적이 없는 인간이 세상에 또 있을까 싶은 그런 의아한 표정으로 나를 쳐다보았지. 그리고 그때 몸통과 그의 운명에 대해 이야기를 들려주기 시작했지.

그가 말하는 동안 가끔씩 나는 눈 아래 테라스로 시선을 던졌어. 노예들은 여전히 성채 벽 그늘의 포장도로에 앉아 있었고 담벼락 가에는 노란색과 초록색의 실크를 걸친 몸통만 남은 챌래비 하피즈가 서 있었지. 그늘이 움직이며 태양이 그를 비추었지만 그는 꼼짝도 하지 않고 머리만 움직이고 있었지. '쳐들어! 쳐들란 말이야!' 난 살아 있는 인간이 저토록 높이 자랑스럽게 머리를 쳐드는 것을 본 적이 없었거든. 그러고는 서서히 머리를 좌우로 움직이기 시작했는데 마치 바람 냄새를 맡고 기후의 변화를 느낀 동물처럼 너무나도 천천히 처음에는 왼쪽으로 다음에는 오른쪽으로 머리를 움직이고 지쳐서 고개를 숙일 때까지 같은 동작을 반복하는 거야. 그러다가 같은 동작을 다시 반복하는 거지. 그가 이쪽 시계탑 쪽으로 얼굴을 돌렸을 때 난 비로소 그의 얼굴을 제대로 보게 되었는데 마치 구운 사과 같더군. 코도 눈도 입술도 턱수염도 콧수염도 없는 거야. 아주 큰 상처가 하나 있을 뿐이고, 새로 생긴 피부로 얼굴이 덮여 있었지.

내 옆에 있던 터키인이 쉬지도 않고 신이 나서 점점 더 빠른 속도로 이야기를 했어. 난 내 일을 계속했지. 처음에는 이 남자가 내게 왜 이런 이야기를 할까 불편했는데 들다 보니 그 이야기는 나를 위해서 하는 것이 아니라 자기 자신에게 들려주고 있다는 것을 깨닫게 되었지. 나는 내 일로 아주 바빴기 때문에 그에게 대꾸할 필요도 없었어. 내가 망치 소리를 내거나 끌 소리를 낼 때마다 터키인은 내가 소음 때문에 제대로 듣지 못했을까 봐 잠시 입을 다물었다가 내가 듣지 못했거나 혹은 알아듣지 못했다고 생각되는 부분을 스스로 판단해 되풀이하며 얘기를 계속했지. 하지만 나는 매번 물을 수도 없었기 때문에 모든 얘기를 제대로 이해하지도 못했고, 모든 단어를 제대로 들을 수도 없었지만, 내가 들은 얘기는 대강 이랬지."

터키인의 얘기는 이랬다.

그들의 선조는 시리아의 지주였지만 최근 4대는 이스탄불로 이주해 살고 있었다. 그곳에서 자손 대대로 훌륭한 회교 신학자들이 되었다. 시리아의 내부 지역에 불미스러운 일이 생기면 ― 사실 그런 일은 자주 일어났는데 ― 그곳으로 군대를 보냈다. 그러나 군대가 동란을 진압하고 질서를 유지할 수 없을 때는 고난과 불행이 더해 갔다. 그 군대와 함께 이스탄불에서 챌래비 하피즈도 출동했다. 사령관이 그 지역의 유서 깊은 가문 대표 자격으로 그를 데리고 간 것이다. 불안하고 혼란스러운 시대에 흔히 있는 일처럼 군대는 패하고 붕괴되어 ― 시리아에서 재미를 본 사람은 이제껏 한 사람도 없었으니까! ― 하나둘 고향으로 돌아갔다. 결국에는 챌래비 하피즈가 이끄는 부대만 남았는데, 이유인즉슨 그는 모든 이들이 회피하는 짐을 스스로 기꺼이 지는 사람이었기 때문이었다. 그는 자기 책임하에 시리아를 진압하고 전체 주민을 술탄의 법률과 자신의 의지에 따르도록 했다. 사실 그 부대는 그의 사유 부대로서 그가 진압한 지역의 재원으로 군대를 부양하고 급료를 지불하고 있었던 것이다.

우선 그는 한때 그의 가문 소유였던 땅들을 그가 가지고 있는 토지 권리서에 따라 모두 빼앗았다. 챌래비 하피즈가 나타나면 가능한 한 모두 도망쳤으므로 땅은 원하는 만큼 얻을 수 있었다. 계약서나 권리서도 필요 없이 도착하기 이틀 전에 모두 그의 차지가 되어 버린 것이다. 모두들 재산을 팽개치고 목숨만 부지하려고 도망쳤지만 하피즈는 땅은 쳐다보지도 않고 먹이를 쫓듯 주민들을 추적했다.

학교를 마치자마자 군대에 들어간 그는 영리하고 온화한 청년으로 남달리 피부가 희고 눈동자는 검었으며 눈썹과 코밑수염은 붉은빛을 띠고 있었다. 이런 젊은 하피즈가 돌연 피를 좋아하는 전사로 바뀐 것이었다. 모든 것이 기억 속으로 사라지는 가운데, 권력에 대항했던 초기의 봉기도 폭동 진압에 나선 정규군도 이제는 한낱 과거의 것이 되고 거기에는 오로지 하피즈와 그가 닥치는 대로 유린했던 토지만 남아 있을 뿐이었다.

그는 불을 질러 모두 없애 버렸다. 때문에 그의 조국에서는 그를 가리켜 '불타는 하피즈'라고 불렀다. 그에게는 살아 있는 모든 것들과 제대로 되어 있는 모든 것들이 거슬렸고 그를 화나게 했던 것 같았다. 그래서 그는 모든 것을 불사르고 부숴 버렸다. 그리고 마지막 최후의 풀 한 포기도 뽑아 버리지 못한다는 것과 돌을 불태울 수 없다는 것에 격분하고 있었다. "시리아 위에 있는 하늘만 남겨 둘 것이다"라고 말했는데 자기 입으로 말한 것은 반드시 행하는 자였다.

사람들은 고통 속에서도 그 겁 많던 신학생이 어떻게 사람들의 목을 자르고 죽이며 그의 위 하늘이 불로 인해 붉어지지 않으면 잠을 이루지 못하는 용으로 변하게 되었는지를 묻곤 했다. 그가 받은 교육은 어떤 것이었으며 그는 도대체 무슨 책을 읽었단 말인가? 어느 신학교에서 그런 학문을 가르친단 말인가? 누가, 그리고 언제 그에게 증오를 심어 놓았으며 모든 것을 불사르고 파괴하는 저 불은 어디서 왔단 말인가? 사람들은 물었지만 왜 그렇게 묻는지도, 또 해답을 얻지도 못했다. 사람들은 하느님께 기도를 드렸지만 그 당시 하느님은 여전히 하피즈의 편이었다.

사람들은 사막으로 도망쳤는데 그곳이라고 해서 죽음을 피할 수 있는 것은 아니었지만 그나마 하피즈의 창이나 그의 군대의 소나무 막대기와 담뱃재의 공포는 확실히 덜했다. 그 사막에서 사람들은 모래가 쌓여 단단해진 가파른 비탈에 구멍을 파고 숨어 있었다. 하지만 배고픔과 목마름이 밤이면 그들로 하여금 물과 음식을 찾아 오아시스 주위를 헤매게 만들었고, 그곳에서 기다리고 있던 하피즈의 군대가 마치 사냥감을 찾은 맹수처럼 사람들을 칼로 베어 죽였다. 그래서 물가로 가는 길이나 개천 옆에는 언제나 시체와 중상자들이 눈에 띄었다.

그렇게 시간은 흘렀지만 하피즈는 이미 죽어 있는 시리아를 다시 한 번 죽이고 있었다. 타인들을 무너뜨리고 빨아먹었으며, 자신은 고무되고 사기가 충천했다. 그는 높고 튼튼한 건물을 짓고 그 모든 건물들에 견고한 자물쇠와 튼튼한 빗장쇠를 달았다.

"내가 자네에게 모든 것을 일일이 말한다는 건 도저히 불가능한 일이지. 그는 불 지르고 태워 버리고 목을 자르고 목을 매달고 강간하고 폭행하고 자신이 뜻하는 대로 모든 것을 이루었는데 하늘의 법도 황실의 권력도 그가 쫓는 자의 증오나 눈물도 그 어떤 것도 그를 막을 수는 없었지. 하지만 그런데 말이지, (이 부분에서 노예는 천천히 그리고 의미심장하게 말을 했는데, 난 그래서 실제 그가 뭔가를 보여 주는 줄 알고 그의 손을 쳐다보았지만 그는 다만 자세를 바로잡고 눈을 반쯤 감은 채 입술은 거의 떼지 않으면서 다음의 말들을 마치 기도문을 외우듯 빠르고 명확하게 이어 갔다) 그게 말이야, 모든 고통과 모든 악에도 약은 있는 법이거든. 그건 바로 이런 거지. 인생에 있어 사람은 매 순간 실수할 가능성에 노출되어 있지. 아주 털끝만 한 실수도 그를 죽음으로 몰거나 파멸로 몰기에는 아주 충분하지. 그럼 인생에서 그런 순간이 얼마나 있다고 생각하나. 누군가를 쫓고 움직이는 자가 숨어서 움직이지 않는 자보다 훨씬 더 쉽사리 실수를 저지를 수 있다는 것을 생각해 보게. 그렇게 모든 이들이 하피즈에 대해 생각을 한 거지. 어느 누구도 그에게는 아무것도 할 수 없고 그에게 종말이란 없다고 생각했었지. 하지만 어느 날 어느 순간 그 역시 실수를 저지르고만 거지. 길을 가다 만난 어느 여리고 반쯤 죽어 가는 여인에게 동정을 느낀 거야. 한순간 증오와 추격을 멈춘 거였지만 그것이 그에게 비수로 돌아오기에는 충분했지.

사막에 숨어 있는 어떤 유력한 대가족을 추격하던 중 하피즈는 자신의 군대에서 벗어났지. 발자국은 물로 향하는 어느 사막의 길 가운데 하나로 그를 이끌었고 결국은 거의 말라 버린 샘에 그는 도착했지. 마른 나무 아래 누런 모래 위에 빈사 상태의 소녀를 발견했지."

그녀의 옷은 모두 찢겨 거의 나체 상태였고 사막의 바람에 그을린 데다 다리와 무릎은 넘어지고 깨져서 피투성이였다. 더 이상 아무것도 할 수 없는 지경이었다. 열병에 시달린 듯한 커다란 두 눈은 눈물도 메말랐지만 햇볕에 탄 뺨에는 상처 같은 붉은 눈물이 말라붙은 자국으로 남아 있었다.

여자는 땅을 바라보던 시선을 올리고 마치 전사처럼 그의 짧지만 무거운 칼을 쳐다보았다. 그리고 칼과 전사를 넘어 높이 시선을 두면서 재빨리 짧은 기도문을 말했다. "모든 자애로운 것들 중에서 가장 자애로운 하느님의 이름으로." 이미 죽은 목숨이었는 데다 말을 할 수 있다는 축복에 그저 감사하고 있었기 때문에 그녀는 더 이상 아무것도 두려워하거나 방어할 필요를 느끼지 못한 채 중얼거릴 뿐이었다. 일격 대신에 하피즈는 두 팔을 벌렸다. 그의 뒤를 따르던 군인들은 그렇게 두 팔을 뻗는 그의 모습을 지켜보고 있었다. 그의 오른 손목에는 가죽끈으로 매단 칼이 쥐어져 있었다.

그는 소녀를 안전한 곳으로 피신시킨 뒤 아무도 그녀를 건드리지 못하도록 명령했다. 그날 저녁 사람들이 그녀를 데려갔을 때, 그는 소녀에게 남자의 의복을 입히고 그의 하렘으로 데려가도록 명했다.

그때까지 쉬지 않고 말하던 노예가 갑자기 시계탑 밑 창문 밖을 내려다보고는 입을 다물었다. 나 역시 밖으로 시선을 돌렸다. 저 아래에서는 시종들이 베개나 덮개가 얹혀 있는 아마포로 만든 들 것을 정비하고 있었다. 그들은 들것 위에 통나무 같은 하피즈를 조용히 조심스럽게 눕히고 돌계단을 따라 들것과 함께 시야에서 사라졌다. 터키인이 흥분해서 마치 불평을 하듯 주저주저하며 일 어섰다. 아직 이야기가 끝나지 않았는데 작별도 고하지 않고 가 버리는 줄 알았더니 그는 계단에 멈춰 서서 빠른 속도로 약간은 혀가 곱은 듯 아무렇게나 말을 이어 갔다. 그는 언제 불려 갈지 알 수 없었기 때문에 가장 중요한 부분만으로 이야기를 마치려는 듯 했다. 그는 내 쪽은 보지도 않고 벽의 한쪽을 바라보며 책을 읽듯 이 말하고 있었다.

"그렇게 해서 여자는 하렘과 하피즈의 전 재산과 하피즈를 지배 하게 되었지. 그는 오로지 그 여자만을 믿었지. 그는 원정을 나갈 때 여자에게 모든 열쇠를 맡기고 말았어. 아이들도 알고 있는 열 쇠에 얽힌 시리아의 속담을 알지 못했거나 아마 잊고 있었던 모양 이야. 근심 없이 살고 싶으면 열쇠를 허리춤에 차고 있고 손해를 보려면 가장 신임하는 시종에게 열쇠를 주라는 말이 있고 망하려 면 아내에게 열쇠를 주라는 말이 있어. 그렇게 함께 산 지 몇 년이 지나지 않아 어느 날 하피즈가 부대에서 돌아왔을 때 자기 집 안뜰에 무장한 사람들이 기다리고 있었지. 그의 호위병들은 모조리 죽임을 당했는데 단 한 명만 가까스로 목숨을 부지해서 어둠 속으로 피신해 버렸지. 하피즈는 부상을 입고 말에서 끌어내려졌어.

그때 하피즈의 큰 집들에서는 이상한 밤이 시작되었지. 감옥에서 풀려난 노예들은 뼈가 앙상하게 야위어 거칠 대로 거칠어져 약탈을 하고 부수고 불을 질러 댔지. 커다란 중앙 안뜰에는 옷이 찢기고 부상을 입은 하피즈가 우물 가로대에 묶여 있었어. 그 주위에서 해방된 노예들이 소란스럽게 떠들고 하렘에서 끌려 나온 여자들이 고함을 질러 댔지. 그의 주위에서 모두들 횃불을 들고 저마다 무기를 든 채 웅성대고 있었지.

그들을 지휘하고 있는 것은 다름 아닌 챌래비 하피즈가 가장 사랑했던 시리아 여인이었어. 그녀는 수년 동안 자신의 복수를 이루기 위해 적당한 때를 기다리고 능숙하게 속여 가며 준비를 해 온 거지. 그래서 그의 두 눈이 성하게 붙어 있을 동안 그에게 가장 귀중한 존재, 그에게 연민의 정을 불러일으킨 유일한 존재, 그의 주변에서 그가 일생 동안 믿고 있던 유일한 인간이 미친 듯이 입에서 거품을 내뿜고 그의 주위를 돌며 욕설을 퍼붓는 광경을 보아야만 했던 것이지. 그녀는 그를 죽이도록 하지 않았는데, 이유는 어떻게 고통스러워하는지 보고 싶었기 때문이었어. 그리고 그녀가 보고 있다는 것을 그가 알도록 했지. 사람들은 그의 팔꿈치 아래 팔을 자르고 무릎 아래 다리를 자르고는 횃불로 땜질을 했지. 바로 그때, 한밤중이었는데 갑자기 말발굽 소리가 났어. 그것은 어둠을 타고 도망쳤던 호위병이 하피즈의 형제에게 그 소식을 알리고 몇 명의 기병을 이끌고 달려온 거지. 이런 상황을 전혀 예상치 못하고 술에 취해 떠들다가 지쳐 버린 노예들은 대군이 몰려온 것으로 착각하고 저항도 하지 않은 채 도망치고 말았지.

포박당한 하피즈 앞에 유일하게 남아 있던 것은 저 시리아 여인이었어. 기병이 그녀에게 달려들어 칼을 내리치는 순간, 그녀는 눈 깜짝할 사이에 손에 들고 있던 지글지글 타는 횃불로 하피즈의 얼굴을 몇 차례 지지고 말았어. 그러고 나서 여자는 기병의 칼을 맞고 쓰러졌지.

하피즈의 형 사비트는 재빨리 질서를 정비했어. 날이 밝자 모든 것들이 진압되고 하렘과 시종과 해방된 노예들은 잡히거나 죽임을 당했지. 완전히 불에 탄 것은 저 멀리 있는 탑뿐이었어. 텅 빈 하렘에는 의식을 잃은, 보기에도 흉한 몰골을 한 하피즈가 누워 있었고. 그사이 가장 빠른 말을 타고 약을 구해 오도록 했지. 간략하게 말하면, 결국 그는 목숨을 건지기는 했지만 지금 자네가 보고 있는 대로 저런 몰골로 남게 된 거지. 그의 형제는 내륙 지방의 영지를 버리고 이 연안 지대의 땅으로 옮겨 왔어. '불덩이 하피즈, 날개 달린 하피즈'라고 불리던 자는 몸통뿐인 통나무나 다름없는 신세가 되고 말았지. 그리고 사람들의 선의와 형제의 사랑으로 생명을 부지하고 있는 거야. 운명은 그에게서 팔다리와 시력을 앗아 갔고, 그는 더 이상 말을 하지 않았어. 그저 잠시 바깥 공기를 마시고 이 탑시계가 15분마다 알리는 소리를 들으며 세월을 보내고 있는 거지. 한편 시리아에서는⋯⋯."

그때 누군가 밑에서 손뼉을 치자 노예는 말하다 말고, "얘기는 이걸로 끝이야, 자네 일이나 하게"라고 말한 뒤 최대한 빠르게 계단을 내려갔다.

시계를 고치는 데에는 꽤 많은 일거리가 있었는데, 시계 수리를 마치고 나서 시험적으로 몇 번 시계를 울려 보았다. 그리고 똑같은 길로 그곳을 나왔지만 난 챌래비 하피즈도 그 노예도 더 이상 보지 못했다. 수염 없는 청년이 나를 이끌었으며 순경에게 나를 인도해 주었다.

그로부터 많은 세월이 흘렀지만 아크라의 시계탑에서 보고 들은 일을 나는 결코 잊을 수 없었고, 스스로에게도 해석할 방법을 알지 못했다. 그 창백하고 허리 굽은 터키인은 누구였을까? 어쩌면 몰락한 시리아인 가문의 사람이었을까? 아니면 회교 개종자이거나 개종자의 아들이었을까? 왜 그는 그토록 열정적으로 수인이나 비회교도의 귀에 들어가지 않은 이야기를 나에게 들려주었을까? 노예가 나에게 들려준 이야기는 사실이었을까 아니면 누군가 지어낸 이야기에 자기가 덧붙인 이야기일까? 아니면 소위 터키인들이 말하는 뭔가 하나 부족한 이야기(비르 타흐타 엑시크*)일까? 그 당시 난 이런 질문을 스스로 던졌는데 지금도 챌래비 하피즈를 생각하면 똑같은 의문이 떠오른다. 내가 만약 꿈을 꾼 것이라면 이렇게 이상한 꿈이 세상에 또 있을까. 하지만 어쩌겠는가? 아시아에서는 모든 일이 일어날 수 있고 어디에서나 또 누구나 왜 이런 일이 일어났는지 어떤 상황인지 서로 물어볼 수는 있지만 어느 누구도 그 질문에 대답이나 설명해 줄 필요가 없는 땅인걸. 그렇게 질문들이 해결되지 않은 채 잊히고 또 그렇게 수많은 종족과 민족들이 오랜 세월 동안 살아가고 있는 곳인걸. 모두가 바로 그렇게 이 세상에서 일어나는 일을 받아들이며 살아가고 있는 것이다. 그래서 나도 이 의문에 대해 스스로 답할 수 있는 방법을 모르고 다시 또 챌래비 하피즈가 누구이며 신의 벌을 받은 그 끔찍한 모습으로 살아가고 있으며 내가 양심적으로 수리한 저 시계의 타종 소리를 그가 듣고 있을까 하고 궁금해할 뿐인 것이다.

나의 꿈에 챌래비 하피즈가 나타났다. 수년 전 내가 병에 걸리기 얼마 전에 난 그의 꿈을 꾸었다. 마치 실제로 나타난 것처럼 하피즈는 눈도 팔도 다리도 있는 멀쩡하고 건강한 호남의 터키인이었지만 신이 벌을 내리지 마시기를 원하면서 말하건대 마치 연옥(煉獄)에서 갓 나온 영혼, 열망하는 구도자의 모습이었다.

그렇게 챌래비 하피즈가 나의 꿈이나 현실 속에 나타날 때면 난 아크라의 감옥에서 함께 지낸 친구를 떠올리게 된다. 그와는 넉 달 동안 같은 감옥에서 지냈는데, 어느 날 그는 러시아 선박에 짐을 싣고 있던 인부들 틈에 끼여 사라지고 말았다.

그는 레바논에서 온 기독교인으로, 서예가였다. 우리는 그를 카라야지치*라고 불렀다. 왜냐하면 그의 진짜 이름을 나 역시 몰랐었다. 그는 이스탄불에 있는 아르메니아인들에게 터키인들이 좋아하지 않는, 쓸 필요가 없는 것들을 적었다. ("펜이 날 이 노예 생활로 이끈 셈이지"라고 그는 말했다.) 그들은 전원 체포되어 판결을 받았다. 주동자는 사형 선고를 받았고, 글을 쓴 자는 손이 잘리는 형벌을 받았다. 주동자들의 목은 잘려 나갔지만 그는 유력 인사의 도움으로 장기 유형을 받고 손도 무사했다. 그는 언제나 그 오른손을 허리에 대고 마치 한 번 잃었던 보물을 되찾은 듯 아주 소중히 여겼다. 그는 손이 잘리는 꿈을 자주 꾸는데 잠에서 깬 이후에도 손이 아프다고 내게 말했다. 그 남자는 낮에만 말을 했다. 어둠이 내리면 그는 얇은 외투로 몸을 감싸고 내 얼굴을 보거나 이야기를 들었지만 결코 입을 여는 일이 없었다. 그렇게 날이 밝을 때까지 한마디도 하지 않았다. 그러기로 맹세한 사람 같았다. 어쨌거나 이상한 사람이었지만 똑똑한 것은 틀림없었다. 말을 잘하기도 했지만 그는 자신이 말하는 것보다 훨씬 더 많은 것을 알고 있었다.

나는 그와 단둘이 있을 때 내가 시계탑에서 본 몸통과 내가 들었던 이야기를 나누었다. 사람은 누군가에게 말을 해야만 하는 법이다. 그때 난 그로부터 한마디를 들었고, 지금도 여전히 그것을 기억하고 있다.

"맞아. 흔히 터키인들은 그렇다고들 하지. 터키인을 조각조각 찢어도 그 조각들이 다시 모두 살아난다니까. 그리고 최후로 남은 약간의 살점도 꿈틀거리면서 건강한 터키인이 움직이는 방향으로 기어간다는 말이지. 반면 세례를 받은 자는 유리 같은 존재지. 한 군데만 두들겨 맞으면 산산조각 나서 원상회복이 불가능하단 말이야."

페타르 수사는 챌래비 하피즈에 관한 이야기를 늘 이렇게 끝맺거나 시작했다.

술잔

하루 중 그 시간대가 언제나 그렇듯이 페타르 수사의 방은 서서히 저무는 9월의 태양 빛으로 가득 차 있었다.

페타르 수사는 몸이 마비되어 누워 있었지만 얼굴은 홍조를 띠었고 밝았다. 그의 머리 위 선반들은 시계 수리공이나 대장장이가 사용하는 공구들로 가득 차 있었다. 사방의 벽에는 크고 작은 시계들이 즐비했다. 우리의 대화가 잠시 멈출 때에는 시계추의 베틀 짜는 듯한 소리, 벌이 우는 듯한 소리, 가위로 자르는 듯한 소리, 삐걱거리는 소리가 정적을 깨고 들려왔다. 화려한 터키제 시계는 다른 시계보다도 유난히 요란한 소리, 누군가 끊임없이 젖을 짜서 그 젖으로 가득 찬 통이 부글부글 거품을 내는 듯한 소리를 내고 있었다. 가끔씩 그 시계들 중 어떤 것이 시각을 알리는 종소리를 내도 그것은 우리의 시간이나 하루의 시간 구분과는 전혀 관계없는 시간이었다.

그럴 때면 페타르 수사는 규칙적으로 대화를 잠시 중단하고 마치 낯선 사람이 방으로 들어와 뭔가 중대한 일을 알리는 것을 듣기라도 하듯 잔뜩 긴장해서는 그 소리에 귀를 기울이며 주의 깊게 그 시계를 쳐다보는 것이었다. 낮은 천장 아래에서 마지막 시계 소리가 사라지고 나면 그때서야 비로소 페타르 수사는 말을 이어 나갔다.

마치 멀리서 온 전언에 귀를 기울이기라도 하듯 그 크고 화려한 시계의 괘종 소리가 사라지고 난 뒤에 페타르 수사는 오랫동안 생각에 잠기더니 자신의 사색 때문에 놀라기라도 한 듯 나지막이 말하는 것이었다.

"보시오, 사람은 이런 상황에 빠지고 나서야 비로소 자신의 처지가 어떤지 파악하게 되지. 자, 이 말이 무슨 뜻인고 하니, 시계가 시간을 알리지. 1시, 3시 아니면 5시. 이건 아무것도 아니야. 하지만 이 방이 전 세계이고, 침대의 짚 담요가 전부인 사람에게는 저 태피스트리가 태양이고 달이고 사람이고 동물이기도 하지. 째깍거리는 시계 소리가 우리의 대화와 똑같거든."

그러고는 이내 자신의 말에 웃었다.

태양이 좀 더 깊숙이 선반 속으로 파고 들어갈 때 검고 오래된 공구들 가운데 붉은색과 금빛이 나는 커다란 컵들에 나의 시선이 끌렸다.

움직이지도 않고 그저 계속 앞만 바라보면서 페타르 수사는 내 궁금증에 답이라도 하듯 엷은 미소를 지었다.

"저건 모스타르*산(産)으로, 작고한 니콜라 그라니치 수사가 남기신 거지."

그러고는 잠시 생각에 잠기더니 이내 말을 이었다.

"사람들은 그를 무민*이라고 불렀는데, 이유인즉슨 그 사람처럼 터키인 기질을 지닌 사람은 터키인들 중에서도 찾아보기 힘들 정도여서 세례받은 사람들이나 수사들 중에서는 더더욱 힘들었기 때문이었지.

벌써 25년이나 구차고라의 묘지에 다른 수사들과 함께 편안히 누워 계시는 작고한 니콜라 그라니치 수사는 돌라츠의 그라니치 가문 출신이지. 그라니치는 이름 있는 상인 가문이었지만 그 가문에서는 세 사람 중 한 명은 반드시 수사가 되거나 적어도 교회당 지기를 지냈지. 니콜라 수사를 이탈리아로 보냈는데, 볼로냐에서는 가장 뛰어난 신학생으로 두각을 나타내 보스니아 지역의 희망을 한 몸에 받았지. 보스니아의 숱한 기대가 그렇듯이 그에게 건 기대 역시 지켜지지 못했지. 니콜라 수사는 학업을 마치자 그 지역의 수습 수도사를 위한 학교의 교사가 되었어. 그 직책은 보스니아로 돌아와서도 오랫동안 유지했지. '언어의 달인과 청년들의 모범적 교사'라는 것이 그에 대한 언급이었지. 그는 정말로 훌륭한 수사였고 강직한 신앙인이었지만 여간 고집 센 것이 그라니치 가문 사람들이 모두 그렇듯이 어딘가 터키인적인 기질을 지니고 있었지. 라틴어도 능통했고 터키어도 잘 알고 있어서 그런 사람은 전무후무한 경우였다네. 그러나 말재주가 없고 또 말수가 적고 글도 서툴렀지. 그래서 그가 쓴 글은 하나도 남아 있는 것이 없었어. 젊은 시절에는 체구도 크고 풍채도 당당해서, 그가 트라브니크 시내를 지나갈 때면 화물 계량 업자인 루스틴 아가가 그를 돌아보고 자신의 동료들에게 이렇게 말했지.

'위대한 수사이시지. 신앙심도 대단한데, 기독교라는 것이 아쉽군! 두 명 몫을 하시는 분인데.'

사람들은 젊은 시절 그를 헤르체고비나로, 라마로, 모스타르로 보냈지만 말년에는 죽을 때까지 고향 수도원에서 수습 수도사들의 교사로 일했지. 말수가 적고 불평하지 않고 남들이 그토록 탐내는 명예나 직함도 멀리했어. 그는 생도들로부터 사랑을 받았고 그 역시 생도들과 침묵을 사랑했지. 해마다 이른 봄부터 늦가을까지 공동 기도 시간 외에는 뜰에 나가서 스코페제 짧은 담배를 피우며 언제나 일정한 장소에 앉아 있었지. 그리고 겨울이면 방 안 창가에서 침묵의 시간을 이어 가셨지. 곁에는 자네가 지금 보고 있는 저 커다란 베네치아제 잔을 두고 계셨네. 천천히 마시고는 가득 잔을 채우는 법도 두 번 따르는 법도 없으셨지. 늘 잔을 손바닥으로 덮어서 벚꽃이나 이파리, 파리들이 빠지는 일이 없게 했지.

그러니까 저기 선반 위에 지금 자네가 보고 있는 저것이 바로 니콜라 수사가 남긴 잔으로, 일명 모스타르 잔이라고 불리지. 사실은 베네치아산인데 여기서만큼은 그렇게 부르고 있네. 왜냐하면 구차고라 사람들의 상상으로 모스타르는 너무 먼 이국의 땅인데다 지구의 끝 같은 곳이기 때문이지. 저 잔으로 말할 것 같으면 아주 오랫동안 수도원들이나 농부들의 입담에 오르락내리락했을 뿐 아니라 수도회 고문들의 회합에서도 화제가 되었고 수도원장의 관할 구역이나 사교 앞으로 보내는 서한에서도 언급된 바 있는 잔이지. 교황이 파견한 시찰관의 보고서에도 언급될 정도였으니.

다만 그 서류들에는 잔의 소유자 이름이나 니콜라 수사의 소속 수도원 이름 같은 것은 명기되어 있지 않았다는 것이지.

니콜라 수사가 술을 마셨다는 건 문제가 아니었고, 그가 술을 많이 마셨다는 것은 더더욱 문제가 되지 않았어. 문제는 니콜라 수사가 어떻게 술을 마셨느냐 하는 거야. 내가 자네에게 어떻게 보여 줄까? 니콜라 수사가 술을 마시는 방법은 그가 세상에서 유일하다는 그런 식이었지. 언젠가 농가의 장례식에 참석했다가 저 잔으로 석 잔을 연거푸 마시더니 마침내 혀가 꼬부라지는 사태가 벌어졌는데 아무도 그에게는 이야기하지 않았지. 하지만 그의 저 범상치 않은 잔과 그런 행동을 사람들은 오랫동안 용서하지 않았어. 수사들은 수사다운 반응을 보였고. 그 때문에 니콜라 수사가 다른 수도원으로 옮겨 갈 때 수사들은 상대편 수사들에게 다음과 같은 서한을 보냈지. '니콜라 무딘 수사가 당신들에게로 갑니다. 모스타르제 잔과 동행하니 2인을 위한 환영을 준비하시기 바랍니다.'

그러나 아무리 남들이 업신여기고 비난해도 니콜라 수사는 자신의 생활 방식을 바꾸거나, 해야 할 말 이상을 말하거나, 자신의 기질과 모스타르 잔을 버리거나 하는 일은 없었지. 그리고 그 점 외에는 누구도 그를 비난할 수가 없었지.

이 모든 것은 니콜라 수사가 수도승이 되었던 젊은 시절의 얘기로, 그의 술잔은 새롭고 흔히 볼 수 없는 물건이었는데 어느 수도원장이 언젠가 자신의 고소장에서 포쿨럼 스칸달리*라고 부르기도 했네.

그렇게 사람들은 여러 가지 문제를 둘러싸고 서로 언쟁을 벌이 거나 괴롭히기도 하지만 시간이 지나면 그것을 잊고 마치 어린아 이 장난감처럼 미련 없이 버리지.

신이여, 그에게 평온을……. 그런데 바로 그 니콜라 수사가 내 생명의 은인이기도 한 바로 그분이야. 생명보다 더 큰 것을 구해 주셨다고 해도 틀린 말은 아니야. 그것은 보스니아 신학생들을 이 탈리아에서 내보내고 헝가리로 보냈던 바로 그해의 일이지. 우리 는 페추이에서 2년을 공부했지만 제대로 된 훈련이나 감독을 받 은 것은 아니었어. 그래서 우리 세 사람은 상의 끝에 수도회와 학 업을 버리고 속세인 오스트리아로 돌아가기로 정했지. 우리가 무 엇을 생각했고 어디로 가서 정착하려 했는지는 솔직히 말해서 지 금은 전혀 생각이 나질 않네. 하지만 사람들이 말하듯 어려서 그 랬던지 뭐든 그저 쉽게만 여겨지더군. 게다가 당시 우리에게는 젊 음이란 것이 있었으니! 마치 마귀에게 씐 것처럼 모든 게 그렇게 흘러갔지!

길게 얘기하자면 끝이 없어. 간단히 말하면 그저 혈기만 왕성해 서 오기를 부리고 휴가를 떠났지. 그리고 돌아와 보니 니콜라 그 라니치 수사가 내가 도착한 바로 그 자두 밭에 있는 게 아닌가. 다 리를 꼬고 앉아 손에는 바로 그 잔을 들고 담배를 피우며 한나절 은 침묵에 빠져 있었지. 내가 그를 쳐다보자 그제야 나에게 손짓 했지. 난 니콜라 수사에게 고백할 것이 있는데 나의 결정을 그에 게 말한 이후에는 속세를 벗어나 귀속한 것이라고 말했네. 나는 그에게 다가가 나와 슬로베니아 출신의 두 친구가 결심한 바를 이야기했지.

니콜라 수사는 움직이지도 않았어. 그저 침묵을 지키며 나를 바라볼 뿐이었지. 그러다가는 돌연 일어나더니 한 손으로 잔을 들고 다른 한 손으로는 나의 수도사 법복 소매를 잡고 자기 방으로 데리고 갔지.

너무 오래전의 일이라 그때 그가 하느님이나 영혼이나 신앙이나 수도사의 서약 등에 관해서 내게 들려준 이야기를 전부 재현할 수는 없네. 다만 결국에는 내가 몸을 구부리고 마치 터키 등불처럼 몸을 내리고 속세로 도망치려 했던 그 생각만을 나 자신으로부터 떨쳐 버리게 되었던 것만은 확신하지. 옛날 일이지만 그때 니콜라 수사의 모습은 지금도 나의 망막에 깊이 아로새겨져 있지. 무게 있고 푸르고 맑은 눈, 창백한 얼굴, 검은 코밑수염을 한 그가 내 눈을 응시하며 내 두 어깨에 손을 얹고 내 몸을 흔들었어.

'자, 나의 유수프*여!

그는 자기 강의에 태만하거나 수도원의 규칙을 위반한 자들을 모두 유수프라고 부르는 습관이 있었지.

'속세나 독일에도 자네가 있을 곳은 없어. 자네가 있어야 할 곳은 바로 보스니아의 수도원이지. 어쩌겠나? 이 땅이 가난하고 비참하고 좁고 어둡고 술탄의 대관이라 해도 이 땅에서 살기가 쉽지 않은데 하물며 비회교에다 수도사에게는 두말할 필요도 없지. 이 세계에서는 하나의 술잔일지라도 세계 제일의 높은 탑보다도 사람들의 눈을 끄는 거추장스러운 것이지. 평온하고 유복한 생활을 바라는 자는 이곳에 태어나서는 안 되지. 수도사가 되어서도 안

돼. 여기서는 2.5그램의 기쁨을 얻기 위해 영혼을 팔아야 하니까. 자, 어서 밖으로 나가 그 이유가 무어냐고 사람들에게 물어보게 나. 그러나 더 좋은 것은 어디에도 가지 않고 누구에게도 묻지 말고 지금 있는 곳에 멈춰 서서 지금 상태에 계속 머무는 것이지. 왜 냐하면 자네를 괴롭히고 있는 것이 무엇인지 그 답을 남에게서 얻 으려는 것은 어리석은 짓이기 때문일세. 현상에 멈춘 채 자기 고 뇌와 대화하는 쪽이 훨씬 더 현명해. 자네는 속세에서 우리 같은 인간을 기다리다가 우리가 오지 않으면 연회도 시작하지 않는다 생각하고 있단 말이지! 하지만 유수프! 그 연회는 우리 수도사나 보스니아인을 위한 것이 아니야. 그렇고말고. 여기서 자네를 기다 리는 것은 구불구불한 보스니아의 논두렁과 수도사로서의 괴로운 수양과 가난한 생활뿐이지. 바깥 세계는 편하고 좋은 일만 있을지 모르지만 그곳이 자네의 세계가 아닌 이상 자네에게 무슨 가치가 있을까? 설령 자네가 그곳으로 간다 해도 자네에게 필요한 것은 아무것도 없지. 자네는 지금의 모습으로 한평생을 산 거라고. 자 네를 이제껏 한 번도 보지도 듣지도 못한 사람이 자네를 보고는 곧 이렇게 얘기하겠지. 이 애송이 수사는 어디서 온 거야? 이 시 원찮은 자를 저기 구차고라로 보내 버려. 그러고는 쇠사슬에 다시 묶어 두라고! 또 만약 부자가 되고 실력자가 되고 그야말로 큰 인 물이 된다면 자네에게 감히 말을 걸 자는 아무도 없을 것이고, 따 라서 자네는 상대의 눈짓 속에서 모든 것을 읽을 수밖에 없겠지. 그렇게 되면 결국은 마찬가지야. 그러니 자신이 있어야 할 곳을 지키며 이 성스러운 수도회에 머물러 있게나. 어차피 죄를 범해도 여기서 범하는 것이 더 낫지! 내 말을 들으면 기만당하는 일이나 후회하는 일은 없을 걸세. 아픔을 겪는 것은 가치 있는 일이지. 하느님의 전사가 되는 일이 어디 작은 일인가 말이야?'

명령을 내리는 듯한 니콜라 수사의 말에 눈을 들고 쳐다보았을 때 지금까지 전혀 본 일이 없는 회교도의 모습이 눈에 비쳤지. 실제로 그의 구겨진 수도사 법복과 속내의 그리고 비대한 몸속에 그처럼 당당한 골격과 가슴 그리고 곧은 척추가 있을 줄은 아무도 상상조차 할 수 없었던 일이지. 망연자실한 생도의 눈에 열병을 하는 지휘관처럼 의연한 스승의 모습이 비쳤지. 그러나 다음 순간 언제나처럼 등이 구부정하고 우수에 잠긴 듯한 회교도의 모습으로 되돌아가 있었지.

그리고 이후로는 그의 그런 모습을 두 번 다시 보지 못했지. 하지만 난 오늘날에도 그 순간이 그의 어떤 충고나 기도보다 훨씬 더 강한 설득력을 가지고 나를 인도했다고 생각하네. 그가 나의 어깨에 손을 얹고 나를 일깨워 주던 그때의 감동은 지금도 내 마음에 남아 있지.

'자, 유수프, 자 어서 하느님께 기도하고 이성을 회복하게나, 어서!'

그리고 나는 머물렀지. 무민이 나를 현명하게 인도해 주시지 않으셨다면? 지금 어떻게 되었을지 모르지. 그건 하느님만 아시겠지. 그분을 떠올릴 때마다 난 고인의 명복을 빈다네. 침묵할 줄 아는 자만이 얼마나 유익하고 훌륭한 말을 할 수 있는가를 나는 그때 처음 깨달았지.

몇 년의 세월이 흘러, 나는 사제가 되어 구차고라로 돌아갔지. 니콜라 수사는 여전히 그곳에 남아 계셨고. 그러나 이듬해 봄 그는 중병에 걸렸고 사람들은 그를 트라브니크의 유대인 의사 야후디아에게 보냈네. 의사는 그를 키셀야크로 보냈는데 그 물은 그에게 효험이 없었지. 음식을 거의 전폐하다시피 하고 하루 한 잔의 포도주도 들지 않고 정원 잔디에 앉는 일도 없고 대신 수사들의 낡은 의자에 앉아 쉬는 일이 많았지. 그 자리는 전에 아래 냇물 가에 있던 것을 옮긴 것으로 수사들은 그걸 탑이라고 불렀지. 그는 구석 기둥 난간에 기대듯 앉아서 파이프를 피우며 냇물을 바라보았지. 우리는 그의 병세가 심상치 않다는 것을 알고 있었지만 아무도 그에게 그것을 감히 말하지 않았고, 그 역시 어느 누구에게도 말을 하지 않았지.

지금도 생생하게 기억하고 있네. 그해에는 겨울이 일찍 찾아왔지. 10월에 첫눈이 내렸고 성(聖) 카타리나의 날이 오기 딱 한 달 전이었지. 그날 니콜라 수사는 다락과 냇물과 작별을 고하고 자신의 방으로 돌아와 문을 걸어 잠갔지. 그렇게 수도원 안으로 들어간 이후로는 거기에서 나오는 일이 없었어. 사람들 말로는 무민이 수족을 움직이지 못한다고 하기에 내가 그분을 보기 위해 찾아갔지. 그분을 찾아가 보니 누워 계셨지만 승복을 입은 채였고 뜨거운 박하 차를 마시고 계셨는데 달군 벽돌이 여전히 뜨겁더군. 침묵하고 계셨는데 이전에도 한마디 하지 않으셨었지. 그러니 어디가 아픈지 알 수가 있겠나. 얼굴은 노랗고 눈 밑이 패었지. 가끔 재채기를 하셨고. 어딘가 꽤 편찮으신 것 같아 내가 '무민!' 하고 불렀지만 아무 말씀도 하지 않으셨어. 난 약간 농담조로 안녕하신지 어디가 아프신지 하고 터키어로 물었지. 그의 콧수염이 웃음을 머금은 듯하고 이마가 움찔했지만 아무 말씀도 하지 않으셨네. 다만 말이 걸어가는 듯 손을 흔들었지. 난 어떻게든 대화를 하고 싶어 그를 잠시 쳐다보고는 나 역시 몸을 일으켰지. 그때 니콜라 수사는 몸을 틀어 움직이더니 머리 위에서 뭔가를 찾았는데, 그곳에서 자신의 베네치아제 잔을 꺼내시는 거야. 밖에는 태양이 머리 위까지 떠 있고 철 이른 눈은 녹고 마치 봄날 같은 날씨였지. 무민은 약간 얼굴을 찌푸리고 잇새로 웅얼거릴 뿐이었지.

'어이, 대장장이. 이거 갖게. 자네가 술을 마시지 않는 것은 알지만 말일세. 자네 선반에 여러 가지 도구들이 있는데 이것도 거기에 놓아 주게. 아마 방해되지는 않을 걸세.'

술잔은 햇빛에 찬란히 빛났어. 나는 가슴이 아팠어. 농담을 하려고 했지만 할 수가 없었어. 그리고 내가 힘들어 하는 모습을 그분이 보게 하고 싶지 않았어. 그분께 말했지.

'좋습니다. 일단은 제가 맡아 두지요. 확실하니까요. 하지만 필요하시면 당신 것이니 언제든 가져가십시오.'

그리고 감사의 인사를 드렸지. 그때 그분이 짧게 말했지.

'잘 가게, 대장장이.'

그러고는 애써 벽 쪽으로 몸을 돌리셨지.

그 일이 있은 지 얼마 후 어느 토요일 만령절(萬靈節) 전날 채비를 모두 갖추시고 숨을 거두셨지. 이튿날 일요일에 장례식을 치렀는데 많은 추도객들이 그의 무덤을 찾았네. 저기 창밖 그의 묘표가 보이지. 우리 늙은 수사들은 아직도 그분에 대해 이야기를 하고 있지."

페타르 수사는 말을 마쳤다. 그의 시계들이 째깍째깍 계속 소리를 냈다. 방 안에는 햇살이 가득 차 있었다. 페타르 수사는 나에게 선반에서 모스타르 잔을 내려 달라고 했다. 그것은 틀림없는 베네치아제 큰 술잔이었고 가운데 부분이 몇 군데 패어 있었고 가장자리는 잘 닦여 있었으며 우묵 팬 부분에는 마치 눈처럼 붉은 도장이 찍혀 있었다. 술잔에는 먼지가 쌓여 있었고 몇 개의 잘린 새털과 누런 머리 못들이 있었다.

"어휴, 만약 무민이 이걸 보셨다면." 페타르 수사가 웃으며 말했다.

그는 곧 정성스럽게 잔에서 먼지를 털었다. 금색과 붉은색의 빛이 그의 손에 반사되어 비쳤다. 그는 조용히 말했다.

"자, 이것을 스탄코 수사에게 맡깁니다. 그는 지금 오브차레보에서 사제로 있지요. 젊지만 늙은 수사들과 마음이 잘 통하는 사람입니다. 이것을 소중히 간직해 줄 것이오."

물방앗간에서

이미 새벽 무렵부터 한겨울 아침의 안개와 태양이 힘겨루기를 하고 있었다. 태양이 안개를 밀어낼 수도 없었고 안개도 태양을 덮어 버릴 수가 없었다. 통풍이 잘되는 평화로운 페타르 수사의 방 안에서도 빛의 밝기는 그렇게 변화를 거듭하고 있었다. 창문 하나가 약간 들려 있어 그곳으로부터 차가운 공기가 조금씩 끊이지 않고 들어와 방 안의 온기가 점차 사라지고 있었다.

페타르 수사는 허리에서 발끝까지 커다란 회색 망토를 두르고 옷을 갖추어 입은 상태에서 몸을 약간 오그리고 움직이지도 않은 채 누워 있었다. 그것은 일명 '관용' 외투라 불렸고 언젠가 질투심 많은 수사들이 외투의 모양과 색깔이 규칙에 위반되는 것이라고 비판한 바 있었는데 페타르 수사는 그 점에 대해 다음과 같이 대답했다.

"수도원과 수도회 관구에서 이 모든 것이 규칙대로 지켜 온 것은 정말 신께 감사할 일이지요. 하지만 신은 위대하고 자비로운 분이셔서 이깟 외투 하나를 가지고 옳다 그르다 하며 왈가왈부하실 분이 아니시지요." 지금, 몸이 마비되어 소파에 묶인 몸이 된 처지에 외투는 그에게 낮에는 이불로도 유용했다. 무릎과 소매에 달려 있는 외투의 붉은 테두리가 아침 햇빛에 반사되어 마치 새것처럼 빛을 냈다.

우리가 이야기하고 있는 동안 얼굴에 홍조를 띤 마음씨 착한 청년 마리얀이 방으로 들어왔는데 그는 넓은 얼굴에 커다란 푸른 눈을 지녔고 입가에는 아침 식사를 하고 난 뒤의 흔적이 묻어 있었다. 음식을 가져가려고 왔다가, 온 김에 커다란 마당에서 시끄러운 소동이 있었다는 얘기도 함께 전했다. 그의 말에 의하면, 그라오비크에서 방앗간지기를 데려왔다는 것이었다. 악마가 그의 몸으로 들어가 짖어 대고 물건을 부러뜨리고 교회 문턱에 침을 뱉고 성당 수도사의 축복으로 마치 나무 막대기처럼 몸을 떨더라는 것이었다. 그러나 수도원장의 말에 의하면, 술에 취한 것이라며 그에게 물을 뿌리고 실컷 패 주면 그것 역시 지나갈 거라는 것이었다.

그렇게 말하면서 청년은 황급히 식기를 챙겨 들고 그로서는 상당히 두렵기도 하고 꽤 흥미롭기도 한, 아래 마당에서 벌어지는 일을 놓치고 싶지 않다는 듯 재빨리 밖으로 나갔다. 나는 청년이 황급히 나가느라 조금 열어 놓고 나간 문을 닫았다.

페타르 수사는 머리와 상반신을 높이 세운 자세로 누워 있었다. 하반신은 외투로 가려져 있었지만 붉고 가느다란 테두리는 널찍한 주름을 잡고 마루에 떨어져 있었다. 하얀 베개 위에 놓인 페타르 수사의 머리는 하얀 머리카락 화환으로 둘려 있었다. 병상에 오래 누워 있는 환자가 늘 그렇듯이 하얀 얼굴에 눈빛만은 생기를 띤 갈색 눈에 더부룩한 수염과 짙은 눈썹을 하고 있었다.

가벼운 미소를 지으며 페타르 수사가 마치 자기에게 들려주듯 말했다.

"에…… 그러니까, 악마가 없는 물레방아를 상상할 수 없듯이 죄 없는 방앗간 주인도 상상할 수 없기는 마찬가지지요. 사람들 말에 의하면, 예전에 어떤 방앗간 주인이 있었는데 여느 방앗간 주인들과는 다르게 영혼을 잃지 않으려고 방아 찧는 삯이나 찧은 양을 속이지 않기로 굳은 결심을 했다지요. 그러고는 신과 자신의 영혼을 좀 더 잘 느끼기 위해 물레방앗간 벽에 십자가 상을 걸어 두었답니다. 그래서 필요 이상으로 대금을 탐하거나 저울이 자기 쪽으로 기울면 그는 십자가가 걸려 있는 쪽을 쳐다보며 욕심을 물리치곤 했다지요. 그렇게 하루가 지나고 또 하루가 지나면서 우리의 가엾은 물레방앗간 주인은 점점 더 가난해지게 되었지요. 아이들은 헐벗고 집은 텅 비게 되고 오히려 빚을 지는 꼴이 되고 말았지요. 그는 이렇게 정직함을 내세우다가는 모든 게 떨어져 버릴 것만 같아서 하루는 자신의 방앗간으로 달려가 십자가 상을 바라보며 외쳤지요. '용서하십시오, 거룩하신 나의 주여. 하지만 이제 더 이상은 안 되겠습니다. 우리 중 한 사람은 이곳에서 나가야겠습니다.' 그러고는 예수의 십자가 상을 밖으로 내동댕이치고 그날부터 다른 동업자들처럼 방아 찧는 삯을 속이고 가루를 슬쩍하기 시작했습니다. 그렇게 해서 그 후로 방앗간지기에게는 예외가 없어진 것이지요."

나는 오랫동안 소리 내어 크게 웃었고 페타르 수사는 엷은 미소를 지으며 아주아주 오래전에 있었던 일을 생각하기라도 하듯 앞을 쳐다보았습니다.

그의 눈가에서 웃음의 흔적은 이내 모습을 감추었지요. 그가 지금 창문을 통해 타오르기 시작한 빛을 똑바로 쳐다보는 바람에 두 눈은 빛이 났고 눈동자들은 얇고 날카로워졌지요. 거의 눈을 깜빡거리지도 않고 페타르 수사는 묵직한 목소리로 아주 천천히 말하기 시작했습니다.

"농담이 아니라면 장난이겠지! 저 방앗간지기의 입을 통해 나오는 것이 무슨 말인지는 모르겠지만, 또 악마인지 라키야인지 알 수가 없지만 그 방앗간지기가 태어나지도 않은 옛날에 저기 그라오비크의 물레방앗간에 있는 악마의 소리를 들은 적이 있지요. 아주 옛날의 일입니다……. 얼마나 오래전 일인고 하니, 내가 저 우리의 마리얀보다 어렸고 필립 수사에게 일을 배우고 글을 배우고 젖소를 돌보던 시절이니까요.

돌아가신 필립 수사님 같은 분은 어디에도 없지요. 끊임없이 움직이던 분이지요. 그러니 돌라츠는 그분께 아주 비좁았지요. 난 지금도 그분이 언제 잠을 주무셨는지 모르겠어요. 하느님이 그분께 사교구 대신 파샤의 행정구*를 맡기시지 않은 게 유감일 정도였으니까요. 하루 동안에도 그분은 다섯 가지 일을 모두 해내셨지요. 담장을 수리하고 예배당을 손질하고 터키인의 눈을 속이고 교회 지붕을 고치고 전날 호미질하던 밭을 다시 일구는 것이었어요. 그는 말을 사육하는 방법을 우리에게 보여 주기 위해 말을 손질하시고 사교구 세금을 계산하고, 암튼 쉴 새 없이 사방팔방으로 뛰어다니셨지요. 그는 자기 자신뿐 아니라 다른 사람들도 가만히 내버려두는 법이 없었어요. 저녁이 되어 바깥일을 할 수 없게 되면 우리를 모아 놓고 양모를 빗질시키거나 콩꼬투리를 까게 하셨지요.

난 지금도 그분을 보는 듯해요. 수도복을 입지 않고 파란색 천으로 만든 짧은 바지 차림으로, 육중한 체구에 얼굴은 불그스름하고 목 주위에는 수건을 걸치고 삼각대에 걸터앉아 양모를 빗질하면서 우리와 교리 문답을 주고받거나 우리에게 사도신경을 부르도록 시켰지요. 우리는 피로와 졸음으로 양모에 코를 처박기도 하고 멜로디를 놓치기도 했지요. 그럴 때면 필립 수사가 우리 귀를 잡아당겨 우리 눈에서 눈물을 쏙 뺐지요. 그러면 우리는 우렁찬 목소리로 다시 노래를 불렀습니다.

……*et venturus, veeenturus est judicare vivos et mortuos, mooortuoos*(산 자와 죽은 자를 심판하러 오시리니).

그리고 매번 되풀이되는 단어가 나올 때마다 귀를 더욱 세게 잡아당겼지요. 우리의 귀가 어떻게 머리보다 더 길어지질 않았는지 이해할 수 없을 정도였으니까요. 그러고는 우리에게 근사하고 푸짐한 저녁을 차려 주시고 우리와 농담을 주고받으셨고 또 식사 후에는 서둘러 발을 닦고 신께 기도를 올린 뒤 잠자리에 들도록 종용하셨지요.

아침이면 동이 트기도 전에 첫닭과 함께 소리를 질러 가며 집 안에 있는 모든 생물들을 깨워 일하도록 시키셨지요. 내 기억으로는 그의 육중하고 굵직한 목소리가 사방에 울렸던 것 같아요.

'일어나! 이런 백수 녀석들! 어쩌면 이렇게 게으름뱅이들만 모인 거냐! 오, 가엾은 예수님이여, 이 게으른 자들을 살피소서!'

물론 미사 때는 정제된 말로 품위 있게 말했지요. 하지만 미사가 끝나면 곧장 거친 말들과 욕설로 이어졌어요.

바로 그 필립 수사는 적어도 집 안의 반 정도가 죽기를 바라지 않는다면 그 집의 주인이 될 자격이 없다고 말하곤 했지요.

아니, 내가 또 옆길로 샜군요. 난 돌아가신 필립 수사 얘기를 할 때면 언제나 이렇게 옆길로 새지요. 신이여, 고인의 영혼을 살피소서!"

이쯤에서 페타르 수사는 그라오비크 아래 물방앗간에서 언젠가 그에게 나타났다는 악마에 관한 이야기로 화제를 옮겼다.

그루터기 언덕에서 필립 수사의 젖소를 지키는 동안 소년은 그 물방앗간 그늘 가에서 더위를 식히고 있었다. 물방앗간 바로 옆에는 호두나무가 한 그루 서 있었는데 그 가지가 물방앗간 지붕 밑까지 늘어져 내려와 대들보와 얽히고 있었다. 소년은 호두나무로 기어 올라가 무성한 가지와 아직 익지 않은 열매의 잎들에 몸을 숨기듯 하고 있었다. 그러고 있노라니 어느새 소년은 중요한 것들에 대해서는 까맣게 잊은 채 자기도 모르게 나무에서 대들보로 옮겨 타고, 그곳에서 낡은 천장 널빤지 틈새로 방앗간 속을 들여다보았다. 그 틈새로 소년은 바구니들 사이의 공간, 염소 가죽으로 만든, 가득 차 있거나 비어 있는 주머니들이 있는 물방앗간의 바로 그 가운데 부분을 보았다.

물방아는 말라 있었고 맷돌 하나만 반쯤 물이 찬 채 움직이고 있었다. 그는 방앗간지기가 무언가를 갈고 가루반죽 통 주위에서 빻는 소리만 들을 뿐, 그 좁은 구멍으로는 아무것도 보질 못했다. 갑자기 물방앗간 문이 열렸다. 햇빛이 자루들과 널빤지들 위에 떨어지고 문이 닫히자마자 다시 어두워졌다. 두 개의 목소리가 교차했다. 날카롭고 흥분한 여자의 목소리와 묵직하고 걱정에 찬 남자의 목소리였지만 두 소리 모두 속삭이는 듯해서 알아들을 수는 없었다.

소년은 이상한 호기심으로 젖소들이나 그 외 모든 것을 완전히 잊은 채 천장 널빤지에 얼굴을 가까이 들이대고 온 신경을 그곳에 쏟았다. 속삭이는 소리는 조금 높아졌지만 물방앗간의 잡음에 섞여 알아들을 수는 없었다. 그러다가 한참 만에 사람의 목소리와 맷돌 소리, 물방아 소리를 구분할 수 있게 되었다. 돌연 여자의 목소리가 날카롭고 선명하게 들렸다.

"그래, 좋아요. 결국 그런 거라면 당신이 원하는 대로 하세요. 하지만 난 더 이상은 할 수 없어요. 당신과 이렇게 만나면서 그 사람을 견뎌야 하는 일은 더 이상 못해요!"

"내 얘기 좀 들어 봐." 남자가 말했다.

"듣고 싶지 않아요." 여자가 소리쳤다.

"기다리라고." 남자의 음성이 숨을 죽이고 말을 이었다. "내 얘기를 들어 보라니까."

"난 더 이상 기다릴 수 없으니까 그자를 죽여요. 그러기로 했잖아요. 그리고 날 당신이 원하는 어디로든 데려가 줘요. 날 당신 마음대로 하란 말이에요."

"자, 진정하고 그만……."

"그자를 죽여요! 그러고 나서 우리 어디로든 떠나요."

"그만! 우리가 어디로 도망친들 경찰을 피할 순 없어. 또 사람을 죽이면 교도소로 가거나 끝내는 교수형이야……."

"난 관심 없어요. 그자를 죽여요!" 여자는 확고한 어조로 소리를 질러 댔다.

그때 방앗간지기가 작고 알아들을 수 없는 소리로 여자의 귀에 대고 속삭였다. 그리고 이내 서로 부딪치는 소리가 들렸다.

"안 돼요! 그자를 죽여요, 그럼……."

그들은 물방앗간 안에서 이곳저곳으로 계속 뭔가를 끊임없이 날랐다. 반대편 모퉁이에서 그들의 음성은 다시 사라져 아무것도 알아들을 수 없었고 맷돌의 굉음만 요란했다.

그때서야 소년은 마치 잠에서 깨어난 듯 지금까지 배를 깔고 있던 뜨거운 천장 널빤지에서 겨우 몸을 일으켰다. 그는 공포에 사로잡혀 있었다. 자신의 심장이 빠르게 요동치는 것을 느꼈다. 재빨리 주위를 살피며 호두나무에서 내려온 소년은 반대편 쪽으로 도망치기 시작했다.

목구멍 아래에선 핏발이 섰고 귓전에서는 '그자를 죽여', '그자를 죽여' 라고 반복해서 말하던 여자의 목소리가 물방앗간의 알아들을 수 없는 굉음과 섞여 윙윙거렸다. 방금 들었던 것 중에서 그가 이해할 수 있는 것은 아무것도 없었고 그와 같은 어린 나이에 그런 남녀의 대화가 무엇을 의미하는지 알 턱이 없었다. 그는 그저 가능한 한 빨리, 가능한 한 멀리 도망쳐야 한다는 것만 느낄 뿐이었다. 그의 타고난 생동감 있는 심장의 포효처럼 순간 그를 쫓고 있던 이해할 수 없는 두려움으로 그는 도망쳤다.

　여기서 페타르 수사는 이야기를 멈추고 잠시 쉬었다. 그러고는 다시 그의 음성이 살아나 톤이 높아지더니 훨씬 더 명쾌해졌다. 언제나 그렇듯 그건 그의 이야기가 곧 끝나 간다는 것을 의미했다.

　"그런데 내가 물레방아와 호두나무 위에서 겁에 질려 있는 동안 내가 돌보던 젖소 한 마리가 남의 채소밭을 들어가고 말았지요. 때문에 난 그날 밤 필립 수사님으로부터 기다란 담뱃대로 벌을 받아 꼬박 이틀 동안 제대로 앉을 수도 없는 신세가 되었지요. 그 고통 속에서 난 물방앗간에서의 알 수 없는 대화 따위는 잊고 말았어요. 그렇지 않더라도 어린아이들은 쉽게 잊는 법이지요. 하지만 그 후 오랫동안 난 물레방앗간이 겁나서 그곳을 피해 다녔어요. 그땐 어렸고 철이 없었지요. 한참 뒤에 세상을 살면서, 또 사람들을 만나면서 깨닫게 될 거라는 걸 그땐 알지 못했으니까요. 악마는 그라오비크 아래 물레방앗간에만 있는 것이 아니라 이 드넓은 세상의 도처에 있다는 것을 말입니다."

올루야크 마을

언젠가 성자(聖者)의 얼굴을 한 여행객이 올루야크 사람들에 대해 평한 말은 이랬다. "하느님께서는 그들에게 부와 온갖 불행을 함께 선사하셨다네." 지금까지도 그랬고 앞으로도 그럴 테지만, 이 성자의 얼굴을 한 사람의 말이 단 한 번도 거슬리지 않은 일은 일어나지 않을 테니까.

올루야크는 지대가 높은 곳에 자리한 시골 마을이다. 가파르고 험준한 협곡에 자리한 것이 아니라, 지대가 높은 평지에 있다고 해야 옳을 것이다. 아니, 높은 대지의 높은 절벽에 있다고 하는 편이 낫겠다. 올루야크의 집들은 대부분 이층집이었고 다른 시골 마을의 집들보다 훨씬 가까운 거리에 있는데 마치 하나의 축처럼 마을을 가로지르는 흑천(黑川) 주위에 집결해 있었다. 가파른 지형 때문에 집들은 한 채 한 채 높아졌다. 게다가 마을이 시작되고 끝나는 아래쪽과 위쪽은 점점 더 좁아졌기 때문에 멀리서 보면 마치 태고의 대홍수에 휩쓸려서 이 고지에 밀려 올라온 갤리선처럼 보였다.

갑자기 굽어지는 길이 마을 중간 부분에서 시작되어 산허리와 험난한 절벽을 따라 꺾이고 암벽들 사이에 끼여 있는 드리나 강쪽으로 내려갔다. 이 길로 내려가려면 두 시간, 올라가는 데는 세 시간이 더 걸린다. 바로 이 길을 따라 그야말로 구불구불하게 가라앉는 흑천이 있는데 이 흑천은 이따금 높은 절벽에서 힘차게 몸을 던져 폭포가 되기도 하지만 그 빈약한 물은 다시 대지에 떨어지기도 전에 비와 이슬로 변하고 마는 것이다. 때문에 그 흑천의 물과 접하는 바위는 모두 마치 이끼에 덮이듯 검은 껍질로 갈아입게 된 것이다. 이 물은 식수가 아닌데, 그것은 이제 막 걸음마를 뗀 아이도 알고 있는 터였다.

이렇듯 멀리 고립되어 있는 마을은 지리적 위치뿐 아니라 많은 여러 가지 이유, 특히 곡물의 풍요로움에서 다른 마을들과 구별된다. 비록 지대가 높은 이유로 귀리 이외의 흰색 곡물은 거의 보기가 드물다 해도 이 안개 짙은 변두리 땅에서는 다른 곡물들이 비세그라드 주위의 여느 마을들에서보다 훨씬 더 잘 자라고 열매를 맺었다. 특히 과실, 과실 중에서도 호두가 그랬다. 올루야크 마을은 늙고 어린 호두나무 화환으로 둘러싸여 있었다. 올루야크 마을이 일대의 다른 마을들이 모두 합친 것보다 더 많은 양의 호두를 비세그라드 시장으로 보내온 해도 있었다.

올루야크 마을에서는 모든 것이 잘 자랐지만 사람들만은 예외였다. 올루야크 사람들은 자그마한 키에 구부러진 다리, 넓지만 곧지 못한 등, 유달리 긴 팔과 퍼진 코에 작고 검은 눈을 지닌 평퍼짐한 얼굴을 하고 있었는데 그 얼굴에는 표정이 없고 눈매는 고집스러웠다. 굵고 큼지막한 목은 어깨 부분에서 퍼져 몸과의 구분이 어려울 지경이었다. 장터에 모인 수백 명이나 되는 다른 마을 사람들 사이에서 그들을 쉽게 구별해 낼 수 있는 것은 바로 이런 이유에서였다. 그들의 마을이 자리한 위치 때문에 끊임없이 오르락내리락해야 하는 이유로 그들의 걸음걸이에는 독특한 자세가 배어 있었다. 그리고 그들의 상반신 전체가 거의 뒤로 젖혀져 있었다.

그들은 의심이 많고 좀처럼 말을 하지 않고 거의 노래도 부르지 않으며 늘 일만 하고 돈만 모으는 무미건조한 사람들로 정평이 나 있었다. 그 외에도 올루야크 마을 사람들은 태어나면서부터 남다른 특징이 있다고 알려져 있었다. 올루야크 사람들은 갑상선종의 병이 있거나 절름발이이거나 아니면 어떻게든 눈에 두드러지지 않는 사람이 없는 것 같았다.

그러나 이 고지 마을 출신 사람들의 장점은 일을 하는 데 있어 빈틈이 없다는 것과 인내심, 강하지만 묵묵히 일하는 힘에 있었다. 그들이 거두는 농작물은 다른 마을에 비해 훨씬 더 다양했고 그들이 만든 과일은 다른 마을의 과일보다 품종이나 작황이 우수할 뿐 아니라 수확이나 보존 방법에 있어서도 뛰어났다. 그들은 시장에서 흥정을 하지도 않고 재판관 앞에 설 일도 없지만 자신들이 원하는 가격을 늘 받을 수 있었고 설령 값이 맞지 않아 옥신각신하더라도 결국에는 자신들이 원하는 대로 얻었으며 늘 그래 왔다. 그리고 그들은 대개 자기네끼리 혼인을 맺었다. 그래서 누군가 어떤 이와 먼 친척 간이라면 그 친족의 가계도를 설명하기가 쉽지 않으므로 이 지역에서는 그냥 '올루야크 일가'라고 불렸다.

노인들은 독일 놈들이 보스니아 전체를 점령했지만 올루야크 마을은 얻지 못했다고 말했다. 그 농담은 어느 정도 정확하다고 말할 수 있는데, 오스트리아 점령기에는 올루야크 마을이 거의 전무했기 때문이었다. 이유인즉슨 오스트리아군이 오기 전에 그 마을이 모두 타 버렸기 때문이었다. 바로 이렇게 해서 타 버린 것이었다.

올루야크 마을에는 한 일가가 있었는데, 소수라고도 할 수 없는 무데리조비치가(家)가 살았다. 그 일가의 한 사람이 언젠가 사라예보로 넘어가 학교를 마치고 무데리즈*가 되었다고 한다. 그것은 올루야크 마을에서는 아주 드물고 예외적인 사례였다. 그 무데리즈의 아들 역시 학업을 마치고 모스타르에서 재판관이 되었다. 그는 아버지보다 더 멀리 비셰그라드 마을에서 지내고 있는 자신의 다른 친척들과 더 잘 지냈다. 어느 더운 여름날, 올루야크 가문의 후손이자 모스타르의 재판관인 그가 가족들과 함께 올루야크 마을로 왔다. 이 기회에 그와 그의 아내는 무데리조비치가의 가장 훌륭한 청년을 모스타르 근교의 어여쁘고 부유한 아가씨와 혼인시킬 생각이었다. 올루야크 사람들에게 이것은 신기하고 낯선 일이었다. 마을의 나이 든 사람들은 먼 이방의 사람과 맺는 혼인을 달가워하지 않았지만 야심에 찬 재판관은 그해 가을에 일을 성사시키고 말았다.

아름다운 모스타르의 아가씨가 어느 날 초저녁에 올루야크 마을을 향해 길을 나섰다. 신랑의 어린 남동생과 그녀의 사촌이 그녀를 수행했다. 소녀는 여정에 지쳤다. 정오가 지날 무렵 그들은 돌부리가 무성하고 수풀이 우거져 녹색인 데다 깊고 공포스럽게 흐르는 드리나 강의 위쪽을 지나고 있었는데 강변에는 말의 뼈가 이리저리 굴러다녔다. 그래도 그녀는 이런 것이 동화 속 환희의 나라에 닿기 위해 기꺼이 통과하지 않으면 안 되는 시련쯤으로 여기기로 했다. 그러나 마침내 드리나 강에서 올루야크 마을에 이르는 언덕길에서 거의 수직에 가까운 산길에 들어서자 신부는 이 잔혹한 여정의 끝도 그와 똑같으리라는 두려움을 느끼기 시작했다. 간단히 말해, 그녀는 속은 것이었다. 이튿날 벌써 그녀는 푸른 드리나 강의 노여움과 돌부리투성이의 땅과 가파른 여정을 불평하기 시작했다. 집, 신랑과 모든 사람들이 끔찍하고 낯설고 형용할 수 없을 정도로 싫을 것 같았다.

모스타르로 돌아가는 친척과 작별 인사를 나누며 그의 손에 입을 맞추자 눈물은 나오지 않았지만 절망스럽게 훌쩍이기 시작했다.

"잘 가…… 모두에게 안부 전해 줘."

그리고 그녀는 친척과 그가 탄 말이 올루야크 마을과 바깥 세계를 나누고 있는 어두운 계곡 속으로 사라질 때까지 바라보았다.

주위를 아무리 둘러보아도 이곳에서는 도저히 살 수가 없을 것 같았다. 강제로 죽기는 힘들어도 살 수는 없을 것 같았다. 앞으로 무슨 일이 일어날지 넋 나간 여자로서는 알 길이 없었지만 뭔가 일이 일어나야만 한다는 것은 강하게 느끼고 있었다.

모스타르의 재판관은 도대체 어떤 안목으로 자신의 고향 마을을 보고 이 아가씨를 이곳으로 데리고 온 걸까? 신부는 신랑보다 머리 두 개는 더 컸고 올루야크 마을에서 가장 키 큰 여자보다는 머리가 세 개나 더 컸다. 그녀는 말랐지만 풍성했다. 그 마을 사람들은 모두 폐쇄적이었지만 그녀는 밝았다. 명랑하고 쾌활했다. 반면에 이곳 사람들은 어둡고 지쳐 있었다. 그녀는 놀이와 노래를 좋아했지만 그들은 보이지 않는 어떤 어두침침한 고민과 일에 빠져 있었다. 그녀는 꾸미고 치장하는 것을 좋아했지만 사람들은 그런 그녀를 이해할 수 없다는 시선으로 바라보았다.

이런 모든 차이가 하루 온종일 그녀의 삶을 쫓아다녔고, 점점 더 신랑의 수많은 가족들과 전체 마을 사람들과도 멀어지게 되었다. 하지만 밤이면 신랑은 들어왔다. 그는 진작부터 팬 주름에 아주 어두운 얼굴빛을 지닌 건장한 남자였다. 그의 목은 두툼해서 어깨와 차이를 이루었는데, 매우 의심 많은 사람이기도 했다. 그의 냄새가 가까이 다가올 때면 이미 멀리서부터 그녀는 그것을 느끼고 몸서리쳤다. 땅의 거름처럼 썩은 우유 같은 냄새를 풍겼다. 그는 그녀 곁으로 아무 말 없이 적군처럼 다가왔다. 또 그렇게 똑같은 방법으로 그녀의 곁에서 멀어져 갔다. 그때 그들 사이에 무슨 일이 있었는지는 침묵의 밤과 입을 다문 불행한 여자의 운명만이 알고 있을 뿐이었다.

그녀의 창문들은 언덕을 바라보고 있었다. 안뜰도 올루야크의 모든 다른 것들과 그 주위의 것들처럼 가팔랐다. 그래서 고개를 들고 맑은 가을의 하늘을 쳐다보면 산비둘기가 천천히 날아가는 것이 보였고 그녀는 모스타르 근교의 평야에 있는 고향 마을 생각이 나서 눈물을 집어삼켰다.

과일이 익으면 마을 전체가 분주했다. 그 계절의 올루야크 사람들은 마치 벌집을 건드린 것 같았다. 그저 아무 말도 없이 태어날 때부터 그렇게 하는 것으로 알고 있는 것처럼 어린아이부터 노인에 이르기까지 일만 했다. 이 왜소하고 보기 흉한 인종은 시간도 가리지 않고 가장 거친 일에서 가장 고고한 일에 이르기까지 조금의 힘도 아끼지 않고 그렇게 일만 해 대는 것이었다. 소나무 장작 아래서 밤늦도록 일을 하는데, 불룩한 배에 셔츠만 걸친 두 살배기 어린아이들까지도 밟힌 사과를 들고 어정어정 걸어와서는 그마저도 못 쓰게 될까 봐 아깝다는 듯 작은 절구 속에 던져 넣었다. 마치 눈에 보이지 않는 과수원으로부터 끊임없이 과일들이 반입되었고 점점 더 새로운 짐들이 마차로, 혹은 소가 끄는 수레로, 혹은 사람의 등으로, 갖가지 방법으로 들어오고 있었다. 너도밤나무 아래에서는 잼을 만들기 위해 사과를 잘게 빻는 소리가 울려 퍼지고 안뜰에서는 구리 냄비에 서양 자두 잼이 보글보글 끓고 있고 과일 건조기에서는 연기가 피어올랐다. 왜냐하면 자연 생물이란 결코 버려서는 안 되기 때문이었다. 모든 것들이 매우 주의 깊게 선별되어 모두 저마다 유용하게 쓰여 화폐로 바뀌어야만 했기 때문이었다.

마을 전체에 과일과 발효하는 과즙 냄새가 진동했지만 그중에서 특히 많은 것이 호두였다. 이 마을 수입의 대부분이 호두에서 나오는 것이었으므로 사람들은 호두에 가장 세심한 관심을 기울였다. 그리고 호두를 말려 껍질을 깐 다음, 땅바닥에 산양 가죽을 깔아 놓고 그 위에서 선별하는 것은 여자들의 일이었다. 재주껏 그것을 두들기고 조심스럽게 그것들을 엮어 저 유명한 올루야크 명산물로 만드는데, 껍질을 벗긴 통째의 호두 다음에 말린 서양 자두 한 개씩을 엮어 기다란 목걸이를 만들었다.

말없이 일하는 여자들 틈에는 모스타르의 신부도 섞여 있었다. 여인네들의 손은 넓고 손마디가 굵고 짧은 데다 호두나 과일즙으로 검게 물들어 있었다. 그런 손들 틈에 오래전부터 다듬어져 곱고 둥근 손톱에 붉게 물든 가녀린 손이 섞여 있었다. 비록 그들은 아무 말도 하지 않았지만 — 올루야크의 여자들도 말수가 적었지만 — 경계와 증오의 눈빛은 손에도 어려 있었다. 그리고 이따금씩 생기 없는 여자들의 눈이 신부의 맑고 큰 눈을 못마땅하게 바라보았다. 그녀는 서툴고 아무 생각 없이 일했는데 그런 이유 때문에 올루야크 여자들로부터 증오와 질시를 받은 데다 그녀 자체를 경멸하는 시선도 견뎌 내야 했다. 하루 종일 일대에 흐트러진 호두에 파묻혀 있노라면 그녀는 피할 수 없는 불행과 파멸에 빠져 들어가는 듯했다. 밤마다 꿈에 나타나는 경치도 밝은 모스타르의 녹색 평야가 아니고, 불행을 예고하듯 검은 호두의 산더미가 와르르 무너지는 황무지였다.

그렇게 그해 가을은 지나갔고 힘겨운 겨울도 지나고 봄이 찾아왔다. 올루야크 마을에서는 지금껏 해 온 대로 신부를 친정으로 보내는 것이 관습이 아님을 깨달은 신부의 가족은 마침 장사를 위해 보스니아로 길 떠나는 남동생을 보내 그녀가 어떻게 지내고 있는지 보고 오도록 했다. 그녀는 이 남동생을 그 어떤 형제들보다 사랑했고 그는 친누이를 닮아 큰 키에 잘생기고 금발의 숱이 많은 머리채와 검은 눈빛을 지닌 사람이었다. 예전에도 그는 그녀에게 사랑스러운 존재였으나 이처럼 뜻하지 않게 자신을 찾아온 그는 마치 구원의 천사도 다를 바 없었다. 그는 그녀가 모스타르에서 잃었던 그 모든 것과 이곳 올루야크에서 찾지 못한 모든 것을 발견하게 만든 사람이었다.

청명한 하늘 아래 저만치 올루야크의 가파른 산허리에 말을 탄 사람이 나타났을 때 한눈에 자신의 동생임을 알아보고 너무 기쁜 나머지 눈물을 흘리며 어찌할 줄 몰랐다. 그녀는 자기가 무엇을 하고 있는지도 모른 채 올루야크 마을에선 볼 수 없는 붉은빛의 말갈기를 사랑스럽게 어루만졌다. 저녁 식사 후에도 그녀는 남동생과 떨어지려 하질 않았다. 그녀의 남편은 곁에서 마치 인내심 많은 사형 집행인처럼 서 있었다.

밤이 깊어 남편이 잠든 것을 확인한 그녀는 동생이 누워 있는 방으로 발걸음을 옮겼다. 그의 침대 옆에 앉아 비록 그가 자신의 방으로 돌아가 눕고 싶어 했더라도 그녀는 그에게 오랫동안 낮은 목소리로 말했다. 이토록 견디기 힘든 황무지에서 저 거칠고 끔찍한 난쟁이들과 숲 속 괴물들 사이에서 사는 일이 얼마나 견디기 힘든가를 이야기했다. 일을 할 때는 건강하고 영리한 저 남자가 실제로는 속이 미쳐 버린 데다 밤이면 광기에 빠져 환영을 보고 그와 그의 소유물들이 항상 위험에 빠져 있다는 망상에서 깨어 나오지 못하는 그런 인간이라는 것을 그에게 이야기했다. 이 때문에 무데리조비치 가문의 집에서 살지 않고 일부러 사람들과 동떨어진 이 통나무집에서 쓸쓸히 그녀와 잠을 잔다고 했다. 신혼 첫날부터 그는 베갯머리에 탄환을 잰 피스톨은 물론이거니와, 자기와 아내 사이에 기다란 칼을 놓아두고 있다고 했다. 그것은 별다른 이유 없이, 첫 만남 때부터 생긴 병적인 질투였다. 애정이 없는 질투. 실제, 그것은 고통을 주고 없애 버리려는 병적인 욕구였다. 그녀는 그의 망상에서 잘못된 것을 제거하기 위해 갖은 짓을 다 하고 무기를 없애려는 시도까지 해 보았지만 그것은 오히려 그에게 새로운 의심과 공포를 생기게 만드는 결과만 낳았다. 만약 한 번 더 그런 짓을 하면 죽여 버리겠다고 그녀를 위협한 것이었다. 이렇게 그녀는 기다란 칼을 지닌 과대망상의 남편 곁에 낮 노동에 지친 몸을 누이지 않으면 안 되었다. 밤낮으로 그녀는 눈물 바람이었다. 그녀의 우는 모습을 발견한 시집 식구들은 냉랭하고 단호하게 그것은 단지 신부의 눈물이며 아이가 태어나면 그런 눈물 따위는 멈추게 될 거라고 말할 뿐이었다.

그녀의 길고 흥분된 이야기를 듣고 있는 동안 남동생은 몇 차례 몸을 떨었다. 그는 그때 쿵 하고 탕 하는 이상한 소리를 들은 듯했지만 누나는 남동생의 머리를 어루만지면서 완벽하게 그녀의 것과 닮은 남동생의 커다란 손을 자신의 두 볼에 갖다 대며 그를 안심시켰다. 그러고는 나직이 말했다.

"내 귀여운 동생아, 나를 이곳에서 빼내 주든가 죽여 줘. 네가 할 줄 아는 대로 아무렇게든 해 보렴."

동생은 누나의 뜨거운 말과 애무에서 애써 평정을 지키려고 했다. 그리고 결심이 선 듯 그녀에게 말했다.

"기다려, 잠시만. 잘 생각해 보자고. 내일까지 함께 궁리해 보자.

내가 매형에게 얘기해 볼게. 기다려 봐! 울지 말고, 겁내지 마!"

하지만 여자는 동생을 놓으려 하질 않았다. 물에 빠진 사람처럼 그를 잡고 있었다.

"내 사랑스러운 동생아!"

그때 비로소 그녀는 연기와 물건 타는 냄새를 맡았다. 몸을 웅크리고 자신의 방 쪽을 향했다. 조심스레 문고리를 열어 보았지만 문은 열리지 않았다. 조용히 그러나 세게 밀어 보았지만 허사였다. 밖에서 문이 잠긴 것이었다. 그녀는 완전히 겁에 질려 버렸다. 간신히 동생에게 와서 이 끔찍한 상황을 귓속말로 전했다. 청년은 갑자기 몸을 일으켜 세웠다. 그들은 서로 두 손을 잡은 채 서 있었다. 귓가에는 자신의 피 끓는 소리만 들려왔다.

이런 믿기지 않는 한밤중의 광경을 누가 이해할 수 있고 알 수 있단 말인가. 이성으로는 도저히 생각조차 할 수 없는 모든 것이 불타 버리는 이 처참한 그림을 누가 상상이나 하겠는가. 내일 아침 해가 밝아 오면 이해하는 것조차 도저히 설명하기도 힘든 상황이었다!

바깥에서 누군가 창가의 덧문을 열려는 소리가 들렸다. 청년은 그 창문이 있는 쪽으로 다가갔다. 하지만 그것 역시 닫혀 있었다. 뭔가 육중한 물건이 밖에 쌓여 있는 듯했다. 열려고 해 보았지만 허사였다. 이곳에선 연기 냄새가 강하게 났다. 방 쪽으로 급히 가서 낮은 베란다로 나 있는 문을 열려고 해 보았지만 그 문 역시 뭔가 육중한 것에 막혀 있어 열 수가 없었다. 작은 틈새 사이로 코를 찌르는 듯한 석유 냄새와 타오르는 건초의 숨 막히는 열기가 퀴퀴한 연기와 함께 들어왔다. 청년은 온몸을 던져 그 틈새를 벌려 보려고 노력했으나 도저히 불가능한 일이었다. 그때 어둠 속에서 무언가 날카롭고 무거운 것이 마치 소리 없는 검은 번개처럼 그의 머리를 내리쳤다. 그는 안쪽으로 비틀대며 그 자리에 쓰러졌다. 여자가 비명을 지르며 무릎을 꿇었다. 그러자 그 문의 좁은 틈새로, 모스타르에서 온 청년이 그토록 열려고 했지만 허사였던 바로 그 틈으로 왜소한 체구의 광기에 불타고 있는 무데리조비치가 등 뒤에 기다란 칼을 숨기고 들어왔다. 그는 아주 심하게 연기가 들어오는 문을 닫고 열쇠를 허리춤에 넣고는 공포로 인해 소리도 지르지 못하고 실신해 쓰러져 있는 동생에게 매달리려는 아내 쪽으로 다가갔다.

그렇게 한 시간도 채 지나지 않았을 무렵, 잠을 이루지 못하고 있던 노파 하나가 불이 난 것을 보고 가족을 깨웠다. 부유한 무데리조비치가 자신의 어여쁜 모스타르 출신 아내와 밤을 보냈던 동떨어진 통나무집이 불길에 싸여 있었다. 무데리조비치 가족들이 곡괭이와 물통을 들고 달려왔을 때에는 이미 그 통나무집은 불바다가 되어 있었다. 문도 안쪽에서 잠겨 있어 그 문을 여는 것도 화염 때문에 불가능했다. 집 안과 집 주위가 온통 불길에 싸여 있었다. 사람들 모두 무데리조비치 부부와 그 아내의 동생을 불러 보았지만 대답이 없었다. 집은 소리를 내면서 계속 타다가 마침내 불길 속에 무너져 버렸다. 사람들은 놀라 뒤로 물러섰다.

갑자기 강한 남풍이 불어와 사방에서 바람이 일었다. 불붙은 지붕의 나무판자들이 바람에 불꽃을 피우면서 날개가 돋친 듯 마을을 떠돌았다. 저마다 자기 집 불을 끄느라 정신이 없었다. 사람들은 지붕 위로 올라갔는데 여자와 아이들은 아래쪽에서 절망적인 고함을 질러 대며 어느 곳을 꺼야 하는지 외쳐 댔다. 그러나 불똥은 빠르게 사방으로 퍼져 나갔다. 동틀 무렵이 되자 바람은 더욱 거세졌다.

그날 밤 흑천의 오른쪽, 마을의 절반이 타 버렸다. 구조 작업을 하거나 불을 끄려고 했던 사람들은 부상을 당했지만 다행히 사상자는 없었다. 여자들, 아이들, 노인들과 병자들은 구조되어 강의 반대편으로 옮겨 갔다. 그리고 귀중한 물건들도 대부분 구할 수 있었다. 커다란 마당 안 가운데에는 축축한 사물들이 서로 뒤섞인 채 널브러져 있었다 — 구리 냄비들, 양탄자, 가구들, 장비들과 무기들. 무데리조비치 가문의 한 가족만 눈에 띄지 않았다. 다 타 버린 대들보 사이에서 세 사람의 시체가 모습을 드러냈다. 무데리조비치는 검고 왜소하고 다 타 버린 시체로, 오누이는 형체도 알 수 없을 정도로 모두 타 버린 채 발견되었다.

이런 불상사가 있고 나서도 올루야크 사람들은 왜 이런 일이 일어났는지 깊이 생각해 보고 이유를 찾아보려는 노력은 하지도 않은 채 타 버린 집을 정리하고 새로운 건축에 필요한 자재들을 사들이는 데 급급했다. 만약 그해 여름에 전쟁이 일어나지 않고 오스트리아군이 입성하지 않았다면 적어도 그 집의 일부라도 그들은 지었을 것이다. 하지만 전쟁과 오스트리아군의 입성은 모든 사람들과 이 올루야크 사람들에게는 무척 놀라운 일이었다. 그러나 이듬해 보스니아에 조금 안정이 찾아오자 그들은 마치 개미가 짓

밟힌 개미집을 다시 세우듯 마을 건설에 나섰다.

그들은 이전과 같은 장소에 이전과 똑같은 집과 가축우리, 과일 건조장을 만들었다. 다만 알 수 없는 불상사가 일어났던 무데리조 비치의 통나무집만은 다시 짓지 않았다. 그 가파른 올루야크 마을의 황무지 땅에 대해 사람들이 말을 하기로는, 그전에도 그저 지금처럼 아무 이름도 없는 황무지 땅이었다고만 할 뿐이었다. 그 땅 위에서 해가 비치는 날이면 여자들은 면 보자기를 깔고 호두를 말렸다.

삼사라 여인숙에서 일어난 우스운 이야기

크레셰보의 무테셀림*인 함즈 아가는 근래 들어 수도원에 대해 노골적으로 적대감을 드러내며, 사사건건 심술을 부렸다. 수사들을 사라예보에 고소해서 벌금을 물려 빼낼 수 있는 만큼 최대한 빼내도록 만들었는데, 예를 들면 그들의 초목지도 모두 없애고 그들의 가축에게까지도 해를 미치도록 궁리했다. 그는 아주 오래전부터 수도원 소유로 되어 있던 수로(水路)마저도 자신의 멜론 밭으로 끌어갔다. 이렇듯 호시탐탐 그들에게 해를 끼칠 기회만 노리고 있었다. 수사들은 그럴 때마다 그들이 할 수 있는 모든 방법을 동원했다. 그를 고소하기도 하고 대화를 시도하거나 회유하는 방법도 써 보고 협박도 해 보고 좋은 말로 설득도 하고 뇌물을 주는 방법도 시도해 보았지만 이 모든 것들은 아무 도움이 되지 못했다. 남자는 악에 받쳐 수사들의 모든 것들에 해코지하려 들었는데 그들에게 금전적인 손해를 입히는 것뿐 아니라 싸움으로써 손해를 보게 만들고 온갖 저주를 퍼부어 대는 것이었다.

바로 요즘 들어 수도원에는 커다란 걱정거리와 혼란스러운 일이 생겼다. 함즈 아가가 헤르체고비나에서 포도주를 나르는 수도원의 마부들을 잡아 둔 것이었다. 모두 여섯 개의 짐이 있었는데, 다섯 개의 짐은 수도원에서 쓸 적포도주를 담은 열 개의 가죽 부대였고 한 개의 짐은 성찬식 때 쓸 '미사용' 백포도주를 담은 두 개의 가죽 부대였다.

함즈 아가로서는 수도원을 골탕 먹일 수 있는 절호의 기회였던 것이다. 포도주의 반입과 반출은 금지되어 있었다. 예전에는 정부가 그런 것들을 지나치게 관대하게 방관하고 있던 터였다. 하지만 이제는 그가 수사들을 고통스럽게 하고 벌금을 부과시킬 수 있는 기회를 얻었을 뿐 아니라 심지어 그들의 포도주 일체를 폐기시킬 참이었다.

그 때문에 수도원장 스트예판 람랴크 수사는 너무 흥분한 나머지 주체를 못하고 화병이 나 있었다. 그는 이른 새벽부터 수도원 이리저리로 분주히 다니며 함즈 아가를 설득시킬 방법이나 아니면 그보다 먼저 선수를 칠 방법은 없는지 조언을 구하러 다녔다. 수도원장은 경험과 학식이 풍부한 인물이었지만 쉽게 흥분했고 지나치게 예민했다. 최근 들어 그는 함즈 아가 때문에 잠도 제대로 들지 못하고 평정심을 잃은 데다 그가 상사에게 보내는 진정서에도 스스로 적고 있듯이 이 새로운 무테셀림의 '사악한 간계와 악' 만을 모든 일상에서 보고 있었다.

'연장자들' 이라 불리는 수도원의 가족 구성원들은 모두 병자들인 데다 소극적이고 거의 대부분 자기 방에 처박혀 있기 일쑤였고 이미 수많은 의무로부터 자유를 얻은 터라 대개 수도원에서의 처지에 대해 불만을 품고 있었고 '내부 규정에 따라' 실행되는 모든 사항들에 불만을 품고 있는 터였다. 그러나 이것이 이들의 실제 모습이었으며 일에 있어서도 아무런 영향력을 주지 못하는 이들은 그저 자신들만의 'ius murmurandi'를 가지고 있을 뿐이었는데 이것은 곧 그저 구시렁대거나 그 누구도 더 이상 관심을 갖지 않는 문젯거리를 만드는 권리 같은 것이었다. 그것은 결국 뒤에서 구시렁댈 수 있는 권리일 뿐 그들의 그런 행동에 어느 누구도 관심을 보이는 이가 없었다.

페타르 수사가 해를 거듭할수록 가장 나이 많은 부류에 속하게 되고 병으로 인해 몸을 가누지 못하고 그저 방에만 머무는 신세가 되었다 할지라도 그는 이런 권리를 단 한 번이라도 행사하는 법이 없었다. 오히려 그는 자신을 찾아와 수도원의 일을 맡고 있는 '젊은 수사들'의 방식에 대해 구시렁대기 시작하는 '연장자들'에게 농담과 야유로 응수했다. 예전이 더 나았다고 확신하는 자들에게 그는 언제나 더 나았던 것이 아니고 그저 예전의 일이었을 뿐이라고 대답했다. "예전에 있었던 모든 것은 그저 더 좋을 뿐이지. 하지만 가장 좋은 것은 한 번도 없었다"라며 놀려 대는 것이었다.

하지만 이런 페타르 수사마저도 툭하면 흥분하는 그래서 아주 사소한 일에도 연장자의 권위를 잃고 사소한 일이 터질 때마다 포이니차*로, 수트예스카*로, 심지어 사라예보로 쪼르르 달려가는 지금의 수도원장에게 나무라는 소리를 할 때도 있었다.

그날 아침 내가 페타르 수사의 방으로 갔을 때, 수심에 찬 얼굴로 어찌할 바를 모르는 수도원장과 마주쳤다. 페타르 수사는 언제나처럼 침대에서 베개를 높이 하고 상반신을 일으킨 채 앉아 있었다. 그는 미소와 농담으로 나를 맞았는데 언제나처럼 척추의 고통과 불면증에서 오는 피로감을 늘 미소와 농담으로 얼버무렸다.

"그 불을 잘 좀 지켜 주게나. 아름답지 않은가 말일세. 꺼지지 않도록 조심해 주게, 형제여."

참나무 땔감 뒤의 흙으로 빚은 화로를 손으로 가리키며 그가 소리쳤다.

우리는 포도주로 인해 수도원이 입은 손해에 대한 이야기를 나누고 그 해결 방법에 대해서도 함께 궁리했다.

"손해는 손해지."

생각에 잠겨 있던 페타르 수사가 말을 이어 갔다.

"그토록 많은 포도주라니. 난 포도주를 마시지는 않지만 그 일을 생각할 때면 가슴이 메어 온다네. 브라디나산 적포도주라니 근사하겠지……. 하지만 형제여, 우리의 수도원장도 이상한 사람이지. 저놈의 함즈가 우리를 밀어붙이는데 수도원장이란 자는 '내 말에 안장을 놓으라'고 저리 고함만 질러 대는 것 외에는 아무것도 할 줄을 모르니 말일세, 나 원. 그는 자기가 말을 타고 가다 피곤을 느끼면 이곳에 남아 있는 우리의 상황이 금방이라도 나아질 거라고 생각하니 답답한 노릇일세. 좀 전에도 내가 그에게 말했지. '여보게 앉게나. 가만히 한자리에 좀 있어 보게, 형제여. 생각을 함께해서 좋은 방안을 모색해 보세. 이렇게 사방으로 뛰어다니고 아무에게나 닥치는 대로 하소연한들 무엇이 나아지겠는가. 함즈보다 더 악한 함즈도 있을 수 있단 말일세.' 하지만 수도원장은 들으려고도 하질 않았어. 그래서 또 내가 그에게 말했다네. '자네가 수도원장이 아닌 그 옛날에도 이보다 더한 고통이 있었지만 그 고통을 모두 넘겼단 말일세.' 그랬더니 나더러 그 고통이 어떠했으며 박해가 어땠는지를 설명하라는 것 아니겠는가. 그래서 나는 사라예보의 여인이 아이 낳을 때의 이야기를 들려주었지. '사라예보의 한 여인이 해산을 하는데 너무도 고통스러워 울부짖었다네. 산모의 어머니가 그녀를 달래 주었지. 그만해라. 조금 더 참으렴, 그럼 지나갈 거란다. 그때마다 산모는 자신의 어머니에게 이렇게 말했다네. 엄마는 몰라요. 애를 낳는 것이 얼마나 고통스러운지.' 그랬더니 수도원장이 벌떡 일어나 자리를 박차고 나가는 것 아닌가. 그때 자네가 그를 만난 게지."

페타르 수사는 이마에 여전히 많은 주름이 패어 있었지만 온화한 미소를 짓고 있었다. 그는 마치 혼잣말을 하는 것처럼 조용히 말했다.

"나 역시 고통을 알지 못한다네! 사람들은 내가 질 좋은 면 옷을 걸치고 자라서 한평생 이런 푹신한 의자에 앉아 창으로만 세상을 보고 있다고 생각하지. 그런데 말일세, 형제여! 나도 쓰라린 고통을 겪었다네, 아주 쓰라린 고통을……."

하지만 이쯤에서 그는 입을 다물고 오른쪽 코밑수염을 조금 치켜 올렸다. 그것은 그 스스로 자신에게 화내고 있음을 의미했다. 왜냐하면 자신도 모르게 실제로는 전혀 영리하지 않은 수도원장보다 자기가 더 현명하다고 스스로를 자랑한 것에 대한 일종의 혐오감이었다.

페타르 수사는 잠시 입을 다물더니 갑자기 짧고 조용한 웃음을 지었다.

"내가 결혼했다는 사실을 자네도 알고 있나? 이렇게 수도사 복장을 걸친 내가 말일세. 아니, 실제로 말하면 내가 결혼한 것이 아니라 사람들이 나를 결혼시킨 셈이지. 내가, 바로 내가 결혼을 했단 말일세. 왜 나를 그렇게 보는 건가?"

두 남자는 웃음을 터뜨렸고 수사는 말을 계속했다.

"그러니까, 머릿속에 온갖 생각이 떠오르는군. 그러니까 그것도 아주 오래전 일이었지. 술탄의 대리자가 사라예보에 왔을 때 얼마나 많은 사람들의 목을 베고 주타 타비야에서 교수형을 집행했는지 모른다네. 그 당시에는 술주정뱅이에다, 부랑자다 할 것 없이 강도들까지 부지기수로 생겨났으니 술탄의 특사가 올 수밖에 없었지. 왜냐하면 한동안 거리를 모두 통제하는 바람에 모든 상권이 마비되고 법을 준수하는 사람들은 감히 집 밖으로 나설 엄두도 못 낼 지경이었으니 말일세. 그때 특사는 각 종교, 각 종파로 하여금 자기 신자들의 질서와 평화를 위해 책임질 수 있는 보증인을 내세우도록 요구했지. 그래서 당시 우리 수도원도 그런 보증인을 두 명 내세웠지. 지금은 작고하신 미요 코지나 수사와 나였지. 그 당시 수도원장이었던 일리야 즐로우시치 수사는 근검절약하는 인물로 아주 강직한 성격에 노련하고 현명한 트라브니크 출신이었다네. 사람들은 그를 가리켜 '비지르의 지성을 갖춘 인물'이라고 했지. 그는 우리를 따로따로 불렀네. 그리고 미요 수사에게는 말하기를, '난 자네가 이성적이고 차분한 성정에다 연장자의 노련함을 지녔기 때문에 파견하려 하네. 왜냐하면 페타르 수사는 젊고 참을성이 부족하기 때문에 우리를 궁지에 몰리게 하지나 않을까 걱정이 앞서거든.' 그러고는 다시 나를 불러 말하기를, '자네도 알다시피 미요 수사는 신앙심이 두텁고 품성이 착하기는 하지만 우둔하고 소심한 구석이 있으니 젊고 민첩하고 재주가 많은 사람이 없으면 보내기 힘든 인물이란 말일세. 그런데 바로 그런 인물이 자네란 말이지. 하지만 두 사람 다 걱정할 것은 없네. 이미 술탄의 사절이 악당을 모조리 퇴치해서 거리와 마을이 안전하다고 하니까 안심하고 길을 떠날 수 있을 거야.' 그래서 우리는 길을 나섰지. 성령 강림일을 사흘 앞두고 말일세. 그래서 더더욱 나서고 싶지 않았지만 말일세. 첫째 날은 무사히 보냈지. 이튿날 비소코 근처에 있는 삼사라 여인숙에 당도했다네. 그런데 그때 무장한 터키인이 길을 가로막더니 '자, 어서 여인숙으로 들어가' 하는 게 아니겠나. 우리는 그 여인숙에 묵지 않고 그냥 지나칠 생각이었지만 어쩔 수 없이 들어가야만 했지."

이쯤에서 페타르 수사는 마치 기억을 되짚어 보기라도 하듯 잠시 쉬었다가 이내 편안한 음성으로 활기 있게 말을 이었다.

여인숙 안에서는 이상한 무리가 그들을 기다리고 있었다. 그들과 마찬가지로 그렇게 밀려 들어와야만 했던 농부들, 상인들과 여행객들이 수도 없이 많았다. 위층에는 무장한 터키인들이 앉아 있었다. 언뜻 보기에 터키인들은 열 명, 아니 열두 명 정도 되어 보였다. 위쪽에서 우렁찬 말소리와 때때로 노랫소리도 들렸다. 사람들과 가축의 움직임과 요란한 소리들로 여인숙을 가득 채운 것이 마치 잔칫집을 연상시켰다. 다만 위층 발코니에서는 신나서 떠들어 대고 있는 데 반해 아래 마당에서는 숨을 죽이고 침울한 표정이었다. 모두들 각자 자기의 말이나 짐 옆에 앉아 무슨 일이 일어날지를 기다리고 있을 뿐이었다.

두 명의 수사는 발코니 바로 밑에 자리를 차지하여 그림자 속에 있는 데다 길가로부터 조금 떨어져 있는 셈이었다.

페타르 수사는 비소코에서 온 사람들과의 대화에서 지금 이 여인숙을 차지하고 있는 사람이 제모 카흐리만이라는 것과, 술탄의 대리자가 사라예보에서 쫓아내는 바람에 이렇게 지역들을 다니며 행패를 부리고 있다는 것을 알아냈다. 제모와 그 일행들은 어제 아침부터 술을 마시기 시작해서 오늘 아침부터 닥치는 대로 이렇게 여행객들을 여인숙에 가둬 두고 있었던 것이다. 어떤 이들은 몸값을 지불해야 한다면 그렇게 할 테니 풀어만 달라고 애원했지만 위에 있는 자들은 들으려고도 하지 않았다. 오히려 술에 취해 난폭해진 제모는 아래층에 사람들이 가득 찰 때까지는 절대 풀어 줄 수 없다고 윽박질렀다. 이유인즉슨 사라예보에 있는 주타 타비야에서 주인 행세를 하고 있는 것이 술탄의 대리자라면 여기 이 지역에서는 제모 자신이 왕이라는 것이었다. 그래서 이 거리를 열고 닫는 것은 술탄의 대리자가 아니라 자신의 마음에 달려 있음을 보여 주는 것이라고 했다.

품성이 고운 연장자지만 지략이 없는 가여운 미요 수사로서는 도저히 이해할 수 없는 일이었다. 그는 꼬치꼬치 캐묻고 설명을 요구했다. 왜냐하면 그로서는 이런 어리석은 올가미 같은 것이 이해되지 않았기 때문이었다. 페타르 수사는 비록 나이는 어렸지만 그를 진정시키고 그에게 이 사태를 설명해 주었다.

"험악하고 거센 세월이 되었습니다. 보시는 대로 말입니다. 오랫동안 수도원에만 계셨으니 모르실 수밖에요. 이런 세월에는 모든 악들이 기승을 떨게 마련이지요. 꼬치꼬치 캐물을 필요도 없이 어찌하면 여기서 빠져나가 사라예보로 가게 될는지를 궁리해야 합니다."

경험이 부족하고 소심하고 겁 많은 사람들이 그러하듯 미요 수사는 자기 주위에서 일어나는 일을 파악하지도 못했고 자기가 어떤 위험에 처해 있는지도 깨닫지 못할 뿐 아니라 이 난데없이 일어난 재난을 더욱 의심하여 어둠을 지배하는 환영에 사로잡히게 된 것이었다. 그럴 때마다 페타르 수사가 그에게 주의를 주고 그를 진정시켜야만 했다.

"설마, 우리를 노예로 팔아 치우려는 건 아니겠지?"

미요 수사가 조용히 물었다.

"아닙니다. 아니에요."

페타르 수사는 마치 어린아이에게 하듯 대답했다. 그는 미요 수사의 천진난만한 생각을 막아 내고 이 끔찍한 고난에서 어떻게 하면 탈출할 수 있는지를 곰곰이, 하지만 끊임없이 생각하고 있었다.

그러나 또 몇 분이 채 지나지 않았는데 미요의 질문이 속삭이듯 끊이지 않고 이어졌다.

"저 나쁜 놈들이 여인숙 앞에서 우리의 목을 한 사람 한 사람씩 자르지는 않을까?"

"아니, 아니라니까요. 그럴 리가 없어요."

"어떻게 안 그럴 거라고 생각하나?"

그리고 다시 침묵이 흘렀는데 그 침묵 속에서 페타르 수사는 한 가지 생각에 전념해 있었고 미요 수사는 온갖 두려움의 가능성을 떠올리며 새로운 질문을 준비하고 있었다.

무더운 6월의 하루가 천천히 지고 있었다. 여인숙의 네모진 안뜰에는 제모의 부하들이 길에서 잡아들인 열다섯 명가량의 농부와 시민들이 모여 있었다. 위층 발코니에 있는 사람들은 점점 더 생기를 띠어 갔다. 그들 중 어떤 이들은 제모의 명령을 수행하기 위해 혹은 아래층에서 뭔가를 가져가기 위해 내려오곤 했다. 그들 모두 강도들이기는 해도 어마어마한 총을 숙련되지 못하게 다루는 아직 철도 들지 않은 풋내기들에 지나지 않았다. 잠도 자지 않고 얼굴도 씻지 않은 자들은 그들의 강도 습성이 풍기는 대로 옷을 입고 음식을 먹고 있어 영락없이 우스운 꼴을 하고 있었다. 어떤 자들은 맨발에 찢어진 바지에 실크 천으로 끝 처리를 한 값비싼 장식의 조끼를 걸치고 있었다. 또 다른 자들은 꼬질꼬질한 셔츠에 가장 질 좋은 가죽으로 된 육중한 부츠를 신고 있었다. 그런가 하면 또 어떤 이들은 태양이 이글거리고 찌는 듯한 더위에도 불구하고 모피로 부분 장식을 한 옷을 걸치고 있었다.

마찬가지로 그렇게 이상한 차림새의 여자들도 계단을 오르락내리락했다.

날은 저물고, 새로운 여행객은 더 이상 나타나지 않았다. 여인숙에 갇혀 있는 사람들 사이에서는 불안과 공포, 혼란이 끊임없이 자라고 있었다. 페타르 수사는 현명한 사람들과 대화를 나누었다. 어떻게 해야 할지 서로 상의했지만 뾰족한 해결 방법을 찾지는 못했다. 그저 걱정에 찬 눈으로 서로를 바라볼 뿐이었다. 마당에는 어스름이 자리해 있었고 발코니에는 어딘가에서 지고 있는 태양 빛이 붉게 비쳤다. 위쪽에서 남성과 여성의 노랫소리가 들렸다. 발걸음이 울려 퍼졌고 웃음소리가 쏟아지는 가운데 그 어떤 좋은 것도 약속하지 않은 밤이 빠르고 가차 없이 내렸다. 그 밤을 기쁘게 기대하고 있던 위층 사람들보다는 대부분 겁에 떨고 있던 사람들이 있는 마당에 더 빠르게 내려앉았다.

마당에 있던 시민 몇몇은 자신들이 있는 이상한 자리에 밤이 가져올 수 있는 공포를 가까스로 감추려 하고 있었다. 걱정에 찬 사람들은 불안에 떨며 귓속말을 나누었고 그들의 운명을 지을 결정이 떨어져 내릴 위쪽을 향해 목을 빼고 앉아 있었다. 농부들은 언제나 가장 평온했다. 왜냐하면 그들은 자신들에게 닥칠 위험에 대해 거의 공상을 하지 않았고 그저 천천히 빵을 씹어 먹거나 잠을 청하거나 잠이 든 체하고 있을 뿐이었다. 수사들은 위험에 처했을 때 올리는 기도문과 저녁 기도문을 쉴 새 없이 속삭여 댔다. 미요 수사는 페타르 수사에게 특별한 기도문을 외울 것을 제안했지만 페타르 수사는 그 기도문을 외울 시기가 분명 올 거라는 말로 그를 안심시켰다.

그들 중 몇몇이 여인숙 주인 오메르에게 음식도 사고, 혹은 초를 사거나 앞으로 어떻게 될지 의견도 물을 겸 그에게로 갔다. 여인숙 주인은 난로 끝의 텅 빈 자리에 앉아 있었는데 그곳에선 제모의 부하들이 자기들 먹을 음식을 굽고 조리를 했다. 한데 그의 곁을 지나가면서도 마치 죽은 사람을 대하듯 눈길조차 주질 않았다. 그는 거구의 몸집이었지만 자신이 태어난 이 집에서조차도 아무 힘이 없는, 핏발 선 퀭한 눈에 굽은 등의 영락없는 노인네 모습이었다. 사람들이 물을 때마다 머리는 흔들지도 않고 그저 어깨만 들썩이며 무장한 사람들에 대해서는 아무것도 모른다는 태도를 보였다. 그러다가도 여행객들이 귀찮게 물어오면 힘없이 성을 내며 대답했다.

"모릅니다, 여러분들. 내가 이 집에서 무엇인가요? 보시다시피 이건 내 여인숙이 아니라오. 내가 생각해도 가장 좋은 방법은 이 여인숙이 생겨났을 초기처럼 사방 모퉁이가 모두 타 버리도록 불을 지르는 것이라오."

그리고 다시 악의에 차고 분노에 가득한 침묵으로 빠져들었다. 이 역시 수심에 찬 사람들을 달랠 수는 없었고 그들 역시 어둠이 정복해 버린 그 어둠 뒤로 공포와 기다림에 차 있는 마당으로 돌아올 뿐이었다.

마침내 어둠이 내렸다. 마당에서는 겉으로 보이는 무딘 무관심 때문에 그 밤에 벌어질 수도 있는 온갖 것들로 두려움에 떨고 있는 사람들이 모여 있었다. 그 무관심의 이면에는 타인에게도 그러하듯 자신에게도 한결같이 냉정하고 가혹하며 자기의 개성과 자신의 신성함을 방어하기 위해 온통 집중되어 있는 동양 사람들만의 절망적이고 감추어진 노력이 숨어 있었다. 마당에 갇혀 있는 수인들과 위층 발코니에서 흥청대는 제모와 그 일행들 간에 어둠과 함께 이상한 게임이 시작되었다.

그때 여인숙에서 일어난 일은 정말로 추하고 우습고 믿기지 않는 일이었다. 하지만 그건 그 당시 보스니아 전체에서 주야로 볼 수 있는 광경에 지나지 않았다. 다만 이곳에서는 모든 일이 좁은 공간 안에서 소수의 사람들이 참여하여 일어났다는 점이 다를 뿐이었다. 그것은 질서도 정의도 없는 시대에 강자의 폭력이 언제나 그러하듯 무의미하고 야만스럽고 부조리할 뿐이었다.

마부들 몇몇이 숙련되게 숨어서 작은 불을 지피자 이를 본 도적 하나가 칼을 빼 들고 아래로 달려 내려와 대장님 앞에서 함부로 불을 피우다니 이런 무례한 경우가 어디 있느냐고 질책하며 욕을 퍼부어 대면서 송장을 만든 뒤 불에 처넣어 버리겠다고 으름장을 놓았다. 그러자 겁을 집어먹은 마부들이 마치 촛불을 끄듯 맨손으로 불을 꺼 댔다. 어둠 속에서 아첨을 떠는 다른 수인들의 목소리들이 울려 퍼졌다.

"꺼! 불을 끄란 말이야!"

멍청한 도적은 임무를 완수한 것이 자랑스럽다는 듯 칼을 휘두르며 발코니로 돌아갔다.

그 일이 있은 지 한 시간도 채 지나지 않아 마당에선 두세 군데 자그마한 불들이 지펴졌건만 이번에는 아무도 관심을 두는 이가 없었다.

밤이 점점 짙어 가면서 마당의 수인들은 위에서 내려온 도적 떼들과 함께 어울리게 되었다. 그들의 지배자에게 잘 보이기 위해 마당의 많은 사람들이 그들과 섞여 하나가 되려 하면서 혼자 흥에 겨운 듯 덩실거렸는데 그 어떤 행위로도 그들을 자극하거나 의심을 받는 행동은 하지 않으려고 애를 썼다. 그러다 보니 많은 사람들이 위에서 아래로 내려오고 또 아래에 있는 사람들도 자연스레 발코니 위로 올라가게 되었다. 두 수사의 위치도 애매해져서 그들은 아예 자는 시늉을 하고 있었는데 그들의 머리 위에서는 마치 지옥의 옥탑방처럼 나무 계단이 삐걱거렸다. 그들에게도 차례가 올 것은 시간문제였다. 지펴 놓은 불에서 나는 빛과 제모의 부하들 손에 들려 있는 막대기에서 나는 불빛으로 여인숙과 마당 전체가 대낮처럼 밝았다. 마침내 그들 중 한 사람이 마치 한 쌍의 새처럼 쪼그리고 있는 두 수사를 일으켜 세워 발코니 위로 데리고 올라갔다.

위층에서는 술에 취한 고함 소리가 그들을 기다리고 눅눅한 방 안에서 퀴퀴한 땀 냄새와 라키야 냄새가 진동하고 있었다. 노랫소리가 끊기더니 점잔을 떠는, 조롱하는 듯한 목소리들이 울려 퍼졌다.

"수사 양반들! 오, 성직자들이여! 자, 형제들이여, 어서!"

미요 수사는 마치 순교자처럼 두 눈을 내리깐 채 서 있었고 페타르 수사는 당황한 표정으로 두 눈을 깜빡거리면서도 이 혼란스러운 상황과 소란 속에서 어떻게 처신해야 하고 어떻게 대답해야 하는지를 생각해 내려고 애썼다. 그는 도둑의 무리가 이토록 현란

하고 소란스럽다고 해도 이를 움직이는 중심이 있으며 그 중심을 통해 사람들이 모이고 있다는 사실을 이내 알아차릴 수 있었다. 그것은 바로 이 소란 속에서 한가운데 자리를 차지하고 앉아 있는 제모였다. 진탕 술을 마시는 난장판이 계속되었는데 제모의 의지와 취향에 따라 그 수위를 점점 더 높여 가고 있었다. 이 집단의 사람들은 하나같이 방종하고 난폭한 자들이었지만 그 와중에도 그들은 제모를 주시하며 그의 눈짓과 팔의 움직임에 따라 제어될 준비를 하고 있는 터였다. 그 어떤 것도, 심지어 술마저도 그들은 자유롭게 마실 수가 없었다. 이곳에서는 분명 그 한 사람을 제외하고는 어느 누구도 자유롭지 못했고, 그 한 사람만이 잔혹하고 음흉스럽고 웃음기라곤 전혀 없이 스스로와 동료들에게 억압적인 그런 존재일 뿐이었다.

이 무한의 권력과 위험천만한 권력 속에 있는 '사령관'이란 자는 외모로도 다른 이들과 차이를 갖고 있었다. 작은 키에 구부러진 다리를 하고 있었고 허리통은 새로운 가죽으로 된 커다란 벨트 안에 쑤셔 넣었고 또 그 안에는 무시무시한 무기가 숨어 있었다. 묵직한 권총 두 자루와 단검 몇 개가 눈에 띄었는데 그것을 지탱하기 위해 사령관은 항상 배를 내밀고 있는 듯했다. 굽은 다리 때문에 빈약한 하체는 가죽으로 된 혁대와 번쩍이는 무기를 눈에 띄게 만들었고 기다란 두 팔과 힘센 붉은 주먹들을 쥔 강한 몸체가 균형에 맞지 않게 움직였다. 그 몸통 위로 우스꽝스러운 머리에 작은 얼굴, 드물게 난 턱수염에 그보다 더 드문 콧수염, 또 그 얼굴에 커다랗고 얇은 입, 어린 야생 동물에게서나 볼 수 있는 상처

자국으로 난무한 두 볼. 탁한 눈과 그 위로 난 까맣고 얇은 눈썹, 미간에 깊게 팬 검은 주름살은 상서롭지 못한 것을 예견한다고 해서 사람들은 그것을 가리켜 '사생아'라고 했다. 건방지고 뻔뻔스러운 외모는 어느새 침착성을 잃고 있었다. 도적은 이렇듯 잡다한 부분으로 구성되었는데, 어떤 부분은 미천한 신분과 타고난 이상 체질을 말해 주고, 또 어떤 부분은 주저 없이 무한히 행사할 수 있는 힘과 결단력을 보여 주고 있었다. 바로 이 결단력이 공포의 씨앗을 뿌리고 주위에 심상치 않은 분위기를 감돌게 하는 것이었다.

이 왜소한 사내는 천성적으로 깊고 우렁찬 목소리를 지니고 있었다. 그의 말은 고르지 못하고 계속 문장을 끊어 가며 말하는 것이었다. 한두 마디 하다가 이내 말이 막히는가 하면 또 말할 필요가 없음에도 갑자기 말을 시작하는 그런 식이었다. 그것은 일종의 말 더듬이었는데 어떤 단어의 음절과 음절 간의 더듬거림이 아니라 단어와 단어 간의 더듬거림이었다. 매번 문장마다 말을 끊었는데 이유인즉슨 필요 이상의 것을 이야기하거나 자신의 위대함에 걸맞게 말했는지 늘 두려워했기 때문이었다. 그런 침묵 뒤에는 언제나 한 문장씩 꼭 덧붙였는데 그 역시 할 말을 하지 못한 것 같은 미진함이 남아 있다고 생각했기 때문이었다. 사실, 그의 언급과 그의 침묵은 전혀 연관성이 없고 그저 우연한 울림일 뿐이었는데 그것은 그의 내부에서 끓어오르는 수수께끼 같은 것이었다. 그리고 그것은 가끔씩 그 거친 문장들 속에서 끊기고 있었다.

두 수사가 들어왔을 때 비소코에서 온 몇몇 상인들이 마침 제모와 이야기를 나누고 있었는데 그들은 제모에게 뻔뻔스럽게도 아첨을 떨었다. 그에게 아첨을 떠는 것은 그리 쉬운 일이 아니었는데 제모가 그들의 아첨을 경멸과 매정한 오만함으로 물리치고 있었기 때문이었다. 결국 그들이 할 수 있고, 할 줄 알았던 그런 것들은 제모의 숨어 있는 바람과 기대에도 전혀 못 미칠 정도로 거리가 아주 멀었다.

비소코에서 온 상인 하나가 이곳에서 대장이자 연장자는 제모한 사람뿐으로, 사라예보의 회교 신부도 아니며 보스니아의 비지르도 아니라는 말을 한 것처럼 보였다. 그러자 사령관은 그를 거칠게 가로막았다.

"난 아가도 베그도 파샤도 비지르도 아니다. 난 사라예보 너머 고리차에서 술탄의 대리자와 그의 부하들이 교수형을 처하기 위해 기다리고 있는 '길가의 도적'이고 '사생아'이고 '강도'다."

그래도 사람들은 그의 감정을 자극하지 않으려고 눈물겨운 노력을 기울이며 계속 아첨을 떨었다. 그러다 누군가 술탄의 대리자에게 욕을 퍼부었는데 제모는 그 말 역시 가로막고 무서운 눈빛으로 좌중을 침묵시켰다.

"그게 바로 나란 사람이지. 술탄의 대리자는 대단한 자리이고 높은 자리이지."

모두 제모의 환심을 사기 위해 어떻게 말을 이어야 할지 어디쯤에서 흥을 돋우어야 할지 몰라 좌불안석 침묵을 지키고 있었다. 그때 사령관의 오른쪽 입가에 사나운 경련이 일었다. 그러고는 사령관이 몸을 곧추세우더니 자기 앞에 놓인 이상한 모양의 알록달록한 잔에 들어 있는 라키야를 단숨에 마셔 버렸다. 그러한 행동은 그 자리를 이내 편안한 분위기로 만들었다. 모두 술잔을 들었고 다시 대화는 생기를 띠었는데 대화의 내용이란 게 각양각색인 데다 천진난만하기 짝이 없는 것들이었다.

날카롭고 악의에 찬 사령관의 시선은 널찍한 발코니 주위를 둘러보고 있었다. 페타르 수사는 미요 수사가 이건 분명 책들에서 일컫는 '무신론자의 비밀'이라고 귓속말로 막 이야기하기에 그의 입을 막으려 하는 순간에 그 시선이 두 사람에게 멈추었다. 그들을 제모 앞으로, 저 비어 있는 환한 원으로 끌어내는 데에는 몇 가지 동작으로 충분했다. 그렇게 해서 지금 발코니 중앙에 신부 옷을 걸친 우스꽝스러운 모습의 두 사람이 서 있게 된 것이다.

"당신 둘은 어디서 왔소?"

저만치 높은 곳에서 제모가 물었는데 어찌나 높았던지 당황한 두 명의 수사는 그저 두 개의 밀알로 보일 뿐이었고, 동시에 다른 사람들 역시 그 이상의 것으로도 보이진 않았다.

"대장, 크레셰보에서 왔습니다. 그곳에 우리 수도원이 있지요."

미요 수사가 대답하기 전에 페타르 수사가 재빨리 대답했다.

"그럼, 어디로 갈 참이었소?"

제모가 이어 제법 부드러운 음성으로 물었지만 페타르 수사는 이내 그것이 좋지 않은 것임을 알아차렸다.

"사라예보의 술탄 대리자에게 고자질이나 하러 가는 건 아니었어?"

"그럴 리가요, 대장님. 우린 불평할 것도 없을뿐더러, 그 어떤 일에도 끼어들고 싶질 않아요. 우린 그저 우리 일만……."

"그건 그렇고, 자네들 처는 어디 있느냐?"

이번에도 제모는 종전과 같은 부드러운 음성으로 그들의 말을 가로막았다.

페타르 수사의 말에 의하면, '에, 그때 나는 악마가 우리더러 무엇을 물어야 할지 그에게 귓속말을 하고 있는 걸 보았지. 게다가 내 동료인 미요 수사는 성격이 어찌나 급했던지 내가 대답하기도 전에 그저 생각나는 대로 대답하는 사람이었으니까'.

"우린 아내가 없지요. 결혼하지 않았거든요."

제모가 뾰족한 아래턱을 내밀었다.

"어허, 아내도 없고 결혼도 하질 않았으니, 오늘 저녁 내 자네들을 장가들게 해 줌세. 피로연도 성대히 치러 주지. 어떤가?"

모두들 주의 깊게 그 얘기를 들으며 이제 두 명의 수사가 화제에 오른 것에 만족하고 있었다. 웃음과 농담, 사령관에 대한 아첨이 다시 계속되었다. 숨을 죽이고 있던 노랫소리가 활기를 되찾고 초반에는 조용하고 어색하더니 이내 강해지고 나아지는 통에 흥이 더 돋우어졌다.

"결혼! 신부님들의 결혼이라!"

"자, 어서 저분들을 장가들이세. 한 번에 두 분을 함께 말이야."

"신부님들이 신방으로 드신다!"

사령관의 부하들이 서둘러 뛰어가 이곳에 붙들려 있는 여자들 가운데 '두 명의 특별한 기독교 신자들'을 명령대로 골랐다.

이쯤에서 페타르 수사는 잠시 말을 멈추고 마치 기억을 되살려 그때의 절박했던, 하지만 이제는 퇴색한 장면을 묘사할 말들을 애써 찾으려고 노력했다. 마침내 그의 얼굴에 독특한 부드러운 미소가 떠오르면서 안쓰러웠던 기억의 모든 것을 그 미소 속에 감싸고 말을 이어 갔다.

"미요 수사와 나는 그저 서로의 얼굴을 쳐다보았지. 난 그에게 아무 말도 하지 말라고 라틴어로 속삭이듯 말했지만 그는 분개해서 계속 뭔가 말하려는 눈치였어. 미요는 더도 덜도 아니고 제모에게 '신성한 사물이 신성한 사물을 범할 수는 없다'라는 걸 이해시키고 신부들을 장가들게 하겠다는 생각이 죄악이며 수치스러운 일이라는 걸 깨닫게 하려고 했지. 내가 그에게 귓속말을 했어.

'그만두세요. 우리가 지금 처해 있는 상황을 직시하시라고요.'

그러자 미요 수사가 말하기를, 우리의 신성한 종교를 지키고 이곳에서 순교자로 목숨을 잃는 게 차라리 낫겠네 하시는 거야.

'하지만 형제여, 누구의 손에서 그걸 지키는 것입니까. 이 주정꾼 도적들로부터 말입니까. 과연 이곳이 신앙을 지키고 그 때문에 죽어야 할 장소냐고요. 죽어서 '순교자 명부'에 이름이 오르는 건 쉬운 일이지요. 하지만 그보다 아무 죄도 없는 우리에게 내린 이 재난을 면할 방법부터 찾는 게 우선이지요.'

난 진땀을 흘리며 그에게 말했지. 왜냐하면 제모의 저주받은 작태와 극악무도한 행위에 지친 데다 미요 수사의 광기로 가득한 언사에 잔뜩 지쳐 있었거든. 가슴이 답답하고 생각은 정지되고 어떻게 이 난관을 극복해야 할지 머리가 아찔했지. 게다가 우리 곁에 선 사람들의 웃음소리와 놀이판이 끊이질 않았어. 그 와중에도 사령관만은 무거운 침묵을 지키며 미친개처럼 곁눈질로 우리 두 사람을 노려보고 있었지.

사령관과 그의 부하들 그리고 본의는 아니지만 우리를 골탕 먹이고 있는 그곳의 터키인들에게 제대로 된 놀잇감이 생긴 셈이었지. 그중에서도 여기서 발이 묶인 터키인들이 가장 신나서 적극적으로 참여했는데, 왜냐하면 이들은 수사들의 결혼식만이 제모의 주의를 끌 수 있는 유일한 것이라고 여겼기 때문이었다네. 하지만 그들의 이러한 지나친 열의가 오히려 속셈을 드러낸 탓에 그들의 기도는 수포로 돌아가고 기대에 반해서 수사들을 그 이상의 고뇌와 치욕으로부터 구출하는 결과를 낳게 했지.

반쯤 술에 취한 사람들의 날카로운 웃음과 그런 익숙함 속에서 사람들은 제모의 얼굴이 흐려지고 아래턱이 유난히 삐져나오는 것을 눈치채지 못했던 거지. 그의 얼음같이 차갑고 음험한 시선이 수인들을 훑어보다가 비소코에서 온 이발사에게서 멈춘 거야. 왼손 집게손가락으로 턱을 긁으며 새로운 희생자에게서 눈을 떼지 않고 사령관은 잇새로 중얼대듯 주위의 부하들에게 명령했지.

'가장 입을 크게 벌리고 웃는, 저 붉은 털이 난 녀석을 묶어라.'

명령이 떨어지기 무섭게 두 남자가 사령관의 시선이 멈춰 있는, 목구멍에서 웃음이 걸리고 만 이발사에게 달려들었지. 사람들 중에서는 사태의 변화를 깨닫지 못하고 여전히 웃는 자들도 있었지만 두 부하는 어쩔 줄 몰라 하는 이발사를 포박해서 발코니 위의 다락방을 지탱하는 큰 기둥에 매달았지.

'아이고, 이러지 마십시오. 저도 터키인입니다, 같은 종교 신자라고요! 제모 선생님! 제발요, 난 그저 농담이다, 소극(笑劇)일 뿐이라고 말했어요. 모두들 웃기에 저도 따라 웃었을 뿐이지요. 용서하십시오, 부탁입니다!'

곤경에 처한 이발사는 더듬거리며 농담이었다고 변명했지만 그의 말을 들어주는 이는 아무도 없었지. 그렇게 갑자기 발코니에서의 상황은 완전히 뒤바뀐 셈이었어. 도시에서 온 사람들은 사령관의 변덕이 자기들이 아니라 그 이발사에게로 옮겨 가자 천만다행으로 느꼈지만 그래도 이 새로운 희생자에 대해 웃어야 하는 건지 아닌지 어리둥절해하며 사령관의 마음을 읽으려고 그의 안색을 살폈지.

사령관이 포박당한 이발사를 향해 자신의 술잔을 들었어.

'그렇지, 에펜디야. 이제 실컷 웃어 보자고!'

모두 억지로 거짓 웃음을 지어 보였지. 이발사도 자신의 재난을 순간적인 어이없는 농담으로 받아들이는 것이 가장 현명한 방법이라 생각하고 따라 웃으면서 사령관에게 애원하는 듯한 시선을 보냈지.

더 이상 어느 누구도 수사들에 대해 혹은 그들의 결혼식에 대해 생각하는 자들은 없었지. 순간 새로운 희생자 주위의 소동은 더욱 요란해졌지만 그동안에도 사람들은 이발사의 운명이 언제 자기들에게 영향을 미치지 않을까, 제모의 새로운 명령이 자기들에게 떨어지지 않을까 전전긍긍했는데 그건 아무도 모를 일이었지. 중요한 점은 수사들이 운 좋게도 더 이상 재밋거리가 아니었다는 거야.

수사들은 사령관이 군림하는 밝은 불빛 아래 중앙에 그려진 좌

중에서 빠져나왔어. 수사들에게 눈을 떼지 않고 그들의 혼례식을 거행할 역할을 담당한 도적의 손에 슬며시 은화 한 닢을 쥐어 주었지. 덕분에 우리 둘은 남몰래 계단을 내려와 사람들 눈에 띄지 않는 기둥 뒷자리로 다시 돌아올 수 있었지. 그렇게 우리 둘의 존재에 대해 사람들은 잊게 된 거야."

페타르 수사는 이야기를 멈추더니 마치 오랜 세월이 지나도 그의 기억 속에 남아 있는 짐을 몰아내듯 다시 말을 이어 나갔다.

"그렇게 우리는 기적처럼 살아났지. 왜냐하면 미요 수사의 기술이나 나의 용기로는 빠져나온다는 것이 도저히 불가능했거든."

그곳, 그들이 먼저 있었던 그 장소는 어두침침하고 조용했다. 어느 누구도 더 이상 그들을 귀찮게 굴지 않았지만 기도를 할 수도 잠을 잘 수도 없었다. 왜냐하면 그들 머리 위에서 쿵쿵대는 소음과 흥청망청 떠들어 대는 소리가 점점 더 심하게 들려왔기 때문이었다. 춤과 노래는 농담으로 바뀌었고 희생자들의 비명 소리로 판단해 보건대 그것은 점점 더 광기를 띠었고 더욱 사나워졌다. 특히 살을 에는 듯한 여자들의 비명 소리가 절정을 이루었다. 모든 춤과 노래가 그렇듯이 모든 농담도 갑작스레 중단되고 제모의 움직임만 있을 뿐이었다. 그런 완벽한 정적의 순간이 몇 분 지속되더니 이내 새로운 놀이와 새로운 소동이 벌어졌다. 그때마다 두 수사의 머리 위에 놓여 있는 발코니 마루가 더 이상 견뎌 내지 못할 것 같았고 그 밑에 깔려 완전히 묻혀 버리는 건 아닐까 조마조마했다. 소동은 그렇게 새벽까지 계속되었다.

그리고 날이 밝아 오자 위층 발코니에는 더 오래 정적이 흘렀다. 단지 제모만이 말을 하고 있는 것처럼 보였고 나지막한 소리로 이해할 수 없는 명령들을 하달하는 것 같았다. 조금 뒤에 계단에서 쿵쾅대는 소리가 시작되었다. 도적들이 마당에서 날뛰었다. 그들은 모든 여행자들로부터 말들을 빼앗았다. 두 수사의 말도 앗아가 버렸다. 그리고 미처 숨기지 못한 무기들과 보석까지도 모두 빼앗아 버렸다. 어느 다리 긴 젊은 도적놈이 미요 수사의 목에 걸려 있는 검은 끈을 발견하고 잽싸게 그 끈을 잡아당기자 큼지막한 은시계가 나왔다. 그러자 약속된 놀이라도 하듯 미요 신부가 조용히 말했다.

"여보게, 제발 시계는 뺏지 말게. 그건 내가 처음 미사를 했을 때 받은 선물이자 기념품이라네. 여보게, 제발! 대신 1두카트를 주겠네."

터키인은 커다란 주먹에서 시계를 놓으려고도 하지 않은 채 잇새로 내뱉듯 말했다.

"이리 내!"

미요 수사는 허둥거리며 어설프게 가까스로 두카트를 발견하고 꺼내 들었다. 그때 도적은 마치 날아가는 새가 먹잇감을 채어 가듯 두카트까지 낚아챘다. 그러고는 무리의 뒤를 이어 안뜰로 사라졌다. 미요 수사는 두 팔을 늘어뜨리고 입을 벌린 채 그 자리에 서 있었다. 할 말을 잃은 듯했다. 두 눈에서 눈물이 흘러내렸지만 그는 닦을 생각도 하지 않았다. 왜냐하면 이제껏 우는 방법도 알지 못했기 때문이었다.

제모의 도적 떼는 놀라울 정도의 빠른 동작으로 일사불란하게 움직이며 눈에 띄는 것이면 값나가는 것에서 아주 사소한 것까지 말을 포함하여 여행객들로부터 모두 빼앗았다. 도적들이 밤의 귀신처럼 여인숙 뒤편의 훨씬 더 어두침침한 작은 길로 사라진 뒤에도 여행자들 중 어느 누구도 움직일 엄두를 내지 못하고 있었다. 마침내 몇몇이 밖으로 나갔다. 그들은 아무것도 가진 게 없어 빼앗긴 것도 없는 자들이었다. 그들 뒤로 나머지 사람들이 정신을 차린 듯, 아주 깊은 잠에서 이제 막 깨어난 듯 하나둘 밖으로 나갔다.

미요 수사는 큰길로 나오자 이제 막 깨어난 듯한 흥분으로 훌쩍거리며 자신의 어린 동료에게 기대어 울기 시작했다. 페타르 신부가 용기를 북돋워 주며 달랬지만 그는 좀처럼 울음을 그치려 들지 않았다. 마침내 둘은 십자가를 그리며 간밤의 구원에 대해 감사하고 주기도문을 두 번 외우고 나서 비소코로 가는 길을 향해 천천히 걷기 시작했다. 둘은 기운을 내서 계속 여행하다가 붉은 흙길이 되어 통하고 있는 어느 오르막길에 다다랐다. 언덕 꼭대기에서 두 사람은 한숨을 돌리기로 했다. 풀이 이슬에 젖어 있었다. 태양이 밝은 햇빛을 일대에 고루고루 던지고 있었다.

두 사람 모두 말이 없었다. 페타르 수사는 함께 여행하고 있는 동료를 슬며시 쳐다보았다. 노인은 목 주위에 매달린 끈의 반쪽을 두 손으로 만지작거리고 있었다. 그 끈이 잘려 나간 부분을 조용히 바라보다가 스스로에게 속삭였다.

"에이, 성모 마리아께서 쳐 죽이실 놈 같으니라고! 에이, 에이, 에이!"

그때 페타르 수사의 긴장이 한꺼번에 풀렸다. 울음소리와도 같은 높은 웃음소리가 한순간에 터져 나왔다. 그는 이슬에 젖은 풀밭 위를 나뒹굴었다. 나이 든 수사 앞에서 이제껏 참았던 웃음이 갑자기 터져 나온 것이었다. 미요 수사는 끈을 떨구고 놀란 듯 그를 바라보더니 곧이어 꾸짖듯 말하기 시작했다. "어허, 어허!" 그러나 페타르 수사는 웃음을 멈출 수가 없었다. 우스워서 숨이 막힐 지경이었다. 그러고는 가까스로 두세 마디 던졌다. 하지만 웃음소리는 점점 더 커져만 갔다.

"큰일 날 뻔했습니다. 하하하…… 두 사람 모두 신랑이 될 뻔했으니까요…… 수사들 중 아무도 이런 꼴을…… 하하하…… 게다가 두카트까지…… 하하하! 두 명 모두 그런 꼴이었다니, 하하하!"

미요 신부가 진짜로 화를 내고, 그렇게 웃는 것에 대해 무척 언짢아했지만 페타르 수사의 시동 걸린 웃음은 좀처럼 멈출 줄 몰랐다. 눈물까지 글썽이며 웃어 대던 페타르 수사도 결국에는 용서를 구하고 그에게 정중히 사과해야 했다.

"그렇게 우리는 비소코로 오게 되었지요." 페타르 수사는 자신의 이야기를 계속 이어 갔는데 지금도 여전히 웃고 있었고 두 눈에는 글썽이는 눈물 덕에 반짝거림이 보였다.

"그곳에서 우리는 계속 여행하기 위해 말을 구했지요. 그리고 사라예보에 닿기 전에 난 미요 수사에게 말했어요.

'여인숙에서의 일들은 지난 걸로 칩시다. 손해도 피해도 많이 보았지만 우리가 결혼할 뻔했다는 얘기는 그 누구에게도 하지 말기로 하지요. 수사들이 어떤 자들인지 잘 아시지 않습니까. 그 애기가 알려지면 아마 수도원에서 수도원으로 해마다 전해져 우리는 영영 웃음거리로 전락하고 말 겁니다.'"

그때까지도 공포와 피해의 충격에서 벗어나지 못하고 있던 미요 수사가 의기소침해하며 그 제안에 동의했다.

"우리는 사라예보에 도착했지."

페타르 수사가 얘기를 계속했다.

"우리는 술탄의 사절에게 가서 일을 잘 처리했지. 사절은 검처럼 날카로운 인물이었지만 우리를 호의적으로 맞아 주었다네. 우리를 2주일 동안 묵게 하고는 우리 수도사와 수도원은 자유롭고 정당한 단체이며 아무도 우리 일에 간섭할 수 없다는 증명서까지 발급해 주었지. 그렇게 우리는 고초도 피해도 겪었지만 얻은 것도 있는 셈이었지. 우리는 무사히 크레셰보로 돌아오게 되었다네. 그러나 우리는 도착하자마자 안쪽 문에서부터 웃고 있는 수사들을 발견했다네. 우리가 아직 수도원장을 만나기도 전이었는데 사방에서 우리를 둘러싸는 게 아니겠나. '자, 어서 준비하세, 들러리 준비도 마쳤다네! 무사히 왔으니 반갑구려.' 제모가 우리를 혼인시키려 했다는 얘기를 아마 상인 아니면 여행자들이 이야기한 것이었지. 난 돌아서서 있었던 대로 모두 털어놓았어. 그다음에 우리 모두는 박장대소하고 말았어. '젊음이란 역시 광기 어린 거라고!' 하지만 미요 수사는 내가 과장해서 말한다며 화를 냈어. 수도원장인 일리야 즐로우시치 수사도 나를 나무랐지. '대장장이군, 어서 그 입을 다물게. 그만들 웃게나! 그런 웃음 따위는 제모에게서 배운 건가!' 하지만 그 역시도 가까스로 웃음을 참고 있었던 거지. 다만 그는 두 마리의 말만큼은 쉽게 포기할 수 없었던 거지. 당시 라틴어로 기재하고 있던 수도원 일지에 '신이여, 용서하옵소서'라고 적으며 원장은 미요 수사와 나, 우리의 고초보다도 그 두 마리의 말에 대해 더 많은 기록을 해 놓았으니까."

따뜻하고 고요한 페타르 수사의 방에서 그의 시계들 중 하나가 마치 사람이 이를 갈듯 삐걱거리는 소리를 내면서 터키식으로 시각을 알렸다. 페타르 수사는 잠시 입을 다물고 있다가 이내 이야기를 종결지었다.

"당시는 그런 때였지. 온갖 재난이 보스니아를 그리고 우리 수도원까지 휩쓸고 가 버렸으니까. 그렇게 해서 우리는 많은 고난들을 그저 웃음으로 농담으로 승화시켰고 그런 농담으로 우리 스스로를 방어하며 버텼지. 그것 말고는 아무것도 기댈 게 없었으니까. 그것도 이젠 아주 오래전의 일이 되고 말았지만 그 후에도 더 지독한 폭력이 있었고 제모 같은 도적놈을 만나기도 했지만 다시 기억해 봐도 그놈보다 더 괴물 같은 놈은 없었던 것 같아."

여기서 페타르 수사는 말을 멈추고 얼굴을 찌푸렸다. 허리의 통증이 심한 것 같았다. 그는 애써 그것을 숨기려 들었다.

"내가 반대쪽으로 누울 수 있도록 도와주겠나. 말을 하다 보니 몸이 굳는 것 같네."

그러고는 이불 아래 있던 자신의 흰 손을 내밀었고 그의 시계들은 다시 제각기 멋대로 신이 나서 일정하지 않은 시간들을 알리기 시작했다.

주

8 **라스피슬라브** 낭비자, 방탕자를 뜻하는 '라시프니크'에서 따온 이름.

9 **크레셰보** 사라예보에서 약 30킬로미터 떨어진 지방 도시. 15세기 무렵에는 보스니아 지배자들이 정치적 거점으로 여겼던 곳으로 가톨릭 성당을 비롯하여 프란체스코회의 활동을 여전히 볼 수 있다.

12 **레반트** 지중해 동부 연안 지방.

17 **아가** aga. '지주', '선생'에 해당하는 터키어.

19 **테살로니키** 그리스의 도시 이름.

23 **카라조즈** Karadjoz. '검은 악마'라는 뜻의 터키어로, 터키의 그림자 연극에 나오는 그로테스크한 인물.

28 **1백 오카** 128킬로그램.

35 **디반** divan. 터키 황실.

   비지르 vizier. 고위 관리들.

48 **에펜디야** effendija. '선생'을 지칭하는 그리스어.

71 **팔꿈치까지 재 보였다** 욕설의 표시.

73 **체르케스** 시리아, 터키, 러시아에 사는 민족.

79 **베그** beg. '관직을 하고 있는 자' 혹은 높임말.

123 **라키야** rakija. 과실로 만든 세르비아 전통주.

서양과 동양 문화의 충돌과 조화

김지향(한국외국어대학교 교수)

> 작가는 자신의 책들이 책장 위에서
> 아무 말이 없듯 그 스스로도
> 역시 침묵을 지킬 필요가 있다.
> ─이보 안드리치

1. 이보 안드리치의 생애

1961년 노벨 문학상 수상 작가 이보 안드리치는 유고슬라비아에서 태어났다. 당시의 유고슬라비아는 세르비아, 크로아티아, 보스니아 헤르체고비나, 마케도니아, 슬로베니아, 몬테네그로라는 여섯 개의 공화국으로 이루어진 나라였다. 제각기 다른 언어와 민족이 모인 연방 국가여서 유고슬라비아는 모자이크의 나라로도 불렸다. 그의 조국이 나타내는 이러한 종교, 언어, 문화적 다양성이 안드리치 자신에게도 드러난다는 사실은 매우 흥미로운 일이다. 가톨릭을 믿는 크로아티아 부모 사이에서 태어났으나 정작 그가 태어난 곳은 동양적 이미지를 물씬 담고 있는 보스니아였다. 그리고 성인이 된 이후 정교를 믿는 세르비아로 넘어가 그곳 문인들과 교우하며 외교관을 지낸 시간을 제외하고는 줄곧 세르비아에서 지냈다. 이런 태생적이고 운명적인 요소가 안드리치의 작품 세계를 더욱 풍요롭게 했다는 것은 부인할 수 없는 사실이다. 실제 생존 시에도 이보 안드리치는 보스니아, 크로아티아, 세르비아라는 지역을 넘어 20세기 발칸의 호메로스로 불렸다. 따라서 안드리치의 삶의 궤적을 도시별, 국가별로 살펴보는 작업은 매우 흥미로운 일이 될 것이다.

보스니아(트라브니크, 비셰그라드, 사라예보)

이보 안드리치는 1892년 10월 9일 보스니아 트라브니크에서 금세공 장인으로 일하던 크로아티아인 아버지 안툰 안드리치와 가톨릭 신자인 어머니 카타리나 페이치 안드리치 사이에서 이반이라는 이름으로 태어났다. 사라예보 출신이었던 아버지는 이보가 태어난 지 2년 뒤에 사망했다.

당시 생활이 여의치 못하여 사라예보의 양탄자 공장에서 일하고 있던 어머니 카타리나는 직장을 다니면서 이보를 키울 수 없어 비셰그라드에 있는 이보의 고모인 아나 마트코브셰크에게 아들을 맡겼다. 슬하에 자녀가 없던 고모 아나는 어린 이보를 친자식같이 돌보고 이보가 다 자란 이후에도 친자식처럼 아껴 주었다. 부유한 고모 덕에 안드리치는 어린 시절을 평탄하게 지냈는데, 어머니 카나리나는 가끔씩 아들의 선물을 사 가지고 방문하는 식이었다. 물질적으로 풍요로운 이보였지만 어린 시절 이러한 슬픔은 아주 오랫동안 안드리치를 고독이라는 단어와 친근하게 만들기도 했다. 안드리치는 비셰그라드에서 초등학교 시절을 보냈다. 안드리치의 저학년 때에는 당시 젊은 교사로 무슬림 출신의 압둘라호비치 선생이 영향을 끼쳤으며, 그 이후로 안드리치가 김나지야를 다니던 시절부터 평생 동안 류보미르 포포비치는 상당한 영향을 끼쳤다.

그리고 안드리치는 어린 시절 여느 아이들처럼 어둠을 두려워했으며 방학 때면 보스니아 전역을 다니며 여행하는 것을 즐겼다. 유난히 여행을 즐겼던 안드리치는 어려서부터 위인전과 고전을 즐겨 읽었고, 고전 음악에도 무척 관심이 많았던 것으로 알려져 있다. 그러나 늘 그의 뒤를 쫓는 고뇌가 있었다.

안드리치는 두 살 때 아버지를 여의고 어머니 곁을 떠나 고모 밑에서 자랐으므로 또래 아이들이 누리며 자랐던 감성과 사랑을 충분히 느낄 수가 없었다. 게다가 당시는 나라의 여건이 그리 좋던 시절이 아니었으므로 그는 불안과 초조함을 떨쳐 버리지 못했다. 그는 자신의 어린 시절에 대해 다음과 같이 회상했다.

모든 사람들이 걱정 없이 즐겁게 시간을 보내는 어린 시절조차도 나는 그렇지를 못했다. 나는 나 스스로 행복하지도 평온하지도 즐겁지도 않았다는 것을 깨달으며 살 수밖에 없었다.

심지어 그는 '단지 죽기만'을 바랄 뿐이라고 자신을 타일렀다고 덧붙였다.

1903년 가을, 이보 안드리치는 사라예보에 있는 보스니아 헤르체고비나 최고(最古)의 명문으로 알려진 벨리카 김나지야에 입학했다. 고교 당시 안드리치는 문학과 역사에 큰 관심을 가지고 있던 반면 수학에는 흥미가 없었다. 급기야 김나지야 6학년 때에는 수학에서 낙제 점수를 받아 6학년을 다시 다녀야 했다. 그러나 고교 시절 안드리치는 책뿐만 아니라 잡지와 신문들까지 닥치는 대로 읽었다.

보스니아 헤르체고비나의 각지에서 뽑혀 온 수재들이 모인 벨리카 김나지야의 학생들은 모국어 외에도 두 개의 외국어에 능통했다. 안드리치도 예외는 아니어서 독일어, 영어, 슬로베니아어를 비롯한 외국어 수업에 탁월한 재능을 발휘했다. 김나지야 재학 당시 안드리치는 스트린버그를 독일어로 읽을 정도였으며 슬로베니아어와 영어에 능숙해 슬로베니아 소설과 영어 소설을 각각의 원어로 읽고 번역할 정도였다. 서유럽의 여러 작가들에 심취했던 당시 그의 사상과 문학관에 상당한 영향을 끼쳤던 인물로는 키르케고르를 꼽을 수 있다. 그리고 그 무렵 안드리치는 시작(詩作) 활동을 시작했으며, 1911년에는 문학지 『보스니아의 요정』과 일간지 등을 통해 시를 발표했다. 그의 김나지야 재학 시절 가장 영향을 끼친 스승으로는 시인이면서 당시 안드리치에게 크로아티아-세르비아어를 가르치던 투고미르 알라우포비치 박사가 있었다. 알라우포비치 박사는 안드리치의 문학적인 재능을 발견하여 그의 창작을 돕는 한편, 사춘기 시절 아버지가 없는 안드리치에게 정신적 지주 역할을 해 주었다. 안드리치와 알라우포비치 박사의 인연은 김나지야 졸업 후에도 평생까지 이어졌다. 또한 김나지야 당시 안드리치는 유고슬라비즘에 대한 깊은 애착을 갖고 당시 오스트리아-헝가리 이중 제국의 점령하에 있던 모든 남슬라브 민족의 해방을 주장하던 진보적 민족 단체 '청년 보스니아 운동'에 가담하여 적극적인 활동을 벌였다.

1912년 7월 24일, 안드리치는 벨리카 김나지야의 졸업 시험에 합격하여 졸업을 했다.

크로아티아(자그레브)

그리고 같은 해 안드리치는 가톨릭 신자들 중에서 불우한 처지에 있는 학생들을 후원해 주던 사라예보 소재 크로아티아 문화 교육 단체인 '나프레다크'로부터 장학금을 받으며 자그레브의 프라뇨 요시프 1세 왕립 대학교 무드로슬로브니 대학에 입학했다. 자그레브는 여러모로 사라예보보다는 큰 도시였다. 7만 명의 시민이 거주하며 크로아티아어로 된 일간지들만 해도 열한 개, 독일어로 된 일간지도 세 개, 그뿐 아니라 주간지, 월간지 등 수많은 간행물들이 쏟아져 나오고 있었다. 보스니아의 비셰그라드와 사라예보에서 살던 안드리치에게 다양한 출판물들이 쏟아져 나오는 자그레브는 또 다른 세계였다.

당시 안드리치는 매우 내성적인 청년이었다. 그는 크로아티아에서 사는 동안 자그레브의 고르니 그라드에 위치한 고이메라츠 가족의 집에 머물렀는데 그 집의 막내딸인 에브게니야와 상당히 가깝게 지냈으며 그 관계는 그녀가 숨을 거두는 1915년까지 지속되었다.

당시 자그레브에서 발행하는 문학 신문으로는 「사브레메니크」가 있었다. 안드리치는 자그레브에 머무는 동안 수많은 작가들과 문인들과 친분을 다졌는데 특히 20년 연상의 시인이자 수필가, 소설가이면서 20세기 크로아티아 문학에서 상당한 위치를 차지하고 있는 안툰 구스타브 마토슈와는 각별한 사이였다. 마토슈는 당시 「사브레메니크」의 편집 위원으로 있으면서 안드리치에게 많은 문학적 영향을 주었다. 마토슈는 당시 크로아티아의 젊은 문인들의 정신적 지침이 되고 있던 문학지인 『비호르』의 관계자들에게 안드리치를 소개했는데, 그들 중에는 알렉사 샨티치, 밀로슈 주리치, 디미트리예 미트리노비치가 있었다.

안드리치는 무드로슬로브니 대학에 다니는 동안 순수 자연 과학뿐 아니라 역학, 음향학, 광물학, 해부학 등의 수업을 듣는 등 다양한 분야에 폭넓은 지식을 쌓았다.

오스트리아(빈), 폴란드(크라쿠프)

1913년 자그레브에서의 생활에 만족을 느끼지 못한 안드리치는 오스트리아의 빈으로 거처를 옮겨 발칸 반도의 나라와 민족의 역사 수업과 크로아티아-세르비아 문학 수업을 들었다. 그러나 빈의 기후가 맞지 않아 폐에 통증을 느끼기 시작하면서 건강이 악화되어 빈을 떠날 결심을 했다. 이때 그의 유학을 주선해 주었던 알라우포비치 박사에게 다시 도움을 청했다.

당시 보스니아 공화국의 심의관으로 있던 알라우포비치 박사는 안드리치가 폴란드의 크라쿠프에 있는 야겔로니아 대학에서 크로아티아 문화 단체가 주는 '나프레다크' 장학금을 계속 받을 수 있도록 도와주었다.

자그레브에서 생활할 당시 우울증에 시달렸던 안드리치는 여전히 수줍음 많고 내성적인 성격이었으나 사람들과의 대화에서는 언제나 재치와 유머 넘치는 대화, 따뜻한 성품과 교양으로 크라쿠프에서는 비교적 많은 친구들을 사귀었다. 담배를 즐기지는 않았으나 이 무렵 파이프 담배도 피우고 사교적인 성향을 지니게 되었다. 폭넓은 인간관계를 통해 앞으로의 경력에 초석이 될 외교적 기질을 함양하게 되었다. 또한 당시 그가 사귀던 친구들 중에는 미대생들도 있었는데, 이들은 안드리치가 미술에 눈뜨는 계기를 마련해 주었다.

그리고 이 무렵 안드리치는 명상적인 내용의 시와 감상적인 내용의 시 등을 산문시 형식으로 쓰기 시작했다. 1914년 4월 자그레브에 있는 크로아티아 문인 협회에서 젊은 시인들의 시선집 『흐르바스카 믈라다 리리카』를 펴냈는데, 이 시선집 안에는 안드리치의 시 여섯 편이 실려 있었다.

크로아티아(마리보르, 자그레브)

1914년 6월 28일 당시 크라쿠프에 있던 안드리치는 자신의 친구이자 '청년 보스니아 운동'의 일원인 가브릴로 프린치프가 오스트리아-헝가리 이중 제국의 프란츠 페르디난트 황제를 사라예보에서 암살했다는 소식을 듣고 그날 저녁으로 기차를 타고 크로아티아로 향했다. 사라예보 저격 사건에 청년 민족 모임이 깊이 연루되어 있다고 믿은 오스트리아 경찰은 계속 안드리치의 행적을 추적하여 같은 해 8월 초, 안드리치를 체포했다. 처음에는 시베니크의 감옥에 갇혔다가 리예카로 이송된 뒤 마리보르로 송치되었다. 마리보르에서의 수형 생활 동안에도 그는 줄곧 시작(詩作) 활동을 했다.

> (⋯⋯) 어둡고 축축한 나의 방으로 돌아오면
>
> 누군가를 죽이려는 듯한 얼굴을 한
>
> 칼을 든 보초가
>
> 서 있지 (⋯⋯)

안드리치는 1915년 3월에 마리보르 감옥에서 풀려났다. 곧바로 자그레브로 옮겨 가지만 오스트리아 경찰은 그에게 트라브니크 근처의 작은 마을 오브차레보를 벗어나지 못하도록 명령했다. 그 무렵 안드리치는 오랜 친구인 에브게니야 고이메라츠의 사망 소식을 접하고 슬퍼했는데 그녀의 죽음은 당시 안드리치에게 매우 큰 충격이었다고 후에 피력한 바 있다. 1916년에는 제니차로 거처를 옮겼다가 1917년 여름 비세그라드로 갈 수 있다는 통보를 받았다. 마침내 향수에 젖어 그토록 그리워하던 고향으로 향하는데, 이때부터 그의 보스니아에 대한 각별한 애정은 곳곳에서 드러났다.

그리고 같은 해 가을, 입영 통지를 받았지만 건강상의 이유로 그해 말 병원으로 이송되었다. 자그레브의 병원에서 당시 문학계에서 시인, 희곡 작가로는 당대 최고의 명성을 자랑하던 60세의 이보 보이노비치를 만났다. 그리고 문학지 『크니제브니 유그』의 창간 준비에 적극 참여했다. 또한 안드리치는 병원에서 당시 세르비아 문학계에서 가장 뛰어난 시인 중 한 사람으로 인정받고 있던 밀로슈 츠르냔스키를 만났다.

1918년 초 봄 자그레브 병원에서 퇴원한 안드리치는 요양차 크라피나로 갔다. 그곳에서 마리보르의 수감 기간 동안 써 놨던 산문 시집 『에크스 폰토』를 탈고했다. 그리고 폐병이 재발하여 건강이 쇠약해졌다.

세르비아(베오그라드)

자그레브에서 안드리치는 오스트리아-헝가리 이중 제국의 쇠망을 목격했다. 1918년 12월 1일 세르비아-크로아티아-슬로베니아 왕국의 통일을 맞이했다. 당시 자그레브의 분위기에 만족하지 못한 안드리치는 투고미르 알라우포비치 박사에게 베오그라드에서 거처할 만한 곳을 마련해 달라는 도움을 요청했다. 알라우포비치 박사의 도움으로 1919년 가을 초 안드리치는 베오그라드로 이사했고, 베오그라드 정부 부서의 행정관으로 일을 했다. 베오그라드는 크로아티아 태생인 안드리치를 환대했고 그 자신도 베오그라드에서의 생활에 호감을 갖고 세르비아의 젊은 작가들 밀로슈 츠르냔스키, 스타니슬라브 비나베르, 시모 판두로비치, 시베트

밀리치치 등과 깊이 교우하기 시작했다.

그리고 이듬해 『에크스 폰토』의 체코어 번역판이 나왔다.

당시 안드리치는 하이네, 바이런과 키르케고르를 다시 읽었다.

시인 시모 판두로비치가 편집인으로 있던 베오그라드의 문학지 『미사오』에 새로운 명상 산문 『네미리』의 요약본을 발표했다.

크로아티아의 해변 마을과 고향인 보스니아에서 여름을 지낸 안드리치는 건강이 호전되어 베오그라드로 돌아왔다. 베오그라드에서 정착하면서부터 에카브스키 버전[1]으로 글을 쓰기 시작했다. 이는 결국 그의 사후 반세기가 지나 구유고 연방이 해체한 이후 안드리치를 어느 나라 작가로 분류할 것인가의 논란에 세르비아 문단에서 크로아티아 태생의 안드리치를 세르비아 작가로 인정하는 결정적인 계기가 되었다. 그러나 당시 안드리치는 베오그라드의 분위기에도 불만을 느꼈다. 이를 알아차린 알라우포비치 박사는 그를 자신의 비서로 두었다. 덕분에 안드리치는 점점 베오그라드의 생활에 적응하기 시작했다.

외교관 시절, 유럽의 여러 도시들에서

1920년대 초반 안드리치는 바티칸 주재 외교 대표부에 파견되면서 외교관으로서의 탄탄한 출발을 시작했다. 그리고 그 무렵 처녀 소설집 『알리아 제르젤레스의 여행』을 베오그라드에서 출판했

---

1) ekavski varijant. 세르비아어와 크로아티아어는 똑같은 문법을 가지고 있는 같은 언어임에도 불구하고 각각 키릴 알파벳, 라틴 알파벳을 사용하며 같은 단어라도 에카브스키와 이예카브스키에 따라 약간의 차이를 가지고 있다.

다. 안드리치는 로마에 머무는 동안 박물관들과 왕궁들을 두루 다니지만 추위로 고생을 하다 마침내 1920년 6월 초 휴가차 비셰그라드로 넘어왔다. 고향으로 돌아온 안드리치는 평온을 되찾았는데, 이후에도 여러 도시들에서 기후 등으로 고생할 때마다 고향으로 돌아와 휴식을 취한 후 다시 돌아가기를 반복했다. 이는 건강상의 문제뿐 아니라 정서적으로 보스니아와의 각별한 운명을 확인하는 계기가 되기도 했다.

이탈리아에서의 경험은 그리 나쁘지 않았던 것으로 안드리치는 적었다. 그리고 로마에 머물 당시의 분위기는 단테의 죽음을 기리는 6백 주년이 한창이던 때였다.

이후 이탈리아의 남부 지역을 두루 여행했고, 1921년 여름에는 파리를 거쳐 로마로 온 밀로슈 츠르냔스키와 토스카나로 갔다가 보스니아로 휴가차 돌아왔다. 그리고 자그레브의 문인들과 『노바 에브로파』, 『유고슬로벤스카 니바』 등의 잡지를 함께 출간하는 등 자그레브 문단에서도 왕성한 활동을 했다.

1921년에는 세르비아-크로아티아-슬로베니아 왕국(이후 유고슬라비아 왕국으로 개명됨)의 루마니아 부쿠레슈티 주재 대표 부원으로 임명되며 『스릅스키 크니제브니 글라스니크』에 소설 「초르칸과 오스트리아 여자」를 발표했다. 당시 부쿠레슈티에서 어느 독일인 가족의 집에 머무르던 안드리치는 그 도시의 모든 것들이 마치 크리스마스나 축제를 연상시킨다고 회고한 바 있다. 그러나 이때부터 그는 고국에 대한 깊은 향수를 느꼈다.

1922년 단편 소설 두 편(「야영 기간 동안에」, 「코끼리 뼈로 만든 여자」)과 『미사오』에 시 모음(「나는 무엇을 꿈꾸고 무슨 일이 내게 일어나는가」)을 발표하고 문학 비평 논문도 발표했다. 바티칸과 트르스트에서의 사절 기간은 그곳의 기후가 잘 맞지 않아 비교적 짧게 끝났다.

안드리치는 1923년 2월 초 오스트리아 그라츠의 부영사로 부임했다. 그러나 제2차 세계 대전 이후 외무부가 대학 졸업을 마치지 않은 모든 사무 직원과 그와 유사한 일을 하는 사람들을 파면한다고 천명하면서 안드리치는 일자리를 잃게 될 처지에 놓였다. 하지만 당시 그라츠의 총영사 블라디슬라브 부디사블레비치가 자신의 직권으로 안드리치는 영사관에 남아 있도록 하는 요청문을 외무부에 발송했다. 그동안 여러 가지 이유로 인해 학업을 중단해 오던 안드리치는 1923년 가을 그라츠 대학 철학부에 등록했다. 같은 해 안드리치는 그의 작가적 역량을 확실히 인정받게 되는 몇 편의 단편들(「무스타파 마자르」, 「마을에서의 사랑」, 「무사피르하나에서」, 「로마에서의 하루」)을 발표했다.

1924년 6월 12일 모든 시험을 통과하고 자신의 박사 학위 논문(「터키 지배 영향하에서 보스니아 정신 생활의 발전」)도 성공적으로 통과했다. 이로써 안드리치는 외교관으로 당당하게 복귀할 수 있는 권리를 갖게 되었다.

하지만 그 무렵 안드리치의 고모부이자 그에게 아버지 자리를 대신해 주었던 이반 마트코브셰크가 사망했다. 소식을 전해 들은 안드리치는 비세그라드로 떠나 고모와 함께 시간을 보내며 슬픔을 나누었다. 이 당시가 그에게 정신적으로 매우 힘든 시기였음을

216

여러 곳에서 드러낸 바 있다.

같은 해, 안드리치는 어머니와 고모 곁으로 가기 위해 베오그라드로 돌아갈 것을 요청했고 11월 베오그라드로 발령을 받았다. 처음에는 주요 문서 보관처에서 근무하다 정치부로 옮겼다. 그리고, 터키인들에 관한 이야기를 담은 자신의 첫 번째 소설집(「무사피르 하나에서」, 「감옥에서」, 「초르칸과 오스트리아 여자」, 「야영 기간 동안에」, 「무스타파 마자르」, 「로마에서의 하루」, 「르자브의 언덕」, 「마을에서의 사랑」, 「알람브라의 밤」)을 세르비아 문인 협회에서 출간했다. 이 책으로 안드리치는 32세가 되는 1925년 2월, 세르비아 왕국 아카데미에서 상을 받음으로써 공식적인 지명도를 얻었다. 11월에는 공무로 터키의 이스탄불로 떠났다가 아테네를 거쳐 고국으로 돌아왔다. 이어 다음 달 12월 15일 어머니가 사망했다는 소식을 들었다.

1926년 1월 12일 세르비아 왕실 아카데미의 저명한 회원인 보그단 포포비치와 슬로보단 요바노비치가 이보 안드리치를 준회원으로 추천했다.

전후 나타난 젊은 문인들 중에서 이보 안드리치 박사는 언어의 미적인 특성과 예술적인 형식을 살린 소설들로 두각을 드러낸 바 있다.
— 슬로보단 요바노비치의 추천문 중에서

같은 해 안드리치는 『스릅스키 크니제브니 글라스니크』에 단편 「첩 마라」, 「올로보에서의 기적」을 발표했다. 그리고 그해 여름 오랫동안 그가 꿈꿔 왔던 김나지야 시절의 은사 알라우포비치 박사와 중부 보스니아에 위치한 가톨릭 사원들을 돌아봤다.

그리고 그 무렵 친구이자 산문, 희곡 작가로 활동하던 조프카크베데르데메트로피치가 자그레브에서 숨을 거두었다는 비보를 접하고 다시 한 번 슬픔에 잠겼다. 10월, 안드리치는 다시 유고슬라비아 왕국의 외무부가 파견한 마르세유 주재 부영사 직위를 맡았다. 12월 31일에 파리로 여행을 떠나 열흘간 머무르면서 국립도서관과 외무부 문서 보관 자료실 등을 다니며 일을 보고 저녁에는 극장을 찾았다. 이때부터 이미 후에 자신이 발표하는 소설 『트라브니크 연대기』에 필요한 19세기 초반 보스니아 역사에 관한 자료를 수집한 것으로 보이며, 당시 실제 트라브니크의 프랑스 영사였던 피에르 다비드의 서한집들을 꼼꼼히 살펴보았다.

파리에서 돌아온 뒤에는 몸이 불편하여 마르세유에서 며칠 동안 머물러야 했다. 그 무렵 비셰그라드에서 그의 고모가 숨을 거두었다(1927).

그 후 파리 주재 영사관에서 3개월간 업무를 맡게 되었고 프로방스 지역에서 머물렀다. 그곳에서의 생활은 그에게 다시 활력을 불어넣어 주었다. 이곳에서 안드리치는 프랑스와 프랑스인들을 알게 되었노라고 했다. 파리 영사관에서의 매우 바쁜 일정 속에서도 그는 틈날 때마다 독서를 즐겼다. 또 프로방스 지방을 좋아하고 매력적인 곳이라고 생각했지만 프랑스에서 오래 머물 수는 없을 것 같다고 적은 바 있다. 그해 가을, 안드리치는 그르노블과 파리로 여행을 떠나 4개월간 머물렀다.

1927년 노비사드에서 발행되는 마티차 스릅스카 연보 1백 주년 특집을 맞아 안드리치는 소설 「아니카의 시간들」의 요약문을 발표했다.

1928년 4월, 안드리치는 마드리드 주재 대사관의 부영사로 파견되었다. 당시 마드리드의 프라도 박물관에서는 고야가 죽은 지 1백 주년을 맞아 6개월간 그의 작품들을 전시했는데, 안드리치는 매주 박물관을 들를 만큼 고야의 천재성에 매료되었다. 그리고 마침내 고야에 관한 수필집을 쓰기 시작해 이듬해 1929년 『스릅스키 크니제브니 글라스니크』에 발표했다. 그리고 이곳에서도 물론 안드리치는 베오그라드와 자그레브 그리고 사라예보의 친구들과 계속 관계를 유지했는데, 특히 베오그라드와 사라예보의 문학지들과 공조했다. 마드리드에 머무는 동안에도 여행을 즐겨 포르투갈의 리스본으로 여행을 떠나기도 했다.

1929년 봄, 안드리치는 대사 보좌관으로 브뤼셀로 파견되었다. 1930년 1월 1일에는 스위스 제네바 주재 유고슬라비아 왕국 상임 사절단의 서기관으로 발령을 받았는데 업무에는 불만이 없었지만 제네바에 대해서는 "생기가 느껴지지 않는, 죽어 있는 지루한 곳"이라고 느꼈다. 제네바에 머무는 동안 그는 자그레브와 베오그라드, 두브로브니크와 스플리트를 오갔고 독일의 프랑크푸르트와 바이마르 지방에서 머물렀으며 괴테의 생가도 방문했다.

1933년 3월, 안드리치는 외무부 심의관으로 베오그라드로 다시 돌아왔다. 당시 마흔한 살의 나이였던 그에게는 대단한 성공이었다. 이 무렵 글을 많이 쓰기는 했지만 발표하는 것은 거의 드물었다. 문단 활동으로는 유일하게 『스릅스키 크니제브니 글라스니크』의 편집장을 맡은 것이 전부였다. 5월에는 펜클럽 회의 참석차 두브로브니크에 머물렀다. 11월, 문학사가인 미호빌 콜롬보 박사가 『신크로아티아 시선집』에 안드리치의 시를 싣겠다는 제안에 정중하게 거절하는 편지를 띄웠다. 이는 후에 유고슬라비아 사회주의 연방이 해체되고 나서 안드리치를 세르비아 작가로 하느냐 크로아티아 작가로 하느냐는 소속의 문제를 가름하는 데 결정적인 단서가 되기도 했다.

일리리아 운동 1백 주년을 맞아 미네르바에서 발간하는 시선집에 저의 시들을 싣겠다는 선생의 제안이 담긴 서신을 잘 받았습니다. 그러나 선생의 고마운 제안에 앞서, 저의 생각으로는 어느 한 민족에 제한한 시선집을 내야 하는 상황이 도저히 이해되지 않는다는 말씀을 드립니다. (……) 설령 적당한 이유가 있다 하더라도 그러한 의견은 의견으로서 존중할 뿐, 동참할 수 없다는 생각을 밝히고 싶습니다. (……) 저와 가깝게 지내는 시인들이 종교가 다르다거나 또는 다른 지역에서 출생했다는 이유 때문에 원천적으로 배제되는 그 어떠한 출판물에도 저는 결코 참여할 수가 없습니다. 그것은 저의 순간적인 혹은 일시적인 믿음이 아니고 어린 시절부터 줄곧 품어 왔던 믿음이며 나이 든 지금에도 그런 근본적인 믿음은 변하지 않습니다. 선생의 편지에 의하면 제가 세르비아, 크로아티아뿐 아니라 슬로베니아까지도 아우르던 문학지 『크니제브니 유그』에 창단인 겸 편집장으로 활동했던 사실을 선생께서 익히 알고 있는 것 같군요. 그것이

1917년의 일인데, 1933년이 된 지금 제가 다른 입장을 표명한다는 것은 납득할 수 없겠지요.

— 미호빌 콜롬보 박사에게 보낸 편지 중에서

1934년 초 사라예보 국립 극장에서 안드리치의 소설 「아니카의 시간들」을 고교 친구이자 문인이었던 보리보예 예브티치가 직접 연출을 맡아 '아니카의 혼돈'이라는 제목으로 극 무대에 올렸으나 성공하지는 못했다.

사라예보에서 시인 페타르 페트로비치네고시에 대한 강연을 하기로 했으나 마르세유에서 알렉산다르 카라조르제비치가 암살당해 장례식으로 연기되었다가 연말에 베오그라드의 콜라라츠 대학에서 열렸다. 내용은 네고시와 코소보 전투, 네고시의 장시(長詩) 「산상의 화환」에 대한 것이었다.

1935년 안드리치는 외무부 정치부장 직을 맡게 되면서 외교관으로서의 입지를 굳히는 한편, 문인으로서는 당시 유고슬라비아에서 가장 많은 독자를 가지고 있는 작가라는 평을 받게 되었다. 그해 런던에서 발행하는 잡지 『슬라보닉 앤드 이스트 유러피언 리뷰』 7월 호에 소설 「여인숙에서의 제르젤레즈」가 존슨(N. B. Johnson)의 번역으로 실렸다.

1937년 11월, 안드리치는 외무부 장관 보좌관으로 발령을 받으면서 외교관으로서의 성공을 다졌다. 같은 해에 프랑스 대통령으로부터 훈장을 받았으며, 바르샤바에서는 그의 책들이 폴란드어로 번역되었다. 외교관으로서의 바쁜 업무에도 불구하고 안드리치는 집필 활동을 끊임없이 계속했다. 소설 「몸통」과 「사람들」을 발표했고, 이미 파리에서 쓰기 시작한 소설 『트라브니크 연대기』에 필요한 자료인 1808년부터 1817년 오스트리아 영사 파울 폰 미테레스와 야코프 폰 파울리치에 대한 기록과 그들의 트라브니크에서의 영사 시절 이야기를 빈의 정부 문서 보관실에서 모으기 시작했다.

1938년 초에는 안드리치 작품에 대한 니콜라 미르코비치 교수의 연구가 베오그라드에서 출판되었다. 같은 해 안드리치는 성(聖) 사바 훈장을 받았다.

1939년 2월, 안드리치는 세르비아 왕국 아카데미의 정회원에 추대되었다. 그리고 4월에는 유고슬라비아 왕국의 베를린 주재 비상임 대표로 선임되었고, 4월 10일 정확히 15시 40분에 외무부 장관 알렉산다르 친차르 마르코비치에게 발령 수락 의사를 전보로 보내고 19일 아돌프 히틀러에게 신임장을 제출하면서 외교관으로서의 성공은 절정에 이르렀다. 6월 말, 안드리치는 업무 감찰을 위해 빈과 프라하 그리고 독일의 몇몇 영사관을 둘러보며 이 기회에 자신의 휴가를 독일과 이탈리아에서 보냈으면 좋겠다는 의사를 장관에게 표했다.

그해 9월 1일 독일은 폴란드를 점령하고 유고 정부는 중립을 선언했다. 그렇게 시작된 제2차 세계 대전 중 독일은 폴란드의 수많은 지식인들과 작가들을 수용소와 감옥으로 보냈다. 이 소식을 들은 안드리치는 외교관으로서의 인간관계, 개인적인 배경을 모두 동원하여 독일 정부와 협상하기에 이르렀다. 마침내 그는 수용소로 끌려간 수많은 폴란드 지식인들과 작가들을 구명하여 제3국 혹은 유고슬라비아로 보냈다. 그 무렵 베오그라드에서는 자신들이 파견한 정치인들에 대해 간여하지 않고 오로지 안드리치만을 통해 독일 정부와 접촉할 뿐이었다. 자신의 정부에 대한 신임을 잃은 안드리치는 1940년 초 베오그라드에 있는 상관에게 사직서를 제출하지만 받아들여지지 않았다.

오히려 3월 25일, 오스트리아 빈에서 열린 '3자 간 협정'에 유고슬라비아 왕국의 공식 대표자로 참여했다. 그러나 3월 27일, 베오그라드에서는 '연합보다는 전쟁', '노예보다는 죽음'이라는 모토로 '3자 간 협정' 조인에 반대하는 반(反)독일 분위기가 불꽃처럼 번져 대규모 시위가 벌어졌고 급기야 유고슬라비아 정부는 협상 철회를 발표했다. 4월 3일, 안드리치는 자문을 구하고자 베오그라드로 돌아왔다가 다시 베를린으로 향했다. 독일은 1941년 4월 6일에 선전 포고 없이 베오그라드를 폭격함으로써 적대 관계로 맞섰다. 이튿날 이미 안드리치는 자신이 이끄는 외교단들과 베를린을 떠나 독일과 스위스의 국경 지대인 콘스탄츠에 도착했다. 이때 독일 정부는 그에게 중립 국가인 스위스로 피란할 것을 선처하지만 자신이 이끄는 외교단들과 그들 가족의 안전을 저버릴 수 없었던 안드리치는 독일 정부의 제안을 거절했다. 그해 여름 안드리치가 이끄는 유고슬라비아 외교단은 모두 베오그라드로 이송되었다. 베오그라드 중앙역에 도착한 외교관들과 영사들, 무관들은 모두 체포되어 독일 부대로 이송되었으나 안드리치는 체포되지 않았다.

그 후, 변호사 친구인 브라나 밀렌코비치의 집에 머무르며 독일군과의 그 어떤 공조도 받아들이지 않고, 오로지 집필에만 몰두했다.

그해 11월 정년을 맞았으나 연금 수여를 거부하고 은둔 생활을 시작했다. 이 무렵 그는 괴테의 작품들을 가장 즐겨 읽었다.

1942년 4월, 안드리치는 이미 파리와 빈의 정부 문서 보관소에서 모은 자료들에 근거하여 쓰기 시작한 장편 소설 『트라브니크 연대기』를 탈고했다. 그러나 세르비아 소설 선집에 자신의 작품 수록을 거절했다. 2년 뒤인 1944년 장편 소설 『드리나 강의 다리 (비세그라드 연대기)』 최종본을 마쳤다.

1944년 10월 20일, 베오그라드는 해방되었다. 같은 해 작가 체도미르 민데로비치가 주축이 되어 세르비아 최고의 출판사인 '프로스베타'를 만들었다. 프로스베타는 안드리치에게 작품을 요청했고 안드리치는 『드리나 강의 다리』를 넘겨주었다. 그렇게 1945년 『드리나 강의 다리』는 5천 부를 찍게 되었다. 소설은 나오자마자 독자와 비평가들의 커다란 주목을 받았다. 그리고 사라예보에서 2쇄를 찍게 되었고 『드리나 강의 다리』로 안드리치는 유고슬라비아 연합 민중 공화국 정부의 문화 예술상을 받았다.

1945년 3월, 요반 포포비치, 이고 그루덴, 브란코 초피치, 오스카르 다비초, 두샨 코스티치, 체도미르 민데로비치, 아니차 사비치레바츠, 보지다르 코바체비치, 마르코 브라네셰비치로 구성된 유고 작가 대표단과 함께 안드리치는 불가리아로 떠났다. 그해 가을, 『트라브니크의 연대기』가 출간되고 같은 시기에 안드리치는 불가리아로 떠나 불가리아 작가들과 교우했다.

겨울에는 사라예보의 '스브예틀로스티'에서 『아가씨』가 출간되었는데, 이 출판사에서는 안드리치의 소설 모음선도 출판했다.

사라예보에서 『드리나 강의 다리』 3쇄를 찍고 곧이어 헝가리어로 번역되었다. 4쇄를 찍기 전에는 전체 교정에 다시 들어가, 불가리아어와 체코어로도 번역되었다. 『아가씨』도 프라하에서 체코어로 번역되어 나왔다.

안드리치는 유고슬라비아 문학가 연합의 대표가 되었고, 이 무렵 소비에트 연방으로 떠나 아제르바이잔에서 강한 인상을 받고 돌아왔다. 아제르바이잔에서 받은 인상에 대해서는 고향 트라브니크에서 강연이나 지인들과의 모임 등을 통해 이야기했다. 1946년에는 베오그라드와 사라예보에서 거주하며 세르비아 학술원(SANU)의 정회원이 되었다. 1947년에는 보스니아 헤르체고비나 국회 의장 회의 구성원이 되었고, 부크 카라지치와 페타르 페트로비치네고시에 관한 몇몇 텍스트를 발표했다. 그 후 몇 년 동안 문학에 관련된 여러 가지 대외 활동과 대학가에서의 강연, 심포지엄 등에 참여하는 등 다양한 활동으로 자신의 열정을 드러냈다. 그 외에도 단편 소설들(「비페 티타니크」, 「특징들」, 「양지에서」, 「해변에서」, 「그라비치 아래에서」, 「제코」, 「아스카와 늑대」, 「얼굴들」)을 계속 발표했다.

1953년, 몸이 쇠약해져 비셰그라드로 요양을 떠났다. 비셰그라드 방문은 제2차 세계 대전 이후 처음이라서 비셰그라드의 모든 시민들이 기차역으로 나올 정도로 안드리치는 환대를 받았다.

그 후 다시 유고슬라비아 의회 대표단과의 회동으로 베오그라드로 돌아와서는 터키의 앙카라, 이즈미르, 부르사와 이스탄불을 여행했다. 짧은 여행이지만 그에게는 대단히 경이롭고 흥미로운 경험이었다고 회고했다.

1955년 3월, 공산주의적 이념과는 전혀 무관했음에도 불구하고 안드리치는 자신의 안위를 위해 유고슬라비아 공산당의 당원이 되었다. 그리고 같은 해 마티차 스릅스카에서 「저주받은 안뜰」을 출판했다. 프랑스 파리에서는 『트라브니크 연대기』가 번역, 소개되었다.

1956년 9월 말 류블랴나 출신의 작가 필립 쿰바토비치와 함께 중국으로 여행을 가서 한 달간 그곳에서 지냈다. 중국에서 돌아와서는 자그레브에서 처음으로 열린 서적 박람회에 참가하고 『보르바』에 중국에서 받은 인상을 칼럼으로 실었다.

『드리나 강의 다리』가 파리, 모스크바, 바르샤바에 소개되었고 「저주받은 안뜰」이 소피야에서, 『트라브니크 연대기』가 부다페스트에서 소개되었다.

1957년 이보 안드리치 작품에 대한 연구서가 베오그라드의 '놀리트'에서 당시 베오그라드에서 주목받고 있던 스물여덟 살의 젊은 비평가이자 소장학자였던 페타르 자지치에 의해 나왔다.

1958년 초, 유고슬라비아 문인 협회는 노벨 문학상 후보로 미로슬라브 크를레자와 더불어 안드리치를 추천했다.

1958년 9월 8일, 안드리치의 은사인 투고미르 알라우포비치 박사가 사라예보에서 별세했다.

1958년(당시 66세), 안드리치는 보스니아 출신으로 열일곱 살 연하인 당시 베오그라드 국립극장의 의상 디자이너였던 밀리차 바비치와 베오그라드에서 결혼했다.

같은 해 런던에서 『트라브니크 연대기』가 영어로 소개되었으며 라이프치히에서 『아가씨』가 독일어로 소개되었다.

1959년 『트라브니크 연대기』가 베를린에서 소개되었고, 『드리나 강의 다리』가 이스라엘의 텔아비브에서, 「저주받은 안뜰」이 부다페스트와 스웨덴의 웁살라, 바르샤바와 벨기에의 안트베르펜에서 소개되었다.

프로스베타는 1918년부터 1958년까지 나온 안드리치의 단편들을 모아 '파노라마'라는 제목으로 소설집을 냈다. 이 무렵부터 「뉴욕 타임스」를 비롯한 각국의 유수한 신문들이 안드리치를 노벨 문학상 수상 작가로 지목하기 시작했다.

1961년 10월 26일에 이보 안드리치는 노벨 문학상 수상 소식을 듣게 되었고, 12월 10일에는 스톡홀름의 콘서트홀에서 스웨덴의 구스타브 6세와 루이자 여왕 및 관련자들이 참석한 자리에서 노벨의 얼굴이 새겨진 금메달을 수여받았다. 안드리치는 상금의 절반을 보스니아 헤르체고비나 공화국 문화부에 기부했다. 그 후, 10월 10일 당시 대통령 요시프 브로즈 티토의 초청으로 아내와 함께 대통령궁을 방문하고 문학과 예술에 기여한 공을 인정받아 국민 훈장을 받았다. 그 후 세계의 주요 일간지와 잡지들이 안드리치의 작품에 대한 서평과 인터뷰를 통해 그의 문학 세계를 조망했다.

1963년 덴마크의 코펜하겐에서 잠시 머문 안드리치는 스톡홀름에서 여러 차례 병원 신세를 졌다. 같은 해 유고에서는 '프로스베타'와 '플라도스트', '스브예틀로스트' 등이 함께하는 출판협회에서 10권 완간의 이보 안드리치 문학 작품집이 출판되었다. 노벨 문학상 수상 이전에도 그랬듯이 그의 소설들은 세계 30개국의 언어로 번역, 소개되었다.

1964년 3월 초, 안드리치는 아내와 함께 이탈리아의 밀라노로 여행을 떠났고, 그곳에서 이탈리아의 많은 작가들과 교우했다. 4월 초에는 크라쿠프 대학에서 명예박사 학위를 받기 위해 폴란드로 떠났다. 크라쿠프 다음에는 바르샤바로 가서 폴란드 작가들과 다시 해후했다.

1965년 봄, 안드리치는 상금의 나머지 반을 도서 마련과 발전을 위해 다시 보스니아 헤르체고비나 공화국에 기부했다.

이후 건강이 악화되어 집필 활동이 어려워지자 모차르트와 바흐, 리스트의 음악을 들으며 시간을 보냈다.

1968년 3월 24일, 안드리치와 이야기를 나누던 도중 아내 밀리차 바비치가 갑자기 사망했다. 그 후 안드리치는 몇 살 연상이었던 장모와 남게 되었다. 아내의 죽음 이후 그는 급속도로 슬픔과 고독을 느끼며 불면증에 시달렸다. 그동안에도 수차례 일본으로부터 초청을 받았으나 건강과 여러 가지 이유로 아시아 방문은 성사되지 않았다. 당시에는 책을 읽기에도 힘들었으므로 스톡홀름 병원으로 치료차 떠났다. 그 후에도 수차례 스톡홀름으로 향했다.

1972년 베오그라드 국립 대학으로부터 명예박사 학위를 수여

받았다. 그 후 건강이 잠시 호전되기는 했으나, 1975년 3월 13일 오전 1시 15분 베오그라드에서 숨을 거두었다.

2. 안드리치의 작품 세계
— '동양-회교도' 문화와 '서양-기독교' 문화를 중심으로

1892년 보스니아의 작은 도시 트라브니크에서 태어난 안드리치는 유년 시절 고향에서 경험했던 세계를 자신의 작품에서 그려 냈다. 어린 안드리치가 보스니아에서 경험한 세계는 동양과 서양, 즉 회교도 세계와 기독교 세계의 분리, 충돌, 화합으로 점철된 것이었다. 그의 작품에 나타난 보스니아의 역사는 19세기 말과 20세기 초 한때 강력한 힘을 발휘했던 오스만 제국이 무너지고, 기독교 국가인 합스부르크 왕조가 보스니아와 헤르체고비나를 지배하던 때였다. 당시 터키인들은 기독교인들의 서양을 가장 배척해야 할 적으로 여겼으며, 터키인들의 동양 역시 서양 문화의 안티테제로 인식되던 시기였다.

작품의 주된 배경인 보스니아에서 어린 시절부터 안드리치는 서로 대립하는 두 세상의 끊임없는 충돌, 뿌리 깊이 배어 있는 증오심과 더불어 서로 어우러진 독특한 문화를 경험할 수 있었다. 보스니아에서 태어나 자라면서 안드리치는 유년 시절부터 상반되는 두 문화의 충돌뿐 아니라, 그 가운데서 융화되고 조화를 이루어 내는 보스니아만의 독특한 문화를 경험했다. 사실 두 문화의

융화와 조화는 문화적 혼란이라고도 표현할 수 있을 것이다. 고향에서의 그런 문화적 혼란은 안드리치를 인간적으로뿐 아니라 작가로서도 매료시켰다. 그리고 실제 안드리치는 개인적으로뿐 아니라 작가로서도 보스니아를 벗어난 적이 단 한 번도 없었다. 보스니아는 그에게 고향을 넘어 그의 기억 속에 존재하는 "두 세상 중간의 어떤 나라"로 독특하게 문명화된 세계였다. 당시 보스니아, 즉 19세기에서 20세기로 넘어오는 과도기로서의 보스니아는 '동양과 서양의 만남'이 같은 장소에서 이루어지고 있는 매우 매력적인 곳이었다. 안드리치가 태어난 지 두 해가 지난 1894년 보스니아를 여행했던 스코틀랜드인 먼로(R. Munro)는 보스니아에서의 '동양과 서양의 만남'을 다음과 같이 묘사했다.

　보스니아에는 현대 보스니아인들, 인종적으로 볼 것 같으면 슬라브인이든 셈족이든 터키인이든, 혹은 종교적으로 보면 기독교인이든 유대인이든 회교도이든 상관없이 살아가고 있으며, 그 나름대로 활동하고 그들 선조의 전통적 틀 안에서 스스로의 존재를 가지고 있다. 따라서 사라예보에서는 예상했던 대로, 보는 이로 하여금 약간 당혹스럽거나 어리둥절해지는 복장들이 눈에 띈다. 남자들의 복장을 살펴보면, 어떤 사람들은 꽉 끼는 겉옷에 아래는 스타킹을 신고 헐렁한 무릎 아래에서 졸라매는 반바지에 장식된 슬리퍼를 신고 머리에는 페즈라 불리는 터키 모자나 터번을 쓰고 다니는가 하면, 또 어떤 사람들은 워낙 복합적으로 옷을 입어서 원래 자신의 옷조차도 빌려 입은 듯한 인상을 준다. 남자들 대부분은 허리에 둥근 장식 띠를 하거나 가죽띠를 두른다. 그리고 접혀 있는 부분에 담배나 칼과 같은 필요한 물건들을 넣고 다닌다. 사라예보 시장은 유럽 스타일로 옷을 입고 페즈를 쓰고 다닌다. 여자들 또한 전통 복장을 고수한다. 베일로 얼굴을 가릴 때도 있고 그렇지 않을 때도 있는데, 천을 여러 조각으로 분리해서 만든 치마를 입고 나막신을 신고 거리를 활보한다. 회교도 여자들은 좀처럼 거리에 나타나지 않는다 — 그러나 가톨릭이나 유대교 소녀들이 교태스러운 얼굴을 돋보이게 하기 위해서 페즈를 쓰거나 동전으로 장식한 둥근 모자를 쓰고 다니는 것을 볼 수도 있다.

단순한 여행객이었던 먼로의 눈에 비친 보스니아는 그야말로 두 문화의 조화가 매우 혼란스럽게 나타나는 모습이었다. 그러나 안드리치는 그보다 더 깊이 있게, 더 많이 보았을 뿐 아니라 수 세기에 걸쳐 '터키의 보스니아'에서 나타났던, 그리고 19세기 말에 '동양과 서양의 만남'으로 비친 문화에 스스로 매료되어 있었고 그것을 표현해 내기에 충분한 이해와 애정을 가지고 있었다.

안드리치의 첫 번째 소설 「알리아 제르젤레즈의 여행」은 그의 작품 세계를 이해하는 데 있어 매우 중요한 의미를 담고 있다. 작가 혹은 예술가에게 여행과 같은 새로운 경험이나 새로운 작품 발표가 특별한 계기를 주고 있다는 사실은 익히 알려진 바다. 독일의 대문호 괴테가 이탈리아를 여행한 후 고전주의 작가가 되었듯 안드리치는 「알리아 제르젤레즈의 여행」 발표 후 보스니아를 그려 내는 작가, 역사 소설가로 문학 활동을 시작했다. 안드리치는 이 소설 발표 이후, 자신의 박사 논문을 쓰면서 보스니아 역사를 연구하기 시작했다. 그는 이 소설에서 보스니아를 이미 분리되어 있는 두 세상, 동양과 서양이 만나고, 기독교 문화와 회교 문화가 섞여 가는 모습을 그려 냈던 것이다. 이 소설을 통해 안드리치는 소설가로서의 자리를 확고히 굳히는 등, 시로 등단한 그의 이력에 비추어 볼 때도 이 작품은 그의 작품 세계에 새로운 장을 열었다고 할 수 있다. 사실 보스니아는 그에게 남다른 의미를 갖게 하는 곳이었는데, 보스니아에 대한 애정을 여러 곳에서 보여 주었다.

보시다시피 지금 베오그라드에 살고 있지만, 매일 적어도 두 시간은 내가 보스니아에 있는 것 같은 착각을 일으킵니다. 사람들은 모든 걸 사랑하고 세상의 모든 아름다움에 대해 경의를 표합니다. (……) 보스니아가 경험하지 않은 것은 아무것도 없습니다! 세상 그 어느 곳에도 이처럼 흥미진진한 것들이 있는 곳은 없는 듯싶군요.
—「작가가 자신의 작품으로 말하다」 중에서

안드리치가 태어난 트라브니크, 유년 시절을 보낸 비셰그라드, 성장기를 보낸 사라예보는 그의 작품의 주된 배경을 이루는 곳이다. 소설 속에서도 나타나지만, 그 도시들 안에는 다양한 종교적, 문화적 집단(토종 회교도들, 세르비아 정교인들, 가톨릭교도들, 유대교들, 터키인들)의 직접적인 접촉이 그대로 드러나는 곳이다. 결국 크기 면에서는 작은 도시들이지만, 다양한 종교와 민족들이 얽혀 있는 큰 세상인 것이다.

「알리아 제르젤레즈의 여행」 속에서 안드리치가 어떻게 동양과 서양을 그려 냈는가를 찾아내기 위해서는 이 소설이 그의 산문 시집 『에크스 폰토』와 『네미리』와 같은 시기에 발표되었다는 점에 주목할 필요가 있다. 이 소설의 일부인 「여인숙에서의 제르젤레즈」는 1918년 문학 동인지 『크니제브니 유그』에 실렸는데, 이 시기는 1920년 『에크스 폰토』와 『네미리』가 발표된 때다. 그러나 비슷한 시기에 발표되었음에도 불구하고 이 소설은 언어적, 문체적 의미에서 그의 시집들과 매우 커다란 차이를 드러낸다. 즉 비슷한 시기에 쓰였음에도 불구하고 작가가 나타내고자 하는 의도에 따라 다른 언어로 표현된 것이다. 여기서 언어는 시대적 특성을 지닌 언어로서, 보스니아가 갖는 역사적 특수성을 나타내는 투르치잠[2]을 가리킨다.

1921년 「초르칸과 오스트리아 여자」, 1922년 「터키 군대 주둔」, 1923년 「여인숙에서」, 「카사바에서 사랑」, 「무스타파 마자르」 등을 발표하면서 안드리치는 보스니아와 보스니아의 과거를 그리는 데 있어 동양과 서양의 만남에 대해 특히 중점을 두고 글을 썼다. 그리고 보스니아의 역사를 이야기하면서 과거로 인해 초래되는 결과까지 서술하려고 했다. 「무스타파 마자르」는 주인공 무스타파 마자르가 알라신과 그리스도의 이름을 걸고 양분된 전쟁터에서 보여 주는 활약상을 그린 내용으로, 터키군에 대항해 싸우던

2) 수백 년 동안 터키의 지배를 받았던 잔재로, 세르비아어 혹은 크로아티아어에서 외래어로 차용되어 쓰이고 있는 터키어.

오스트리아인들이 무참히 참패당하고 죽어 가는 모습을 보여 주면서, 또한 토종 기독교인들이 죽어 가는 모습을 그렸다. 안드리치가 어쩌면 종래의 보스니아에서 일어났던 내전을 미리 예견하고 이에 대한 경종을 울린 것으로 그의 작품이 평가받게 되는 것이기도 하다. 소설에서 가장 흥미롭고 아이러니한 것은 주인공이 죽음 직전까지도 떨쳐 버리지 못한 생각이었다.

세상은 너무 비열한 것들로 가득 차 있군. 세례를 받은 곳이든 그렇지 않은 곳이든 도처에.

—「무스타파 마자르」 중에서

무스타파 마자르는 전통적인 헝가리계 출신으로 할아버지 대에 회교도로 개종한 집안에서 태어났다. 그는 러시아, 헝가리, 슬라보니아 등지에서 터키 군대의 용맹을 떨치는 군인으로, 바냐루카 전투에서 대승을 거두기도 했다. 가장 빈번하게 오스트리아와 헝가리에 대항해 싸우고 승전을 올린 이유로 아이러니하게 그의 이름을 '마자르(헝가리인)'라고 부른 것이다. 사실 우리에게 흥미로운 것은 그의 군인으로서의 활약상이 아니라 수많은 전쟁에서 용맹을 떨쳤던 그의 내면에 일어나고 있는 마음의 변화, 심리 상태다. 그는 상당히 고독하고 불행하며, 늘 어딘가에 정신을 놓고 있는 듯한 인물이었다. 「무스타파 마자르」는 어느 뛰어난 영웅이 서서히 의기소침해지다가 편집증 증세를 드러내면서 미쳐 가는 모습을 그리고 있다. 주인공을 통해 안드리치는 삶의 가장 정점에서 밑바닥까지, 즉 성공에서 실패를 겪으면서 변화하는 모습을 보여 주었다. 이런 점 때문에 심리 소설이라 할 수 있는 이 소설은 두 가지 흥미로운 점을 가지고 있다. 하나는 보스니아에서 동양과 서양이 극적으로 부딪치고 충돌하는 모습을 보여 주고 있으며, 더욱 특징적인 것은 이 두 문화가 서로 섞이지 않고 오히려 상반되어 경계를 이루고 있다는 점이다. 다른 하나는 비평가 이시도라 세쿨리치가 「이보 안드리치 소설에서의 동양」을 쓰는 데 이 소설의 예를 가장 많이 들고 있다는 것이다. 어쨌거나 이 소설의 주인공 스스로도 외형상뿐 아니라 내면적으로도 동양적/서양적 특징을 가지고 있다.

19세기 초 역사적 변화가 컸던 이 시기는 회교도에게나 기독교에게나 힘든 때였음을 안드리치는 다음과 같이 묘사했다.

마을은 우쥐체, 노비 파자르, 스예니차[3]에서 온 난민들로 가득 차 있다. 도망쳐 온 뒤에 이곳에 남은 것이라곤 음식도 돈도 없이 빈털터리가 된 두려움만 남아 있다.

—「무스타파 마자르」 중에서

한편에서는 알라신의 이름을 걸고 다른 한편에서는 예수의 이름을 걸고 두 가지 다른 종교로 나누어져 싸우는 이 전쟁에서 사람들은 단지 상대편을 이기려는 것뿐 아니라 서로를 박해하고 뿌

---

3) 세르비아 남부에 있는 작은 도시들로, 회교도인들이 특히 많이 살고 있는 곳이다.

리째 뽑아내리고 했다. 오스트리아군을 무찌른 터키군의 승리에 대해 안드리치가 회상하는 장면을 보면 패전한 오스트리아군들과 함께 그곳에 살고 있는 기독교인들도 수많은 희생을 치렀음을 알 수 있다.

　터키 군대 바냐루카인들이 도시를 포위했고, 비회교도인들을 대량 학살하고 약탈하기 시작했다.

　　　　　　　　　　　　　　　　　　—「무스타파 마자르」 중에서

　무스타파 마자르의 개인적인 신상을 살펴보면, 헝가리계의 유서 깊은 가문이었으나 회교도로 개종한 집안 출신으로, 그의 아버지는 낭비벽이 심한 데다 술주정뱅이였다. 터키인보다 회교도로 개종한 사람들이 더 악하다고 했던 걸 보면 그의 정신병 증상이 전혀 예기치 못한 것은 아니다. 무스타파 마자르도 그의 종적을 살펴보면 극악무도하기 이를 데 없었다. 기독교인과의 전쟁뿐 아니라 그 후에도. 그러나 비록 그가 특정한 시간적 배경에 역사적으로 알 만한 지역에서 동양적 특색을 띠는 옷을 입고 지내며, 평범하지 않고, 남에게 피해를 입히고 악마 같은 성향을 지녔음에도 불구하고 언제나 예술가의 생각과 상상을 지닌 누군가를 매혹시킬 수 있는 매우 흥미로운 인물이다.

　1924년 안드리치는 그라츠 대학에서 「터키 지배하 보스니아에서 종교 생활의 변화」로 박사 학위를 받았다. 안드리치의 박사 논문은 보스니아가 독립한 시기부터 터키 지배를 거쳐 합스부르크

가가 병합할 때까지 보스니아에서의 종교적 생활 발전 양상 — 터키의 침략 이전 보스니아는 어떤 상태였고, 어떤 과정으로 함락되었으며, 터키의 식민지 정책은 어떻게 진행되었는가 등 — 을 그려 보는 시도였다

　세르비아에서 출판된 보스니아 역사서 가운데 매우 객관적인 시각에서 서술된 것으로 평가받고 있는 안드리치의 박사 논문은 이후 그가 발표하는 작품들의 토대가 되었다. 결국 박사 논문을 쓰면서 보스니아의 과거에 대한 완벽한 통찰력을 가지고 있었기 때문에 그의 논문은 '과거의 보스니아'를 문학적으로 묘사하는 데 학문적 토대가 되었다. 그리고 논문이 학술성과 전문성을 모두 가지고 있다 하더라도 역사학자가 아닌 작가의 글이어서 오늘날 평범한 우리를 더욱더 만족시켜 줄 수 있는 것이다.

　안드리치의 소설 속 주인공으로 등장하는 수사들, 예컨대 페타르 수사, 마르코 수사, 세라핀 수사 등은 모두 안드리치 자신이 유배 생활을 할 당시 돌아다녔던 중세 보스니아의 유명한 사원들에서 읽은 연대기들에 실제 나오는 인물을 전범으로 삼은 것이다. 그의 소설 속에서 보스니아 가톨릭 신자들은 서양적인 특징을 대변하는 인물들로 나타난다. 논문 이후 그는 네 편(「무사피르하나에서」, 「감옥에서」, 「고백」, 「가마솥 옆에서」)의 소설들을 발표했는데, 주인공은 모두 가톨릭 수사 마르코 크르네타다. 비록 같은 인물이기는 하지만 네 편의 소설들에서는 각각 다른 모습으로 등장한다. 이후 가톨릭 수사가 주인공인 소설들이 줄지어 나왔다

(「고통」, 「몸통」, 「술잔」, 「물방앗간에서」, 「삼사라 여인숙에서 일어난 우스운 이야기」, 「시도」).

안드리치의 작품에서 더욱 흥미로운 점은 그가 서양-유럽적인 특징뿐 아니라 동양-터키의 특징들까지 매우 생생하게 묘사함으로써 작가 스스로 그 두 개의 다른 세상 사이에 존재하고 있다는 사실을 보여 준다는 것이다. 보스니아 가톨릭 중에서도 가장 주류를 이루었던 프란체스코파는 그들만의 철저한 이데올로기로 기독교의 서양을 대변했는데, 터키 침략 이후 동쪽에서 밀려온 회교도와 회교 정부로부터 자신들의 가치와 생존에 위협을 받자 즉각 방어하며 대응하기 시작했다. 이러한 과정을 통해 생기는 갈등과 오해를 안드리치는 자신의 박사 논문과 소설들에서 그렸다. 하지만 안드리치는 그 복합적인 세상을 서로 충돌하는 과격한 모습으로 묘사한 것이 아니라 독자들 스스로 그 당시의 그림을 떠올리고 이해할 수 있도록 그렸다.

보스니아에서 이 두 개의 대립적이고 상반된 세계는 평화롭게, 인내를 가지고 서로 이해하면서 살아갈 수가 없었다. 특히 17세기 슬라보니아와 달마티아에서 서유럽 세력과 터키의 큰 전투에서 가톨릭 수사들이 활발하게 참여한 것을 안드리치는 자신의 소설들에서 묘사하고 있다. 그의 소설 속 주인공들은 성격상 매우 유쾌하고 특별하다. 물론 소설 「무사피르하나에서」에 나오는 수사 마르코 크르네타도 예외는 아닌데, 그는 상당히 고집 세고, 때로 잘 어울리지 않고, 외국인들, 특히 다른 종교인들에게는 조금도 인내심을 발휘하지 않는 매우 보수적이며 고집 센 인물이다. 마르코 크르네타의 고집 센 성격이나 비사교적인 모습은 두 종교 세계가 서로의 것을 고수하면서 융화하지 않는 모습을 상징한다. 주인공 마르코 크르네타가 하는 일은 수도원에서 음식과 술 등을 관리하며 인부들에게 월급을 주기도 하고, 무사피르흐나를 찾아온 터키인들을 맞이하는 것이었다. 사실 무사피르흐나라는 배경 자체로도 서양 세계에서의 동양, 예컨대 동서의 만남을 상징하고 있음을 알 수 있다.

「고백」에서 주인공 마르코 수사는 하이두크 이반 로샤의 영혼을 위해 기도하면서 세상이 날카롭게 양분되어 있음을 깨닫는다. 그가 깨달은 세상은 기독교 세계와 비기독교 세계, 더 포괄적으로 얘기해서 그의 시선으로 바라본 선한 세계와 나쁜 세계였다. 그리고 또한 그는 이 두 세상 모두가 전지전능한 '신의 온정'이 지배하는 우주의 일부임을 깨닫는다.

양분된 세상에 대한 마르코 수사의 생각은 「가마솥 옆에서」에서 더욱 확연히 드러난다. 마르코는 신학을 공부하는 학생으로서 다른 소년들과 로마로 가게 되었는데, 이국의 낯선 로마 하늘 아래에서 보스니아를 향한 주체할 수 없는 그리움을 느낀다. '고국'과 '타국'의 상반된 개념을 마르코 수사는 경험한다. 이러한 안티테제는 로마 혹은 보스니아에 대한 소속감뿐 아니라 문화, 이데올로기, 종교로의 소속감을 의미하고 있다. '내 것' 혹은 '남의 것'으로 경험할 수 있는 것이다. 앞서 말한 세 소설들과 달리, 「감옥에서」는 마르코 수사가 수도원의 많은 벌금을 둘러싸고 회교도 고관의 부동산 관리인 파즐로와 겪는 대립과 감옥에서의 얘기를 들려준다. 터키 감옥에서 마르코 수사는 똑같은 이유로 잡혀 들어온 세르비아 정교 수도승 밀렌티예비치를 만난다. 사실 안드리치도 자신의 논문에서 언급한 바 있지만, 가톨릭 수사들과 세르비아 정교 수도승들은 자신들의 기득권을 둘러싸고 대립했으나, 감옥이라는 공통된 고통의 순간에 함께 봉착했을 때 그들은 어느새 자신들을 감옥에 넣은 터키의 압제자 파즐로를 증오하고 있다는 공감대를 느꼈다는 것이다. 즉, '서양'을 대변하는 '기독교인들'이 '동양'을 대변하는 '회교도들'에 대해 공통된 입장을 드러냈음을 알 수 있다.

1924년에 발표한 소설집에서 안드리치는 자신의 소설들이 '터키인들'과 '보스니아인들'에 관한 이야기임을 명시했다. 안드리치는 이 두 명제를 통해 하나의 대조적인 것을 축으로 삼아 보스니아와 그 역사적 운명을 그려 내는 예술적 시도에 성공을 거두었다고 평가할 수 있다. 안티테제 '터키인'과 '보스니아인'은 '회교도'와 '기독교'로 이해될 수 있다. 그러므로 안드리치 작품에서는 '터키인'이라는 단어조차 종교적으로나 문화적으로나 민족적으로 다른 지배 민족만을 뜻하는 것이 아니라 회교도적인 특색을 지닌 사람들, 즉 보스니아 회교도도 함께 포함하고 있다는 것을 인지해 둘 필요가 있다. 따라서 이 두 안티테제는 결국 동양과 서양이라는 상반된 분위기를 나타내는 것이다.

「삼사라 여인숙에서 일어난 우스운 이야기」를 보면 기독교인에 대한 터키인의 행동을 볼 수 있다.

크레셰보의 무테셀림인 함즈 아가는 근래 들어 수도원에 대해 노골적으로 적대감을 드러내며, 사사건건 심술을 부렸다. 수사들을 사라예보에 고소해서 벌금을 물려 빼낼 수 있는 만큼 최대한 빼내도록 만들었는데, 예를 들면 그들의 초목지도 모두 없애고 그들의 가축에게까지도 해를 미치도록 궁리했다. (……) 수도원장 스트예판 람랴크 수사는 너무 흥분한 나머지 주체를 못하고 화병이 나 있었다. 그는 (……) 새로운 무테셀림의 '사악한 간계와 악의'만을 모든 일상에서 보고 있었다.

　　　　　　　　　　─「삼사라 여인숙에서 일어난 우스운 이야기」 중에서

안드리치 소설의 배경은 줄곧 터키 지배하의 보스니아지만, 예외적으로 「몸통」과 「저주받은 안뜰」은 보스니아가 아닌 소아시아, 즉 동양이 배경이다. 「몸통」에서 페타르 수사는 이렇게 이야기한다.

내가 만약 꿈을 꾼 것이라면 이렇게 이상한 꿈이 세상에 또 있을까. 하지만 어쩌겠는가? 아시아에서는 모든 일이 일어날 수 있고 어디에서나 또 누구나 왜 이런 일이 일어났는지 어떤 상황인지 서로 물어볼 수는 있지만 어느 누구도 그 질문에 대답이나 설명해 줄 필요가 없는 땅인걸. 그렇게 질문들이 해결되지 않은 채 잊히고 또 그렇게 수많은 종족과 민족들이 오랜 세월 동안 살아가고 있는 곳인걸.

　　　　　　　　　　　　　　　　　　　　─「몸통」 중에서

또 이야기를 해 나가는 사람의 경험이 독자들에게 영향을 끼칠 만한 언급이 나온다.

내가 소아시아에서 망명 생활을 했을 때, 나는 너무나도 희한한 것들을 많이 보았지. 물론 나쁜 것도 좋은 것도. 사실 좋은 것보다는 나쁜 것이 더 많기는 했지만 말이야. 왜냐하면 우리가 살고 있는 이 하늘 아래에서 좋은 일이란 적기 때문이지. 그곳에서 나는 한 남자를 보았는데 그는 가히 살아 있는 사람들을 주시하는 모든 악과 불행의 산증인이었지.

—「몸통」 중에서

세상 모든 곳에 선보다는 악이 많다고 피력한 페타르 수사의 언급에는 분명 작가의 생각이 투영되어 있다고 할 수 있다. 그렇다면 왜 그런 배경으로 동양이 되어야 했을까? 동양이라는 배경은 서양 출신의 작가에게 그의 상상력을 제한하지 않는 무한한 공간을 제공한다. 따라서 그는 자신이 상상하는 세계, 즉 동양에서는 무슨 일이든 일어날 수 있다고 보는 것이다. 특히 동양이라는 배경은 그 나름의 보이지 않는 매혹적인 인테리어를 제공한다. 그뿐만 아니라 동양이라는 배경은 아주 신기한 이야기를 할 수 있는 이국적이고 매력적인 사람들도 포함하고 있다. 왜냐하면 그들은 자기 주인의 성향이나 비밀까지도 너무나 잘 알고 있기 때문이다. 한 노예가 챌래비 하피즈의 운명에 관해 페타르 수사에게 이야기하는 것을 통해서도 알 수 있다. 또한 동양은 숙명론을 제공한다. 신의 힘으로도 황제의 권력으로도 차마 막을 수 없었던 압제자 하피즈는 온 갖 횡포와 난동 끝에 찾아온 죽음을 통해 가장 추악한 범법자는 가장 처절하게 죽는다는 동양의 권선징악 교훈을 보여 주는 것이다.

터키인 이야기는 페타르 수사가 챌래비 하피즈에 대해 이야기하면서 "아시아에서는 모든 일이 일어날 수 있다……"라는 그의 생각으로 끝을 맺는다.

「제파 위의 다리」의 주인공 비지르 유수프는 보스니아 출신으로 경험 많고 학식 있는 사람이었다. 한때 술탄의 음모에 빠져 곤경에 처하기도 하지만, 결국에는 승자가 된다. 고독과 냉대 속에 살면서도 비지르는 자신의 뿌리와 고향을 떠올린다. 심지어 감옥에 있는 동안에도 그가 9년밖에 보낸 적이 없는 고향 제파와 부모를 잊지 않는다. 이것으로 비지르 유수프가 인간적인 운명과 자연에 연결되어 있음을 알 수 있다. 그냥 주저앉아 포기하는 모습이 아닌, 자기 안에 뭔가 열정적이고 계획한 것을 담고 있다. 이러한 동양의 철학을 안드리치는 작품에서 드러냈다.

「시나노바 회교 수도원에서의 죽음」에 나오는 주인공 알리데데는 종전의 안드리치 작품에 나온 터키인들과 사뭇 다르다. 오히려 정반대의 캐릭터라고 할 수 있을 것이다. 알리아 제르젤레즈나 무스타파 마자르, 챌래비 하피즈가 막강한 권력이나 악덕으로 유명한 인물이었다면 알리데데는 높은 학식과 뛰어난 종교 수행으로 존경을 받고 있는 인물이다.

사라예보에 있는 회교 수도원에서 알리데데의 설교를 듣기 위해 많은 지성인들과 종교 인사들, 시민들이 몰려들었다. 이런 일은 으레 수도원 안마당에서 벌어지는데, 회교 건축 양식을 한껏 느낄 수 있는 안마당을 안드리치는 애정을 갖고 묘사했다. 회교 사원의 안마당 묘사와 제파 위의 다리 묘사를 보면 안드리치가 동양 문화에 상당한 애정과 경외심을 가지고 있음을 알 수 있다.

터키인들이 등장하는 안드리치 소설에는 민족의 소망, 정의와 조금 다른 삶과 더 나은 시간들을 갈망하는 불멸의 소망이 살아 숨 쉬고 있다.

안드리치의 첫 번째 소설집에 발표된 소설 「카사바에서의 사랑」⁴⁾의 공간적 배경은 비셰그라드다. 비셰그라드의 석교에 대해 안드리치는 이렇게 표현했다.

동양으로 향하는 길목에 가장 중요한 출발점이 되는 그 커다란 석교가 없었다면 그 장소에 결코 작은 마을이 생겨나지 않았을 것이다.
—「목마름」 중에서

이곳에서 사랑이 싹트기 시작했다 — 리프카가 레데니크를 사랑하게 되었다.
—「카사바에서의 사랑」 중에서

---

4) *Ljubav u kasabi*. 'kasaba'는 작은 마을을 뜻하는 아랍어로서, 안드리치 작품 특유의 색깔을 나타낸다. 이 글에서 카사바는 비셰그라드를 가리키며, 동양으로 가는 길 위에 놓인 장소로 보면 된다. 그 안에 살고 있는 사람들의 종교는 중요하지 않다. 왜냐하면 수 세기에 걸쳐 살아 오면서 자신들의 독특한 동양적 특성을 받아들였는데, 안드리치를 사로잡았던 이 점을 그는 'old Bosnia'로 명명했다.

소설의 여주인공 리프카는 자신의 카사바로 찾아든 이방인 청년 레데니크를 사랑하게 된다. 카사바에서 한 원주민 소녀와 외국인 간의 사랑이 싹튼 것이다. 다시 말해 평범하지 않은 젊은 이주자에 대한 어린 소녀의 사랑이다. 리프카는 유대인 파파의 딸로, 그녀의 아버지는 50년 전에 가난한 장인(匠人)의 신분으로 사라예보에 와서 지금은 이 마을 최고의 지주가 되었다. 그의 딸 리프카는 동양을 향한 이 마을의 한 일부인 것이다. 청년 레데니크는 크로아티아의 전통 있는 가문 출신으로, 빈에서 자랐으며 경제적인 문제와 모험을 즐기기 위해 이 마을을 찾아온 것이다. 레데니크는 서양에서 온 사람으로, 두 사람의 만남은 동양으로 향한 한 마을에서 두 개의 상반되는 요소, 즉 동양적인 요소와 서양적인 요소가 함께 만난 것이다. 안드리치는 그들이 언제 어떻게 알게 되고 사랑하게 되었는지를 설명하지 않았다. 왜냐하면 이 소설에서 중요한 것은 두 연인의 사랑이 아니라 이 사랑을 둘러싸고 마을에서 벌어지는 일들과 두 상반되는 사회가 이들의 사랑으로 상징되는 두 문화 간의 만남을 어떻게 받아들이고 있는가의 문제이기 때문이다. 유대교 집안인 리프카의 가족들은 리프카와 레데니크의 스캔들을 듣자 리프카를 먼 곳으로 시집보내려 서두르고, 그녀는 그 고통을 견디다 못해 자살하고 만다. 불륜이 아닌 두 남녀의 사랑을 단지 문화가 서로 다르다는 이유로 상대방을 받아들이려 하지 않고 서로 경계만 하다가 결국 한 소녀의 목숨마저 앗아 가고 만 것이다. 여기서 우리는 리프카에게 사랑이 어떤 의미였는지를 확실히 알 수 있다. 즉 그녀를 통해 동양의 숙명론을 인지하게 된다. 반면 안드리치는 레데니크가 서양에 있는 그의 친구에게 쓴 편지를 독자에게 보여주는데, 어떤 의도였는지 두 장의 지면이나 할애하고 있다. 자신 때문에 목숨까지 잃은 소녀와의 관계를 레데니크는 어떻게 느끼고 있는지를 통해 서양적 특징을 드러낸다.

나는 너무나 지저분하고 교육받지 못한 야만인들과 살고 있는 것 같다네. 사실 이곳 사람들은 문명화되어 있지 않을 뿐 아니라 내 생각에는 끝내 문명화되지 않을 것 같군. 이들이 그나마 가지고 있는 그 알량한 이성과 정신마저도 어떻게 하면 문명으로부터 멀어질까 궁리하는 데 쓰는 것 같으니 말일세.

—「카사바에서의 사랑」 중에서

그리고 이방의 문화와 이방인에 대해 철저히 경계하고 거부하는 카사바 사람들에 대해 레데니크는 다음과 같은 내용의 편지를 빈에 있는 친구에게 적어 보낸다.

보고 싶은 게자, 내가 이곳 숲으로 온 지도 8일째가 되었네. 나는 나의 사랑스러운 유대인 소녀도 잃고 저 아름다운 다리도 잃었지. 소문은 계속 번져만 가네. 이 빌어먹을 모든 유대인들을 악마가 데려갔으면 좋으련만! 이 정신 나간 땅마저도 말일세! (……) 뭐, 이런 민족이 다 있는지 모르겠어!

—「카사바에서의 사랑」 중에서

이 서양인에게 마을은 그저 스쳐 지나가는 여행지였을 뿐이며, 이곳에서의 사랑은 이곳을 벗어나 다른 곳으로 가기 위한 수단에 불과할 뿐이었다. 그에게는 이 마을의 전통이나 구조를 이해하거나 받아들일 마음이 조금도 없었다. 사랑에 대한 레데니크의 이런 행동은 전형적인 서양인의 모습을 상징한다. 물론 그에게 어떤 악의가 있는 것은 결코 아니다. 다만 무모한 사랑에 대해 책임을 지거나 그것에 얽매이고 싶지 않은 자유로움을 대변하는 다른 문화에서 왔을 뿐이다.

안드리치의 초기 작에 속하는 「카사바에서의 사랑」에서는 이 거대한 두 문화적 테마가 예술적으로 정돈되어 있다기보다는 거칠게 서술되고 있어 마치 그냥 내던져진 듯한 인상을 준다. 그러나 「첩 마라」에서는 한 소녀가 두 문화 사이에서 느끼는 갈등을 한층 예술적으로 표현했다. 트라브니크의 빵집 딸로 태어난 마라는 이 소설의 비극적 여주인공이다. 종교와 문화로 매우 극심하게 양분된 두 사회에서 그녀는 버림을 받는다.

> 트라브니크에서 파샤가 세내 준 이 집으로 이사 온 마라는 정신을 차릴 수가 없었다. 처음 며칠 밤은 육체적 고통으로 괴로워했고 그다음에는 정신적 고통과 수치심으로 심한 압박감에 사로잡혔다.
>
> —「첩 마라」 중에서

마라는 기독교 가정에서 자란 독실한 기독교인이지만 그의 기독교 문화는 가혹할 정도로 냉담하게 그녀를 대한다. 마음의 위안을 찾고 싶었던 마라가 교회에 가고 싶어 하는 것을 알아차린 파샤는 그녀가 교회에 갈 수 있도록 허락한다. 보다 포용적이고 너그러운 이슬람 문화에 대한 묘사가 후에 안드리치를 기독교인들로부터 공격받게 만드는 부분이기도 하다. 그러나 교회에 다녀오는 길에 마라는 심한 오열을 느끼며 가까스로 집으로 돌아와야만 했다.

마라가 교회 입구에 나타나자 모든 사람들이 그녀를 쳐다보았다. 늙은 여자나 젊은 여자나 그들이 머리에 쓴 검은색이나 색깔 베일 사이에서 빛나는 눈으로 마라를 쏘아보았다. 그것은 증오와 경멸의 눈초리였다. 마라는 교회 구석에서 전신이 마비된 듯 서 있어야 했다. 아무도 그녀에게 자리를 양보해 주거나 통로를 비켜 주지 않았다. 그녀가 더욱 견디기 힘들었던 것은 설교가 끝날 무렵, 그녀가 이해할 수 없는, 그러나 그녀를 비웃는 것임에 틀림없는 몇 마디를 수사가 내던질 때다.

―「첩 마라」 중에서

자기 의사와 상관없이 파샤의 첩이 되어야 했던 마라는 회교도 세계에도 속할 수 없고 기독교 세계에서는 버림을 받은 가여운 희생양이었다. 그녀가 그토록 두려워했던 파샤에게 익숙해져 갈 무렵 터키 제국은 쇠약해져서 오스트리아-헝가리 이중 제국에 보스니아를 넘겨줘야 했다. 아마 이 두 문화가 부딪치는 1878년이 마라에게는 가장 어려운 시기였을 것이다. 파샤는 키우던 개까지 데리고 가면서 마라는 버리고 떠난다. 그녀는 다시 자신의 의사와는 상관없이 기독교 가문인 파무코비치 집안으로 가게 된다. 이 이야기는 네벤카가 아들을 낳아 옐라가 유모를 구하러 가는 장면으로 끝을 맺는다. 삶은 죄악과 고통에도 불구하고 그렇게 계속되는 것이라고 작가는 전한다.

1945년에 발표된 『아가씨』에서도 주인공 라이카 라다코비치라는 아가씨를 통해 이슬람으로 대변되는 동양과 기독교로 대변되는 서양의 충돌을 보여 주었다.

동양적인 관습과 중부 유럽 문명의 혼합은 어떤 사회의 독특한 형태를 만들어 냈다. 그 사회 안에서는 원주민들이 소비하는 데 필요한 새로운 것들을 만드느라 이주자들과 경쟁을 벌인다. 가난한 사람에게나 부유한 사람에게나 절약이 미덕이었던 관습은 이제 색 바랜 이야기가 되어 버렸다.

―『아가씨』 중에서

당시 시대적 배경은 사라예보가 오스트리아의 지배에 들어갔던 때이므로 동양과 서양 두 다른 문화가 서로 부딪치며 섞여 가고 있었다.

라다코비치는 여자에게 주부가 되고 어머니가 되는 것이 유일한 길이라 믿고 있는 당시의 보수적이고 동양적 특성을 지니고 있는 사회와는 거리가 먼 여자였다. 그녀는 아버지가 돌아가시자 그 당시 '남성'들의 전유물로만 여겨 왔던 상업 전선에 뛰어들어 사라예보 시민들이 모두 놀랄 만큼 커다란 성공을 거둔다. 사실 사라예보 사람들이 놀란 이유는 그녀가 거둔 성공보다도 그런 성공을 이룬 사람이 여자라는 사실이었다. 안드리치는 라다코비치의 삶을 통해 서양 문화와 동양 문화의 충돌과 조화를 보여 주었다.

이보 안드리치의 오랜 문학 업적 중에서 장편 소설은 비교적 짧은 시기를 차지한다. 세 편의 완작 장편 소설『드리나 강의 다리』, 『트라브니크 연대기』와『아가씨』는 모두 제2차 세계 대전 중에 쓰여 1945년에 출판되었다. 이 세 작품의 출현으로 세르비아와 유고슬라비아 소설계에서는 새로운 부흥이 일어났다.

1945년『드리나 강의 다리』초판에는 안드리치의 메모가 적혀 있다.

1942년 7월 베오그라드 ~ 1943년 12월.

시기적으로 제2차 세계 대전이 한창이던 때이고, 안드리치가 집필하며 지내던 베오그라드가 나치의 삼엄한 통제하에 있던 때임을 본다면『드리나 강의 다리』집필 당시와 배경을 인식하게 하고자 하는 작가의 의도를 엿볼 수 있다.

안드리치는 우리 사회에서 사람들 간에 양분되어 있거나 제각기 흩어져 있는 것을 서로 이어 주고 화합시켜 주기도 하고 조화를 이룰 수 있도록 만들어 주는 것이 '다리'임을 설파했다.

『드리나 강의 다리』는 드리나 강 위에 세워진 다리에 대한 연대기, 다리 옆의 마을 카사바에 대한 연대기이며 비셰그라드 시의 연대기다. 즉 수 세기에 걸친 이 도시와 사람들의 운명의 역사다.

16세기부터 제1차 세계 대전 이전까지 장장 4세기(1516~1914)에 걸쳐 비셰그라드라는 작은 도시에서 일어나는 일상사를 그린 대하소설로, 주요 무대는 당시 보스니아 총독 메메드 파샤 쇼콜로비치가 건설한 다리 주변이다. 결국 드리나 강 위의 다리를 경계로 양분되어 있는 마을, 기독교 주민과 회교도 주민들의 내면세계를 묘사할 뿐 아니라 일상의 세세한 이야기까지 정확하게 표현함으로써 그는 보스니아의 살아 있는 역사를 그려 냈다.

『트라브니크 연대기』는 안드리치의 출생지인 트라브니크에 관한 이야기이며, 『드리나 강의 다리』는 그가 어린 시절을 보낸 비셰그라드에 관한 이야기, 『아가씨』는 그가 학창 시절을 보낸 사라예보에 관한 이야기다. 이 때문에 안드리치의 작품을 이해하기 위해서는 안드리치 자신이 태어난 곳, 그가 어린 시절을 보낸 곳, 그가 학창 시절을 보낸 도시와 매우 관련 있기 때문에 보스니아에 대한 그림을 가지고 있을 필요가 있다.

사라예보를 배경으로 한 『아가씨』가 사업으로 큰 성공을 이루었으면서도 근검절약으로 억척스럽게 살아가는 한 여성의 일생을 그린 전형적 인물 소설이라면, 『드리나 강의 다리』는 비셰그라드라는 작은 도시에서 일어난 역사적 사건을 연대적으로 서술하고 있다. 따라서 『드리나 강의 다리』는 전형적 시간 소설로 나눌 수 있으며, 『트라브니크 연대기』는 전형적 공간 소설의 범주에 속한다고 할 수 있다. 또한 안드리치 소설의 매우 흥미로운 점 중 하나는 공간이 주인공 역할을 한다는 사실이다. 즉 『트라브니크의 연대기』에서 카사바[5]는 『드리나 강의 다리』에서도 그랬듯이 소설

속 등장인물의 한 유형이라고 할 수 있다. 카사바가 갖는 집합적인 특징이나 모습은 소설에 구체적으로 묘사되어 있다. 안드리치는 소설에서 카사바에서 반란이 일어나고 봉쇄되는 때를 묘사했는데, 카사바의 소요를 "눈먼, 잠들지 않는 그리고 황폐한" 모습으로 수차례 그려 냈다. 그리고 카사바는 매번 "전통과 본성에 의거해 만들어진" 논리에 따라 영향을 주는 공동체로 그려지고 있다. 소설의 공통된 주인공이 안드리치의 주요 주인공은 아니지만, 소설에서 매우 중요한 역할을 하고 있는 것은 사실이다. 그리고 카사바라는 특별한 공간-인물은 중요한 의미를 갖는데, 왜냐하면 소설 속에서 수차례 '동쪽의', '동양적인' 단어들로 묘사되기 때문이다.

『트라브니크 연대기』는 제목에서도 알 수 있듯이 트라브니크에서 벌어진 역사적 사건을 담고 있다. 트라브니크에 터키 고관들이 들어와 지배했던 시기부터 서양의 외교관들이 오게 되면서 두 문화가 공존하는 시기를 시간적 배경으로 삼고 있다. 그래서 이 작품은 '영사들의 시간'이라는 부제로도 잘 알려져 있다. 1878년 보스니아의 오스트리아-헝가리 점령 시기부터 1918년 제1차 세계 대전까지 일어난 일을 담은 연대기로서뿐 아니라 상이한 두 문화의 변화를 그려 내고 있다. 터키 제국의 쇠퇴와 몰락으로 사라지는 동양 문화의 뒤를 이어 오스트리아-헝가리 군대와 정권이 지닌 새로운 서양 문화가 유입되었다. 작가는 프랑스 영사와 오스트

---

5) kasaba. 지역의 작은 다운타운을 가리키는 아랍어로, 소설의 시대적 배경을 나타내는 말이기도 하다.

리아 영사, 그들의 가족, 친구, 동료 지인들 간의 만남, 코나크에서 보스니아 원주민들과 비지르와의 접촉을 통해 드러나는 문화 간의 이질성, 다른 문화를 바라보는 서로 간의 시각, 그로 인해 벌어지는 해프닝과 사건을 역사적 사실에 근거하여 그려 냈다. 소설 속의 프랑스 영사 잔 다빌은 주인공일 뿐 아니라 이야기를 풀어 가는 내레이터 역할을 한다. 이야기 내내 줄곧 그의 시각과 생각을 통해 사건이 묘사되고 있는데, 이것은 비지르의 도시 트라브니크에 나폴레옹의 프랑스 왕국 외교 대표로 온 영사 피에르 다비드라는 실제 인물의 일기와 회상을 이야기 서술의 주된 방법으로 사용하고 있기 때문이다. 물론 소설에서는 잔 다빌로 개명되었지만, 여전히 이야기를 이끌어 가는 주인공이며 소설에서 등장하는 세 명의 오스만 제국 비지르도 그의 관점에서, 또 그가 알고 있는 만큼과 그의 통역자 다브나가 그들에 관해 들려준 만큼만 나타나고 있다. 그리고 또한 카사바라는 배경도 이야기 서술의 도구가 아닌 관찰의 측면이 강한데, 작가의 입장에서가 아니라 소설 주인공들 (잔 다빌이나 그의 다른 동료들)의 시각으로 표현해 내는 도구였다. 작품에서 공간-인물인 카사바는 토속 원주민들의 시각보다는 그곳을 찾아온 외국인들, '서양 사람들(잔 다빌, 데포세, 폰 미테레르)'의 시각으로 줄곧 그려지고 있다. 카사바는 영사들의 이야기에서 언제나 뒤편에 있지만, 사건의 무대로서가 아니라 하나의 주인공 역할을 하고 있다는 것에 주목할 필요가 있다. 실제 카사바는 서양의 영사들과 동양의 비지르들이 그들 나름대로의 목적의식과 과제를 안고 온 곳이다. 그러나 트라브니크의 카사바는 서

유럽에서 온 영사에게나 동양에서 온 비지르 모두에게 그저 낯선 장소일 뿐이었다. 카사바는 양쪽 모두에게 적대감을 가지고 있었다. 그들 모두를 이방인으로서만 받아들였다가 버릴 때는 마치 남의 것인 듯 휙 던져 버렸다. 이슬람적인 분위기를 띠고 있는 듯해 동양의 비지르들에게 자칫 익숙할 것처럼 보이지만 카사바는 실제 터키인에게나 기독교인 모두에게 한결같이 낯설고 이해할 수 없는 다른 세계임을 작품 곳곳에서 찾아볼 수 있다.

가장 운 좋은 비지르는 스탐불에서 출발하여 프리보예로 왔다가 보스니아는 발도 내딛지 않고 다시 스탐불로 돌아가는 사람이다.

—『트라브니크 연대기』중에서

서양 영사들의 경우를 보면, 그들이 트라브니크로 온 지 7년이 흘러 이곳을 떠나게 될 때를 다음과 같이 묘사했다.

마을 사람들은 별나고 이상한 생활 방식을 가진 외국인들. 게다가 보스니아 일에 건방지게 사사건건 참여하던 그들이 떠난다니 후련하기 그지없었다.

—『트라브니크 연대기』중에서

결국 동양에서 온 비지르와 서양에서 온 영사는 소설에서 주인공과 상대역이 아닌, 카사바라는 상대 역할에 대응한 서로가 주인공인 것이다.『트라브니크 연대기』에는 평행선처럼 서로 마주 보고 선 두 개의 주인공이 있는데 하나는 원주민들과 다른 생활 방식을 가지고 있으며 보스니아의 일에 사사건건 건방지게 참견하려 드는 서양에서 온 외국인들과, 또 다른 하나는 자기만의 독특한 문화와 분위기를 지닌 카사바였다. 소설의 개별적인 주인공으로 외국인들과 소설의 집합적 주인공인 카사바 사이에는 기능적인 측면에서 볼 때 본질적인 차이가 있다. 왜냐하면 잔 다빌, 데포세, 폰 미테레르, 폰 파울리치, 다브나와 같은 외국인들이 소설 속 사건을 일으키는 행동 역할뿐 아니라 관찰자 역할도 하고 있는 반면, 카사바는 대체로 관찰의 도구로서, 작가의 입장이 아닌 소설의 주인공 특히 영사 다빌과 그의 젊은 동료 데포세의 시각으로 표현되고 있다는 것이다.

서양 영사들이 온 지역을 안드리치는 어떻게 묘사했을까? 소설에서 안드리치는 프랑스 영사 잔 다빌이 트라브니크에 와서 동양의 문화를 이해하고 동화되는 장면을 상세한 묘사로 그려 냈다. 다빌의 세 살배기 아들이 병치례를 하는데, 다빌의 아내는 온갖 차들과 집 안에 있는 각종 민간요법으로 치료를 해 보지만 아이는 차도가 없었다. 그러자 그녀는 루카 다피니치 수사와 몇몇 의사들, 모르도 아티야스, 도바니 마리오 콜로냐를 불렀다. 하지만 그들 모두 하나같이 아이를 치료하기 위한 어떤 적극적인 방법을 모색하지 않는다. 그들 모두는 이미 동양의 가치관과 관습에 익숙해 있었으므로 구차고라 수도원으로 가서 약초를 구해 오라고 말할 뿐이었다. 루카 다피니치 수사의 처방은 서양의 의사들이 환자를 대하는 방법와 매우 달랐다. 이렇듯 소설에서 동양과 서양 문명의 차이는 작가의 직접적인 언급뿐 아니라 작품 곳곳에서도 드러난다.

그렇다면 프랑스 총영사 잔 다빌은 트라브니크의 카사바가 상징하고 있는 동양을 어떻게 보고 있을까? 영사가 트라브니크에 처음 들어서는 장면부터 이미 이방인과 원주민 사이에는 적대감과 증오가 넘쳐 나고 있었다. 안드리치 작품에서는 언제나 3인칭으로 서술되고 있음에도 불구하고 이 장면만큼은 영사의 시각으로 그려졌다. 따라서 독자도 영사의 시각으로 보게 된다. 그렇다면 젊은 영사 데포세는 동양적인 특징을 갖춘 카사바를 어떻게 보고 있을까?

24년간 파리에서 지낸 젊은 영사에게 터키의 트라브니크로 던져진 듯한 생활은 결코 쉽지 않았다. 하지만 다빌과 달리, 데포세는 보스니아에 관한 책을 쓰려는 의도도 있었고, 보스니아에서의 아주 사소한 것에도 관심을 기울였다.

안드리치가 오랜 시간 동안 집필했으나 미처 끝을 내지 못한 소설 『오메르 파샤 라타스』는 개종자 라타스와 그와 비슷한 처지에 있는 사람들에 관한 이야기다. 이 소설 속에서는 사라예보 회교도인들을 무르타드타보르라고 부른다. 터키어의 배신자 혹은 개종자라는 뜻을 지닌 'murtatin'에서 온 말이며 '개종자 무리'를 일컬어 무르타드타보르(Murtad-Tabor)라고 한다. 소설에는 다음과 같이 적혀 있다.

　총사령관 오메르 파샤와 그의 군대에 관한 소름 끼치는 이야기 속에는 터키 군인 복장과 회교도 이름을 가진 외국인들, 기독교인이나 유대인들 무리에 관한 소식도 있었다. 하지만 그들은 반역자였으며 회교도적인 것은 모두 지니고 있던 배신한 적군과 같은 자들이었다. 그 이방인 무리를 가리켜 무르타드타보르라고 한다.

　　　　　　　　　　　　　　　　　　　—『오메르 파샤 라타스』중에서

　자신의 종교를 버렸던 그들은 누구일까? 보스니아의 원주민들, 세례받은 기독교인들 사이에서 '변절자' 혹은 '배신한 적군(무르타드타보르)'으로 불리던 사람들, 토종 문화와 새로 유입된 문화 사이에서 설 자리를 찾지 못하던 사람들. '변절자의 무리' 무르타드타보르에 대해 안드리치는 『오메르 파샤 라타스』에 나오는 두 번째 이야기 '군대'에서 전반적으로 묘사하고 있으며 소설 전반에 걸쳐 상세하게 그려 냈다. '변절자'의 무리가 될 수밖에 없었던 무르타드타보르의 절박한 현실을 묘사함으로써 시대가 만들어 낸 희생자라는 설명을 부연했다.

　짧은 시간이든 긴 시간이든 망설임의 시간을 보내고 터키 군대로 돌아가는 모든 사람들은 적어도 일시적으로라도 이슬람을 수용했다.

　　　　　　　　　　　　　　　　　　　—『오메르 파샤 라타스』중에서

안드리치는 '개종자 무리'에 속한 그들을 통해 터키인들의 생활 방식과 서양인들의 생활 방식 사이에서 갈등과 차이가 어떻게 나타나고 있으며 서로 부딪치며 충돌하는 과정, 한 문화에 속한 사람이 정반대의 문화로 자의든 타의든 옮겨 갈 때 그 상황이 얼마나 복잡해지고 어려워지는지를 자세히 묘사했다.

> 개종자들은 친구나 그들을 보호해 줄 그 누구도 가지고 있지 않았다. 그에 앞서 모든 사람들이 그들을 꺼리며 증오했다고 한다.
>
> ─『오메르 파샤 라타스』중에서

『트라브니크 연대기』에는 오스트리아 영사관에서 주치의로 근무하는 레반트인 콜로냐가 신경 쇠약에 걸려 삶에 대한 공포로 힘들어 하는 장면이 나온다. 그리고 마침내 콜로냐는 터키인들에게 이슬람을 받아들여 무슬림이 될 의사를 밝힌다. 그렇게 기독교인 콜로냐는 '그들의 편'으로 옮겨 간다. 그것은 절망에 빠진 사람의 처절한 몸부림이었다. 그러나 레반트 출신의 그는 터키인들 사이에서나 서양인들 사이에서도 편히 안주하지 못한다. 편집증 말기 때 개종을 결심했는데, 그의 그러한 행동으로 콜로냐는 이제껏 개가를 올리던 터키인들 사이에서 커다란 동요를 일으켰고 외교 분쟁을 일으키지 않기 위해 간섭을 꺼리는 영사들 사이에도 혼란을 야기시키고 만다. 콜로냐의 개종은 한 개인의 개종을 넘어 문화 간의 충돌을 의미했다. 그렇게 안드리치는 '과거 보스니아'를 그리면서 그 결정이 무엇을 의미하는지 잘 알고 있었고, 단지 그것이 개인만의 문제가 아니라 집단의 문제일 때 어떠한 의미를 지니는지를 알고 있었다. 안드리치는 그에 대해 자신의 박사 논문에서 자세히 언급했는데, 터키 침입이 만들어 낸 상황에서 대다수 보스니아 주민의 이슬람화에 대해 역사적으로 설명했다.

> 베그는 라드를 어여쁜 아냐와 결혼시켜 훌륭히 터키화시켰네.
> 그에게는 농노가 딸린 열 채의 집이 선물로 주어졌네.
> 지금은 라도이차가 아니라네.
> 벌써 필리포비치 이브로로 불린다네.

안드리치가 자신의 작품에서 16∼17세기 사이에 개종한 소위, 보스니아 헤르체고비나 회교도에 대해 썼음에도 불구하고 기독교에서 회교도로 개종한 사람을 한 번도 문제화하지 않았다는 것은 흥미 있는 일이다. 그의 작품에서 주인공들은 한결같이 전통 있는 훌륭한 가문의 회교도 개종자 2세들이었다. 예를 들어 무스타파 마자르는 그의 할아버지가 '유명한 개종자'인 아브다가 마자르였다. 하지만 그는 소설에서 자신의 세대에 '종교를 바꾼' 사람들에 대해서는 적지 않았다. 그런 의미에서 콜로냐의 회교도로의 극적인 전향은 예외적인 것이라고 할 수 있다.

안드리치 문학 작품의 주요 무대는 과거의 보스니아, 즉 터키 지배 시기의 보스니아였다. 그러나 안드리치가 그의 어린 시절에 접한 보스니아는 오스트리아−헝가리 이중 제국의 지배하에 있던 보스니아였다. 안드리치는 자신의 중단편과 장편에서 '과거의 보스니아'와 "그곳에서의 예전 삶의 어두침침한 아름다움"에 관해 줄곧 이야기했다. 왜냐하면 작가 안드리치에게 보스니아는 대단히 매력적인 곳이었기 때문이다.

그가 경험해 보지 않은 것이 무엇이 있을까요! 세상 그 어느 곳에도 보스니아에서처럼 역사적 상황들이 흥미로운 흔적을 남겨 놓은 곳은 없는 것 같습니다.

— 알라우포비치 박사에게 보낸 편지 중에서

많은 작가들이 자신의 조국과 특정 지역에 얽힌 이야기를 소재로 글을 쓸 때 지역의 특수성이나 역사적 사실을 강조하여 자칫 그들만의 이야기 혹은 그 지역에서만 공감되는 이데올로기를 추구하는 예가 있는 반면, '과거 보스니아'를 소재로 한 안드리치의 작품에는 누구나 공감할 수 있는 인류 공동의 테마가 담겨 있다는 것이 그의 작품을 두드러지게 하는 요인이라 할 수 있다. 왜냐하면 안드리치는 이미 어린 시절에 몸소 그곳을 경험했으며 하나의 문명 현상을 보편적 시각에서 인지하고 있었기 때문이다 — 다양한 문화의 교착과 그 과정에서 나타나는 정신적, 사회적인 영향. 안드리치가 묘사한 '과거의 보스니아'는 트라브니크, 비셰그라드, 사라예보를 가리키며, 그 다양한 종교-문화 집단 안에는 원주민 회교도들, 정교인들, 천주교인들, 터키인들 그리고 오스트리아-헝가리 이중 제국의 점령 이후, 광대한 합스부르크 제국에서 온 외국인들. 이것이 작은 보스니아 지역을 다양한 종교와 민족이 서로 만나고 얽히는 또 다른 커다란 세계처럼 보이게 만드는 이유이기도 하다. 그러나 종교와 민족이 혼합되어 있다 하더라도, 그곳은 민족과 종교, 문화 등이 서로 조화를 이루는 범세계적인 특

260

징을 갖는 장소가 아니었다. 왜냐하면 보스니아에는 종교와 민족을 가르는 마치 날카로운 칼 같은 것이 서로를 갈라놓고 있기 때문이다. 더욱이 그것은 동양과 서양으로 대비되는 권력과 재산, 힘을 가지고 있던 회교도 문화권과 오스트리아 지배 시기까지는 회교인들이 장악하고 있었기 때문에 그 어떠한 것도 가지거나 누릴 수 없었던 기독교 문화권이었다. 그러던 중 오스트리아가 보스니아를 차지하면서 이전에 특권을 누리던 회교인들은 그것을 상실하고 기독교라는 이름의 '서양'을 만나는데, 이러한 19세기 말의 변화에 대해 안드리치는 그의 수많은 작품들에서 줄곧 이야기하고 있다. 다시 말해 '과거 보스니아'는 수많은 극적인 상황, 충돌, 다채롭게 변화하는 색깔, 끊임없이 이어지는 정신적·사회적 긴장이 감도는 매우 흥미로운 세상이다. 동양과 서양으로 대비되는 전혀 다른 두 개의 문화가 공존하는 세상을 만나는 일은 안드리치 작품들을 통해 얻게 되는 매우 색다르고 흥분되는 경험이다. 보스니아가 경험하지 않은 것이 무엇이 있을까, 그가 가지고 있지 않은 것이 무엇이 있을까라고 작가 스스로 설파했듯이 안드리치의 작품에는 인간사에서 일어날 수 있는 모든 것을 담고 있다고 해도 그리 과장된 말은 아닐 것이다. 이것이 바로 그가 세상을 떠난 지 반세기가 지났음에도 불구하고 구유고 연방에서 안드리치의 작품들이 여전히 가장 많이 애독되는 이유이기도 하다.

이보 안드리치 연보

1892   10월 9일, 보스니아의 지방 도시 트라브니크 근교 드라츠 마을에서 태어남. 부친 안툰은 금세공을 하는 영세 가내 수공업자였으며, 당시 가족은 사라예보에 살고 있었으나 만삭의 몸인 모친이 객지에서 안드리치를 출산함.

1894   부친의 급사로 인해 모친 카타리나를 따라 안드리치의 고모가 사는 드리나 강변의 소도시 비셰그라드로 이주하여 초등 교육을 마치는 유년 시절과 소년 시절 초기를 이 도시에서 보냄.

1904   사라예보의 벨리카 김나지야에 입학. 독일어와 프랑스어를 배우며 새로운 지적 세계에 눈을 뜸. 이 시절 오스트리아─헝가리 제국에 의한 보스니아 헤르체고비나 병합에 저항하는 지하 조직 '청년 보스니아 운동'에 적극 참여하고, 또 시를 쓰기 시작.

1911   벨리카 김나지야를 졸업함. 사라예보의 월간 문학지 『보스니아의 요정』에 최초의 시를 발표.

1912   자그레브 대학 철학과에 입학. 자그레브에서 크로아티아의 시인 마토슈와 우예비치가 주재하는 문학 서클에 참여하여 모더니즘의 영향을 받음. 1913년 겨울까지 자그레브에서 지냄.

1913   빈 대학으로 전학.

1914 폴란드의 크라쿠프 대학으로 전학. 제1차 세계 대전 개전 직후, 민
족 해방 운동 '청년 보스니아 운동'에 참여한 죄로 오스트리아 당
국에 체포되어 시베니크(달마티아), 마리보르(슬로베니아) 등지
에서 옥중 생활을 함. 옥중에서 키르케고르를 읽음.

1917 특사로 석방되자 그레브로 돌아와 동세대의 동지들과 문학지 『크
니제브니 유그』를 발행.

1918 오스트리아의 그라츠 대학에서 중단된 학업을 재개. 첫 번째 시집
『에크스 폰토』를 출판.

1920 제2시집 『네미리』, 단편집 『알리아 제르젤레즈의 여행』을 출판. 외
무부에 취직.

1924 논문 「터키 지배 영향하에서 보스니아 정신 생활의 발전」으로 그
라츠 대학에서 박사 학위 취득. 제1 단편 소설집 출판. 세르비아
학술원 객원 회원이 됨.

1926 세르비아 과학 아카데미 준회원으로 피선. 1936년에는 정회원.

1931 단편 소설집(「첩 마라」를 포함) 출판. 이 시기부터 크로아티아어
보다 세르비아어로 많이 집필하기 시작.

1936 제2 단편 소설집(「올루야크 마을」 포함) 출판.

1941 1920~1930년대에는 외교관으로 이탈리아, 프랑스, 스페인, 포르
투갈, 벨기에, 스위스 등 유럽 각국에 주재했으나 1939년부터 취
임 중이던 베를린 특별 전권 대사를 끝으로 외무부를 사임하고, 베
오그라드로 귀환. 귀국한 바로 그날 베오그라드 대공습을 맞음. 그
후 전쟁 종결까지 나치 점령하의 베오그라드에 남아 장편 소설 집
필에 전념.

1944 10월 20일 베오그라드 해방. 『트라브니크 연대기』, 『드리나 강의
다리』, 『아가씨』는 이미 탈고했음.

1945 세 개의 장편 소설 출판. 전후의 유고슬라비아 문단에 새 바람을
불러일으킴. 1953년까지 연방 의회 의원 역임.

1946 유고슬라비아 작가 동맹 의장에 취임하여 1952년까지 역임했다.

세르비아 학술원 정회원에 선출.

1951 자그레브에 있는 유고슬라비아 학술원의 객원 회원이 됨.

1953 슬로베니아 학술원의 객원 회원이 됨.

1954 「저주받은 안뜰」 탈고.

1956 문학 활동의 공으로 유고슬라비아 작가 동맹, 출판 연합, 기업 연합상을 수상. 10월, 소련과 중공 방문.

1961 10월, "자국 역사의 주제와 운명을 서사시적 필력으로 그려 냈다"는 평을 받으며 스웨덴 아카데미로부터 노벨 문학상 수상.

1963 전 10권으로 된 작품집이 베오그라드, 자그레브, 류블랴나에서 동시에 출판.

1970 7월 27일, 국가상 수상.

1971 비셰그라드 명예 시민으로 추대됨.

1972 5월, 부크 카리치 문학상 수상. 10월 10일, 80세 탄생일에 유고슬라비아 사회주의 연방 공화국으로부터 공로 영웅의 칭호와 훈장을 받음.

1975 5월 13일, 육군 병원에서 영면.

새롭게 을유세계문학전집을 펴내며

을유문화사는 이미 지난 1959년부터 국내 최초로 세계문학전집을 출간한 바 있습니다. 이번에 을유세계문학전집을 완전히 새롭게 마련하게 된 것은 우리가 직면한 문화적 상황에 적극적으로 대응하기 위해서입니다. 새로운 을유세계문학전집은 세계문학의 역할이 그 어느 때보다 중요해졌다는 인식에서 출발했습니다. 오늘날 세계에서 타자에 대한 이해는 우리의 안전과 행복에 직결되고 있습니다. 세계문학은 지구상의 다양한 문화들이 평등하게 소통하고, 이질적인 구성원들이 평화롭게 공존할 수 있는 문화적인 힘을 길러 줍니다.

을유세계문학전집은 세계문학을 통해 우리가 이런 힘을 길러 나가야 한다는 믿음으로 만들어졌습니다. 지난 5년간 이를 준비하기 위해 많은 노력을 기울였습니다. 세계 각국의 다양한 삶의 방식과 문화적 성취가 살아 있는 작품들, 새로운 번역이 필요한 고전들과 새롭게 소개해야 할 우리 시대의 작품들을 선정했습니다. 우리나라 최고의 역자들이 이들 작품 속 한 문장 한 문장의 숨결을 생생히 전하기 위해 심혈을 기울였습니다. 또한 역자들은 단순히 번역만 한 것이 아니라 다른 작품의 번역을 꼼꼼히 검토해 주었습니다. 을유세계문학전집은 번역된 작품 하나하나가 정본(定本)으로 인정받고 대우받을 수 있도록 최선을 다했습니다. 세계문학이 여러 경계를 넘어 우리 사회 안에서 주어진 소임을 하게 되기를 바라며 을유세계문학전집을 내놓습니다.

을유세계문학전집 편집위원단
최윤영 (서울대 독문과 교수)
박종소 (서울대 노문과 교수)
김월회 (서울대 중문과 교수)
고(故) 신광현 (서울대 영문과 교수)
신정환 (한국외대 스페인어통번역학과 교수)

을유세계문학전집

새로운 을유세계문학전집은 구 을유세계문학전집(1959~1975, 전100권)에서 단 한 권도 재수록하지 않았습니다.
을유세계문학전집은 계속 출간됩니다.